CRUELLES AILES

ACADÉMIE SERAPHIM #1

ELIZABETH BRIGGS

1

OLIVIA

La séduction est un jeu dangereux, mais je n'ai pas d'autre choix que de m'y prêter. Et, comme je l'ai appris de ma mère, la séduction et la tromperie vont souvent de pair.

C'est le cas ce soir, en tout cas.

Je me déplace au cœur de la fête et essaie d'ignorer la faim qui grandit en moi. C'est difficile en des moments pareils, quand la musique bat son plein, que les boissons coulent à flots et que les corps dansent un peu trop près. Moins d'inhibitions, la tentation flotte dans l'air, et ça sent bon. Pour moi, en tout cas.

Je trouve un coin où je peux observer la foule discrètement, sans m'approcher trop près de qui que ce soit. Des étudiants à différents niveaux d'ivresse dansent, jouent au beer pong et essaient de pousser leurs voix au-dessus du rythme effréné de la musique. Un type debout sur le côté attire mon attention et me fait un sourire chaleureux. Il a le visage et les épaules larges d'un héros de football universitaire d'une petite ville, et l'espace d'une seconde, je suis tentée. Je m'imagine en train de planter mes ongles dans ces larges épaules et le chevaucher, mais je détourne rapidement le regard. Il a l'air d'un garçon sympa. Le genre qui vous apporte des fleurs au premier rendez-vous et qui veut y aller doucement. Le genre que j'évite.

Croyez-moi, je lui fais une faveur.

Un type avec des tatouages sur les avant-bras et une barbichette foncée entre dans la pièce avec un air de « ne me cherche pas ». Je parie que ces riches snobs l'invitent à des fêtes pour une seule raison : il vend de la drogue. C'est exactement le genre d'homme qu'il me faut ce soir.

La main de Chester enserre mon coude de façon possessive.

— Ah, tu es là.

— Je t'attendais.

Je feins de lui sourire. C'est un de ces gamins qui n'est entré à l'USC que parce que ses parents ont réussi à soudoyer la bonne personne. Cheveux blonds sablonneux avec une boucle parfaite au coin de l'œil, polo vert foncé, sourire dispendieux – vous voyez le genre. Son assurance le rend plus attirant qu'il ne l'est vraiment, tout comme son argent. C'est sa maison – achetée par ses parents pour qu'il n'ait pas à vivre dans un dortoir avec les gens du peuple – et sa fête. C'est la Saint-Patrick, il porte un pin's « I'm Not Irish, Kiss Me Anyway » qui s'allume, et son haleine sent le whisky. Il me faut jouer la comédie pour ne pas reculer à son approche, mais maman m'a bien appris.

Nous nous sommes rencontrés dans le bar où je travaille, où il a flirté avec toutes les filles possibles avant que je ne le ramène chez moi. Maintenant, il n'a d'yeux que pour moi. Que puis-je dire ? J'ai cet effet sur les gens.

Chester m'attire contre lui.

— Tu m'as manqué. Allons dans ma chambre.

Je joue avec les boutons de sa chemise.

— Seulement si tu me laisses prendre un verre d'abord. Je meurs d'envie de boire une de ces bières vertes que tout le monde boit en ce moment.

Il caresse le côté de mon cou comme un ours affamé.

— Ça ne peut pas attendre ? J'ai envie de toi là maintenant.

Je suis peut-être allée un peu trop loin avec lui hier soir. Je lui donne une tape sur la poitrine pour jouer et je lui fais une jolie moue.

— Tout le monde a bu sauf moi. S'il te plaît ?

Il ne se doute pas que je lui fais une faveur. Si on couche encore ensemble, il n'y survivra pas. Les humains ne peuvent supporter qu'une nuit avec un succube, ou même un demi-succube, comme moi.

— Bien, dit-il, mais il resserre ses doigts autour de mon bras avant de poursuivre, un verre et tu es à moi pour le reste de la nuit.

Sa bouche s'écrase contre la mienne, et je ne peux m'empêcher de prendre un peu de ce qu'il m'offre. Je me régale de son désir à mon égard, mais chaque seconde où nos lèvres se touchent le met encore plus en danger. Ce type est un connard possessif et snob, mais je ne veux pas qu'il meure.

Je le repousse avant de faire de réels dégâts.

— Va me chercher cette bière verte, et ensuite on poursuivra sur notre lancée.

Ses yeux sont vitreux et perdus, son visage un peu plus pâle qu'avant, et de prime abord je crains qu'il ne veuille pas lâcher prise. Est-ce que j'en ai trop pris ? Mais au bout d'une seconde, l'étourdissement passe et il trébuche pour aller me chercher un verre.

J'expire longuement et profondément puis je cherche dans la pièce le type tatoué que j'ai repéré plus tôt. Il est facile à trouver, avec un groupe d'étudiants se croyant tout permis, qui lui passe de l'argent dans un coin en échange de quelque chose dans un petit sac. J'utilise une pincée de mes pouvoirs pour attirer son attention, et son regard se fixe sur moi. D'autres personnes dans la salle se retournent également – hommes et femmes – et je sais que je peux avoir n'importe lequel d'entre eux si je le veux. Le désir est puissant, et il est difficile pour les humains de résister aux succubes lorsque ces derniers exercent leur charme. Les seules personnes immuni-sées sont celles qui vivent le grand amour, et elles sont rares, surtout dans des endroits comme celui-ci.

Il se fraye un chemin à travers la foule et s'approche de moi.

— Tu es seule, bébé ?

— Plus maintenant.

Je pose ma main sur son bras et l'attire un peu avec ma magie, ce qui fait grimper le thermomètre.

Il m'attrape soudainement par la taille et pose ses lèvres sur les miennes, m'embrassant goulûment. Oups, j'ai peut-être un peu abusé avec la magie. Maman me réprimanderait, mais je suis toujours en cours d'apprentissage face à ces pouvoirs et à la soif qui les accompagne. Je l'entends mainte-nant, la petite voix dans ma tête qui me dit d'arracher son jean et de grimper sur lui comme sur un arbre. Cette voix devient plus difficile à ignorer chaque jour qui passe.

Je mets fin au baiser lentement.

— J'ai besoin d'un peu d'air frais. Allons sur le balcon pour la suite.

Il grogne et me conduit dehors, sa main sur mon cul. Subtil, non ça, il ne l'est pas. Je m'appuie contre le balcon et il se penche vers moi. D'en bas, le bruit des gens qui rient et s'éclaboussent dans la piscine s'élève. C'est une journée sans nuages à Los Angeles et le soleil frappe mes épaules nues, m'emplissant de chaleur. Je porte une petite robe rouge qui met en valeur chacune de mes courbes, et mon nouvel ami apprécie vraiment la vue.

Ses mains entourent ma taille.

— Je m'appelle Trey. C'est quoi ton petit nom ?

— Olivia.

Je rejette mes cheveux en arrière.

— Mais tout le monde m'appelle Liv.

Chester arrive en trombe à ce moment-là et arrache le gars de moi.

— C'est quoi ce bordel, mec ? Tu crois que tu peux venir chez moi et toucher ma copine ?

— On était juste en train de parler, dis-je.

— Ça avait l'air d'être bien plus que ça, me lance Chester.

Il pousse une bière verte sur ma poitrine, et un peu de mousse s'en échappe.

— Tiens, prends ta foutue bouteille pendant que je botte le cul de ce type.

Je prends la bière de Chester. Ce faisant, j'effleure sa main et libère un peu plus de mon pouvoir, augmentant ses émotions.

— J'aimerais bien t'y voir, se moque Trey alors que je prends une gorgée de la bière verte. C'est dégoûtant, mais j'en avale quand même un peu.

Chester se mêle des affaires de Trey et il est tellement en colère que son visage en devient rouge vif.

— Ne t'approche pas de ma meuf.

Trey fait un pas de plus et émet un grognement.

— Et qu'est-ce que tu vas faire si je ne t'obéis pas ?

Chester donne le premier coup de poing en plein visage de Trey, incapable de se contenir entre son désir et sa colère. Une bagarre éclate entre eux, et je m'immisce un peu tard pour essayer d'y mettre fin. Au moment où je le fais, je suis rejetée en arrière, brusquement. Ma bière tombe sur le sol avec un grand bruit et mon dos heurte le côté du balcon – puis je passe par-dessus.

Je tombe.

Je tombe.

Je tombe.

Des ailes se déploient dans mon dos avec un grand bruit, interrompant mes cris. Pendant une seconde, je plane au-dessus de la piscine, des plumes noires flottant dans l'air, tandis que tous les gens en bas et sur le balcon me regardent. Puis je plonge à nouveau vers l'eau. À la seconde où je la touche, tout devient noir.

Exactement comme je l'avais prévu.

2

OLIVIA

Je me réveille dans une chambre d'hôpital sans savoir comment j'y suis arrivée et me redresse en sursaut lorsque je réalise que je ne suis pas seule. C'est une réaction normale. Personne n'aime se réveiller et découvrir qu'un étranger l'a regardé dormir, même si je pouvais m'attendre à une telle scène.

— Qui êtes-vous ? demandé-je en me redressant. Qu'est-ce qui se passe ? Où suis-je ?

— Tu peux m'appeler Jo.

La femme semble avoir la trentaine, elle a la peau pâle, des cheveux blond miel aux épaules, elle porte un chemisier blanc habillé et une jupe-crayon noire. Tout en elle est professionnel, de ses ongles brillants à ses escarpins fermés en passant par sa mallette noire, mais il y a quelque chose en elle qui la différencie d'une femme d'affaires habituelle. La perfection symétrique de son visage. La brillance de ses cheveux. La façon dont l'éclat du soleil passant par la fenêtre l'enveloppe tel un halo.

— Te souviens-tu comment tu es arrivée ici ?

— Pas vraiment.

Je pose la main sur mon front, pour essayer d'apaiser la douleur qui s'y trouve. Je porte une blouse d'hôpital, j'ai une perfusion dans le bras et ma tête bat la chamade. Je fixe l'intraveineuse et ma mâchoire s'ouvre.

— Pourquoi suis-je à l'hôpital ? Que m'est-il arrivé ?

— C'est ce que j'aimerais découvrir.

Elle croise les jambes, sa jupe virevoltant au gré de ses mouvements.

— Je suis ici pour te poser quelques questions sur ce qui s'est passé à la fête ce soir. N'essaie même pas de me mentir, ça ne marchera pas. Tant que tu diras la vérité, on s'entendra très bien toutes les deux.

Je lève la main pour toucher le collier autour de mon cou, soulagée qu'il soit toujours là malgré l'absence de mes vêtements. Il est doré et lourd, avec des boucles ornées et une grosse pierre aigue-marine qui change de couleur selon la lumière. Dès que je réalise ce que je fais, je retire ma main, mais elle m'a déjà vu faire. Je déglutis et me mets à parler.

— J'étais à une fête et une bagarre a éclaté. On était sur le balcon et j'ai été projetée par-dessus le balcon, je crois. Je suis tombée...

Mes yeux s'écarquillent.

— Il y avait... des ailes. Des plumes ? Je secoue la tête. Non, ça ne peut pas être réel. Mon verre était-il empoisonné ou quelque chose comme ça ?

— Ton verre n'est pas la cause de tout ça, et je peux t'assurer que ce dont tu te souviens était réel.

Fait amusant : il y avait bien de la drogue dans mon verre. Comment je le sais ? Parce que je l'y ai mise moi-même quand Chester me l'a tendu. J'avais besoin de m'évanouir, et je savais que la drogue aurait disparu de mon organisme le temps qu'on me teste grâce à mon métabolisme d'ange-démon. Mais Jo n'a pas besoin de le savoir.

— Non, ce n'est pas possible, dis-je, en m'énervant de plus en plus.

— Je suis tombée du balcon, mais je ne me suis pas blessée. Et les ailes. Oh, merde, les ailes...

Je presse mes paumes contre mes yeux.

— Je dois être en train de rêver. Soit ça, ou alors je suis devenue folle.

Ses chevilles parfaites se croisent et elle se penche en avant.

— Tu ne rêves pas, et je crois que tu es parfaitement clairvoyante, même si tu es en état de choc.

— Qui êtes-vous ?

Je me redresse dans le lit pour être complètement droite.

— Que faites-vous ici ?

— On t'a amenée à l'hôpital après que tu t'es évanouie. On m'a envoyée te chercher après qu'une vidéo a été mise en ligne sur YouTube montrant une fille tombant du balcon et se voyant soudainement pousser des ailes.

Elle se renfrogne un peu.

— Cette vidéo a été vue par pas moins de trois mille personnes en ligne, sans parler de toutes les personnes qui en ont été témoins en personne. Nous avons pu faire retirer la vidéo sans trop de problèmes, mais les fêtards posent davantage de problèmes. Mon équipe essaie toujours de retrouver tous ceux qui étaient là pour que je puisse effacer leur mémoire. Tu nous as causé quelques emmerdes.

Effacer leur mémoire ? Merde, ce n'est pas n'importe quel ange, c'est l'Archange Jophiel, la seule à avoir ce pouvoir. Je vais devoir faire très attention à ce que je lui dis.

— Ce n'est pas que ce soit ta faute, bien sûr, poursuit-elle, et nous avons certainement eu affaire à des incidents plus graves auparavant, mais pas beaucoup. La plupart des gens grandissent en sachant ce qu'ils sont.

Elle s'arrête pour me regarder.

— Tu ne le sais vraiment pas ? Rappelle-toi, il est impossible de me mentir.

Je la regarde fixement et réponds sans hésiter.

— Que voulez-vous dire ? Savoir quoi ?

Elle me considère pendant un moment et gobe mes mensonges.

— Olivia, tu es un ange.

— Un quoi ? dis-je en clignant des yeux. Comme dans la Bible ?

— Pas exactement.

Elle fait un signe de la main.

— Ils ont eu raison sur certaines choses, et d'autres religions ont raison sur différentes choses. Mais tu as l'idée de base, de toute façon.

Je laisse échapper un rire un peu faux.

— C'est une blague, hein ? Les anges n'existent pas. Et s'ils existaient, je ne suis certainement pas l'un d'entre eux.

Elle soupire.

— Qui sont tes parents ? Sont-ils... différents ?

— Différents comment ? Ma mère est morte quand j'étais enfant, et personne ne sait qui est mon père. Les mensonges roulent doucement sur ma langue, et Jophiel ne réagit même pas. J'ai failli toucher mon collier à nouveau, mais cette fois je me retiens. Merci, maman. J'ai grandi dans une famille d'accueil.

Jophiel fait un signe de tête laconique.

—C'est ce que je pensais. Ton père doit être l'un des

nôtres, mais il est peu probable qu'il se manifeste. Il est interdit à notre espèce de se reproduire avec des humains.

— Notre espèce ? demandé-je.

Un courant d'air traverse la chambre d'hôpital alors que ses ailes cuivrées se déploient soudainement sur ses épaules. Je pousse un petit cri et me recule contre le lit, jouant au mieux la comédie, alors que les ailes se déploient et prennent toute la place sur le mur. Impossible de nier ce qu'elle est maintenant. Avec ses ailes déployées, elle brille d'une lumière intérieure, et tout en elle est un peu trop parfait. On pourrait même dire que c'est *divin*.

— Un ange, chuchoté-je, m'accrochant aux draps comme s'ils allaient me protéger. C'est la vérité.

— En effet, dit-elle. Ses ailes disparaissent dans ses épaules comme si elles n'avaient jamais existé. Maintenant, parlons de ton avenir.

Je cligne des yeux avec un air hébété comme si je venais de voir un fantôme. Je joue vraiment le rôle de la demi-humaine naïve, et Jophiel semble tout gober.

— Mon avenir ?

— Maintenant que tu as émergé, tes autres pouvoirs vont bientôt se manifester.

Ma mâchoire s'ouvre.

— D'autres pouvoirs ?

— Bien sûr.

Une pointe de pitié traverse son visage.

— Nous obtenons tous nos ailes et nos dons angéliques à vingt et un ans, mais la plupart grandissent parmi d'autres anges et sont bien préparés à leur Émergence. Comme tu n'avais aucune idée de ta nature, il n'est pas étonnant que tu aies été un peu choquée.

— C'est un euphémisme, marmonné-je en passant une

main sur mon visage, essayant de me ressaisir. Désolée, ça fait beaucoup à encaisser.

— Je n'en doute pas, mais maintenant que nous t'avons trouvée, nous allons nous occuper de tout. En commençant par ton éducation. Chaque ange est envoyé à l'Académie Seraphim pour les études angéliques vers 21 ans, généralement après avoir terminé ses études universitaires humaines. J'ai déjà informé le directeur de ton arrivée.

Je lève une main.

— Attendez. Je suis confuse. Je vais dans une école... pour les anges ?

— Oui. Il est impératif que tu ailles à l'Académie Seraphim pour apprendre à contrôler tes pouvoirs et à cacher ce que tu es aux humains. C'est un programme de trois ans, et une fois que tu auras terminé, nous pourrons t'aider à trouver une carrière adaptée à tes compétences.

— Trois ans, dis-je lentement. C'est très long.

— Ça passera vite, je te le promets. Sans mauvais jeu de mots.

Elle lisse sa jupe en se levant.

— Tu as de la chance que le prochain trimestre de l'Académie Seraphim commence dans quelques jours, même si cela ne te laisse qu'une semaine pour te faire à l'idée. Nous nous occuperons de l'organisation de ton voyage et t'enverrons par e-mail tout ce que tu dois savoir sur l'école.

Il est temps pour moi de jouer les réticentes.

— Attendez. Une semaine ? J'ai besoin de temps pour y réfléchir d'abord, et...

Jo secoue la tête.

— J'ai bien peur que ce ne soit pas une option. Si tu n'apprends pas à contrôler tes pouvoirs, tu seras un danger pour toi-même et pour les autres. C'est une obligation pour tous les anges.

— Mais qu'en est-il de mes projets d'avenir ? Et comment vais-je pouvoir me payer ça ? Je ne gagne pas vraiment beaucoup d'argent au bar où je travaille.

Elle agite une main dédaigneuse.

— Tes projets d'avenir sont sans intérêt maintenant que tu sais ce que tu es, et tu n'as pas besoin de te soucier des détails financiers. Ma société, Aerie Industries, couvre les frais de scolarité pour tous les étudiants, ainsi qu'une petite allocation pour les fournitures.

Elle affiche un sourire en coin.

— Comme tu le verras, les anges prennent soin des leurs. Même ceux qui sont à moitié humains.

Je regarde la fenêtre en fronçant les sourcils.

— Je suppose que je n'ai pas vraiment le choix, n'est-ce pas ?

— C'est exact. Elle se dirige vers la porte, mais fait demi-tour.

— Une dernière chose. Où as-tu trouvé ce collier ?

— Oh, ça ?

Je le touche à nouveau.

— C'était celui de ma mère.

C'est une des premières choses que je lui ai dites qui n'était pas un mensonge.

— Ah, je vois.

Elle a l'air sceptique, mais laisse tomber.

— Comme je l'ai dit, tous les détails te seront envoyés par e-mail. Tout ce que tu as à faire est de te présenter à l'école la semaine prochaine. Si tout va bien, je te verrai dans trois ans quand tu viendras travailler pour Aerie Industries.

Elle sort de la pièce, et je laisse enfin tomber le masque.

Je me laisse tomber sur mes oreillers et un sourire satisfait peut se lire sur mes lèvres. Je l'ai fait. Je suis acceptée à l'Académie Seraphim, et ils n'ont aucune idée de ce que je suis vraiment ou qui sont mes parents. Mes poings se resserrent autour des draps sur mes genoux alors que je suis remplie de détermination. Je te trouverai, Jonah. Je te le jure.

———

Quand je suis rentrée à mon appartement, mon père m'attendait. Bien sûr.

Je ferme la porte.

— C'était obligé que je te trouve ici.

— Tu t'es fourrée dans un vrai bordel, dit Père, se tenant au milieu de mon minuscule studio, entre mon lit et ma télé, l'air complètement hors contexte. Il porte un costume gris parfaitement ajusté avec une chemise blanche impeccable qui s'étend sur sa poitrine musclée et ses larges épaules. Je ne suis pas sûre de pouvoir t'en dépêtrer.

— Ce n'est pas ce que je veux.

Je dépose mon sac à côté du lit. Il ne m'a pas fallu convaincre pour me laisser quitter l'hôpital puisque j'allais physiquement bien, mais la circulation était si mauvaise que j'ai mis une éternité à rentrer chez moi et maintenant, la seule chose que je souhaite, c'est m'effondrer.

Père se pince l'arête du nez. Si quelqu'un nous voyait ensemble, jamais il ne lui viendrait à l'esprit que nous sommes parents. Ses cheveux sont d'un brun doux, ses yeux d'un bleu vif, et son visage est lisse et incroyablement beau, à tel point que vous lui donneriez le Bon Dieu sans confession. Il semble avoir la trentaine, trente-cinq ans maximum. Il est beaucoup, beaucoup plus vieux.

— Pourquoi exactement fais-tu ça ?

Je me dirige vers le petit espace qui peut à peine être qualifié de cuisine et me sert un café, puis le réchauffe au micro-ondes. Il est vieux d'un jour, mais un café reste un café, et une accro a besoin de sa dose.

— Je vais retrouver Jonah, et pour y arriver, je dois aller à l'Académie.

Il me suit à travers la pièce.

— Je veux trouver ton frère tout autant que toi, mais ce n'est pas la bonne manière. Mes meilleurs anges sont déjà à sa recherche. Laisse-moi m'en occuper.

Je me retourne et croise son regard.

— Et où cela nous a-t-il menés jusqu'à présent ? Cela fait trois mois, Jonah est toujours porté disparu, et nous ne sommes pas plus avancés.

Il croise les bras et serre les dents.

— Qu'est-ce qui te fait croire que tu peux réussir là où j'ai échoué ?

Son ton m'interpelle, mais je veux faire les choses à ma façon. Que puis-je dire ? L'entêtement, c'est de famille.

— J'ai des compétences différentes. Celles que ma mère m'a enseignées.

Un petit sourire pêcheur franchit mes lèvres.

— Tu sais à quel point elle pouvait être persuasive.

— Inutile de me le rappeler.

Il soupire, et pendant une seconde le poids d'une vie immortelle repose sur ses épaules avant de disparaître à nouveau.

— Aller à l'Académie Seraphim n'est pas une bonne idée. C'est trop dangereux pour toi. Ta mère et moi avons travaillé dur pour te garder cachée de notre monde pendant toutes ces années. Je sais que ça a été difficile parfois, mais tu étais en sécurité. Maintenant, tu veux tout gâcher.

J'avale le reste de mon café et je remplis mon mug avant de le remettre dans le micro-ondes. Il est rose vif et porte la mention « Je suis un putain d'ange ». Jonah me l'a offert pour mon vingt et unième anniversaire, et l'œil de mon père tressaute chaque fois qu'il le voit.

— Ça va aller, lui rétorqué-je.

Ses yeux se rétrécissent.

— Je ne suis pas sûr que tu te rendes bien compte de ce que cela va impliquer. Il n'y a pas de retour en arrière possible. Maintenant que les anges savent que tu existes, tu n'as pas d'autre choix que d'aller à l'Académie pour les trois prochaines années. À moins qu'ils ne découvrent la vérité sur toi, ils s'assureront de ta présence chaque trimestre. Et si quelqu'un découvre ce que tu es vraiment...

Il s'essouffle.

— Je ne veux pas qu'on te fasse de mal.

— Ne t'en fais pas. Je n'ai pas l'intention d'être découverte. Pour autant qu'ils le sachent, je suis à moitié humaine.

Comme il a toujours l'air inquiet et inébranlable, j'ajoute :

— Je ne leur dirai pas non plus qui est mon père, si c'est ce qui t'inquiète.

— Non, bien sûr que non, dit-il, bien qu'il y ait une légère hésitation que je ne peux m'empêcher de noter.

Je suis sa plus grande honte, eh bien qu'il se soucie de moi à sa manière, je ne serai jamais l'enfant qu'il voulait. Jonah l'est, et maintenant il est parti. Il se racle la gorge et redresse sa cravate, visiblement mal à l'aise.

— Bien que ce soit probablement mieux si tu pouvais garder cette information pour toi.

— Je te le promets.

Je lui fais une espèce de salut avec ma tasse.

— Autre chose que je devrais garder à l'esprit ?

— Sois juste prudente.

Il pose une main sur mon épaule, et ce contact m'emplit d'une chaleur réconfortante. La lumière du soleil passe par la fenêtre voisine, frappant ses cheveux légèrement bouclés et encadrant sa silhouette, et à cet instant, j'arrive presque à distinguer le contour de ses ailes argentées. Je suis submergée par son pouvoir qui me donne l'impression de me prélasser dans l'éclat du soleil. Je ne peux m'empêcher d'en réclamer davantage, ainsi que son approbation, mais il retire sa main.

— Promets-le-moi.

— Je serai prudente. Je te le promets.

Après m'avoir fixée longuement, il disparaît dans un éclair de lumière. Une seconde, il est là, la suivante, il disparaît, me laissant l'impression que la conversation n'était qu'à moitié terminée. La téléportation semble exagérée quand on peut aussi voler, mais c'est l'un des avantages d'être un Archange – ils ont des pouvoirs que le reste du commun des mortels n'a pas.

Je jette un coup d'œil à mon appartement. J'ai encore beaucoup à faire, mais tout se passe exactement comme prévu. J'ai rêvé d'aller à l'Académie depuis que Jonah m'en a parlé, et bientôt j'y serai. J'aimerais juste qu'il puisse y être avec moi aussi.

Jonah est mon demi-frère et il a un an de plus que moi. Il aurait dû commencer sa deuxième année à l'Académie Séraphin la semaine prochaine, mais il a disparu à la fin du trimestre de l'année dernière et personne n'en connaît la raison. Père a fait des recherches, mais il n'a trouvé aucune piste. S'il se passe quelque chose dans cette université, seul un autre étudiant sera capable de découvrir la vérité. C'est pourquoi je dois infiltrer l'école et découvrir ce qui est arrivé à Jonah. Heureusement, je peux être très convaincante. Et s'il le faut, je démolirai l'endroit à mains nues pour retrouver mon frère.

Je dois juste m'assurer que personne ne découvre ce que je suis vraiment. Les anges et les démons vivent dans une trêve fragile depuis les Accords de la Terre, mais mon existence même brise toutes les règles. Si quelqu'un apprend ma véritable identité, je ne serai pas seulement renvoyée de l'Académie Séraphin, on me tuera.

3

OLIVIA

— Comment c'est à l'Académie Seraphim ? demandai-je, en essayant de ne pas laisser transparaître ma jalousie.

Jonah avait commencé l'école un mois plus tôt et ne venait plus autant me voir depuis. Il me manquait déjà. Je n'avais pas vu ma mère depuis deux ans et mon père ne venait pas souvent non plus. J'étais presque sûre qu'ils souhaitaient tous les deux que je n'existe pas. Jonah était mon dernier lien avec le monde non humain... et ma seule vraie famille.

Il se prélassait sur mon lit à côté de moi tout en lançant une balle de baseball en l'air et la rattrapant. Il avait les cheveux châtain clair de notre père, et à ce moment-là, ils étaient un peu longs et s'enroulaient autour de ses oreilles. Il était beau comme n'importe quel jeune premier, mais avec le genre de visage qui pousse les inconnus à lui raconter toute leur vie.

— C'est comme une université normale, sauf que tout le monde a des ailes.

— Ah ah très drôle, petit malin.

Je roulai les yeux.

— J'aimerais pouvoir y aller.

— Ce ne serait pas sûr pour toi.

Je soupirai.

— Je sais. C'est juste frustrant que tous les autres puissent y aller, alors que moi je dois faire semblant d'être humaine et cacher ce que je suis. Je veux aussi apprendre à utiliser mes pouvoirs. Je me contenterais même d'aller à l'autre Académie pour les démons.

Il ricana.

— Tu serais encore plus en danger là-bas avec eux.

— Peut-être. Mais au moins, je pourrais m'y nourrir ouvertement.

Jonah me sourit chaleureusement.

— Oui, mais à l'Académie Seraphim tu auras un grand frère pour s'occuper de toi.

— Bah, je n'ai pas besoin qu'on s'occupe de moi.

— *Bien sûr que non.*

Il rit tout bas.

— Mais c'est vraiment dommage que tu ne puisses pas aller à l'Académie aussi. Je pourrais te présenter à tous mes amis. Je pense que tu les aimerais. Surtout mon colocataire.

Je m'assis un peu et arquai un sourcil.

— Et pourquoi ça ?

— C'est un homme à femmes. Une nouvelle fille chaque semaine. Vous avez beaucoup de choses en commun.

— Bien sûr, sauf qu'il le fait pour s'amuser, et que je le fais pour survivre. Et s'il savait ce que je suis, il essaierait probablement de m'éliminer.

Jonah enroula un bras autour de mes épaules.

— Je ne laisserai jamais personne te faire de mal, sœurette. Jamais.

Je lui flanquai un coup de poing dans le bras.

— Ne fais pas le ringard avec moi.

Il rit et s'assit aussi.

— Désolé, je sais que tu détestes cette attitude merdique.

Mais ce n'était pas le cas, pas vraiment. J'aurais aimé lui faire savoir à quel point ça comptait pour moi qu'il soit la seule personne avec qui je pouvais être complètement moi-même, qui savait ce que j'étais et qui m'aimait quand même. Surtout que je ne l'ai vu que deux autres fois avant qu'il ne disparaisse, et là, c'était trop tard.

———

Nous voilà quatre jours plus tard, et je suis en route. J'ai renoncé à mon travail, à mon appartement et à la plupart de mes maigres possessions, mais je suis contente de prendre un nouveau départ, sans le poids de mon passé qui me retient. De toute façon, tout ce dont j'ai besoin devrait être fourni par l'école, du moins c'est ce que l'on m'a dit.

La route est longue entre Los Angeles et la partie la plus septentrionale de la Californie, mais je suis les indications qui m'ont été envoyées par e-mail et je me dirige vers les montagnes, puis je prends une route non balisée qui monte de plus en plus en altitude. Les arbres deviennent plus grands et plus vieux à mesure que je fais mon ascension vers le soleil, et la route devient plus étroite et plus dangereuse. J'ai failli opérer un demi-tour – j'admets que je ne suis pas la meilleure conductrice –, mais la pensée de mon frère disparu me pousse à continuer, et j'arrive enfin à destination.

L'Académie se trouve au sommet d'une haute montagne,

isolée du reste du monde par son emplacement et un grand mur de pierre couvert de lierre. Je m'arrête devant un portail en fer forgé noir avec un logo ailé et les lettres S et A. Le portail s'ouvre et je respire profondément. Tous mes plans m'ont conduit à cet instant. Après avoir attendu pendant des mois que Jonah apparaisse ou soit retrouvé, je prends enfin les choses en main.

Je me gare à côté d'une décapotable rouge prétentieuse et manque même de l'abîmer – oups – puis je cherche la copie de la carte qu'on m'a envoyée… et je ne la trouve pas. Bien sûr. J'essaie de la charger sur mon téléphone, mais je n'ai pas de signal. Sérieusement ? Pas de signal ici dans les montagnes ? Comment les gens survivent-ils ? Je vais devoir demander à quelqu'un où se trouvent des dortoirs pour dénicher ma chambre et m'installer. Je n'ai pas grand-chose, juste quelques affaires emballées dans le coffre et la banquette arrière de ma voiture avec mes vêtements et quelques autres choses que je ne pouvais pas laisser derrière moi, comme le mug que Jonah m'avait offert.

Je sors de ma voiture et j'examine la cour de l'école. L'Académie est magnifique, avec une pelouse verdoyante, de grands séquoias et des bâtiments en pierre blanche près d'un lac qui scintillent sous un ciel bleu infini. Nous sommes entourés d'une épaisse forêt de tous les côtés et si haut que le soleil semble un peu plus proche et l'air est vif et chaud. Les anges tirent leurs pouvoirs de la lumière, et l'e-mail d'introduction expliquait que cette région de Californie du Nord était l'un des endroits les plus ensoleillés du monde.

D'autres élèves se dirigent vers les bâtiments en pierre ou vers le lac, et tout semble si parfaitement normal qu'on en oublierait qu'il s'agit d'une école d'anges – jusqu'à ce que quelqu'un vole au-dessus de nos têtes, bloquant le soleil pendant une seconde avec ses grandes ailes déployées.

Après avoir pris une profonde inspiration, je me dirige vers un immense bâtiment qui ressemble à une église gothique en pierre blanche pure. Il y a les arches, les contre-forts, les tours, tout. Il ne manque que les croix ou autres symboles religieux, même si un immense vitrail représente un ange aux ailes brillantes avec la lumière émanant de ses paumes. Au-dessus, le toit forme une pointe au-dessus d'un clocher, où trois hommes grands et musclés se tiennent sur le bord et me regardent fixement, comme s'ils n'étaient pas conscients des dangers d'une chute à une telle distance.

Les anges aiment être en hauteur, regardant tout le monde de haut comme les créatures arrogantes qu'ils sont. Et je suis presque sûre que ces trois-là, là-haut sont les pires de tous, parce qu'ils sont les fils des Archanges.

Ils sont aussi les meilleurs amis de mon frère.

Et mes principales cibles.

4

CALLAN

Je croise les bras et regarde le campus comme un roi qui surplombe son domaine. De là-haut, dans le clocher, je peux tout voir clairement, du lac à la maison du directeur, en passant par le parking. Quelques anges s'élancent dans le ciel, mais la plupart des étudiants se dépêchent de traverser la pelouse, livres sous les bras, transportant boîtes et autres objets divers vers les dortoirs. Vous pouvez toujours reconnaître les nouveaux parce qu'ils ont peur de sortir leurs ailes.

Notre deuxième année à l'Académie Seraphim est sur le point de commencer, mais cette fois-ci, tout va de travers, car l'un de nous n'est pas là.

Je me retourne vers Bastien et Marcus avec une mine renfrognée.

— Cela fait des mois. Jonas devrait être de retour maintenant.

Marcus lève une épaule ignorant quoi penser, son corps paresseusement drapé sur le canapé en cuir noir.

— Peut-être qu'il ne veut pas revenir.

Je secoue la tête en signe de désaccord.

— Ne sois pas ridicule. Il ne manquerait pas le début de la nouvelle année scolaire. Quelque chose ne va pas. Tu as envisagé de faire quelque chose toi, Bastien ?

— Comme je l'ai dit les trois dernières fois que tu l'as demandé, non, je n'ai rien prévu, répond-il sèchement depuis le fauteuil dans lequel il est assis, sans lever les yeux du vieux livre qu'il lit sur la magie. Aucun de mes contacts n'a entendu quoi que ce soit non plus.

Je laisse échapper un grognement en commençant à faire les cent pas sur le sol en pierre.

— Les démons ont dû découvrir ce qu'il faisait et l'ont enlevé. C'est la seule explication.

— Ne tirons pas de conclusions hâtives, dit Bastien. On n'a aucune preuve de ça.

— Il n'y a aucune preuve de quoi que ce soit ! Jonah est l'un des nôtres. Le quatrième membre de notre groupe. Comme un frère. Pourquoi suis-je le seul à être bouleversé par la situation ?

Marcus passe une main dans ses cheveux noirs.

— Nous sommes tous bouleversés. Vous pensez réellement que cela me réjouit de retourner à mon dortoir et voir sa chambre vide ? Non, vraiment pas. Mais je suis persuadé qu'il reviendra bientôt, ou que nous trouverons un indice sur la raison d'une si longue absence.

— Statistiquement parlant, les chances de trouver quelque chose à ce stade sont faibles, dit Bastien. Cela fait trois mois. L'affaire n'est plus vraiment d'actualité.

Marcus s'approche pour frapper Bastien dans le bras.

— Ce que tu viens de dire ne fait pas avancer les choses.

Je me détourne d'eux et me pince l'arête du nez. Même si je déteste l'admettre, Bastien a raison. Nous avons passé les derniers mois à attendre que Jonah revienne, ou au moins qu'il nous envoie un message pour nous dire qu'il va bien, mais c'est comme s'il s'était évaporé. Les Archanges l'ont cherché aussi, sans succès. Quelque chose a dû mal se passer et l'empêcher d'accomplir sa mission et de revenir. Je crains que nous ne l'ayons perdu à jamais.

Par la fenêtre ouverte, j'aperçois une voiture que je ne reconnais pas et qui entre dans le parking. C'est une Honda Civic argentée si ancienne que je n'en crois pas mes yeux de la voir encore en état de marche, avec pas moins de trois bosses que je peux distinguer d'ici. C'est une femme qui conduit, même si je ne réussis pas voir tous les détails sous cet angle, et elle conduit lentement en cherchant une place. Elle en trouve une – à côté de ma voiture. Là où personne d'autre n'ose jamais se garer. Je grimace en voyant qu'elle manque de peu mon pare-chocs, et elle s'engage dans la place tellement de travers que je frise l'attaque de peur qu'elle ne rentre dans la mienne, mais tout se termine bien pour ma voiture. Qui que soit cette femme, elle doit absolument être tenue très, très loin de ma voiture. Voire sortir complètement de notre espace.

Elle sort de la voiture et secoue ses cheveux bruns foncés qui tombent en cascade sur ses épaules en vagues épaisses. Je ne peux pas voir son visage, mais elle porte un jean noir serré avec un cul si fin que je lui en pardonne presque son mauvais stationnement.

Elle attrape une sacoche et ferme sa portière, puis jette un coup d'œil sur le campus comme si elle ne savait pas trop où aller ensuite. Une autre première année, sans doute. Après quelques secondes, elle commence à marcher vers la pelouse d'un pas assuré, mais à mesure qu'elle se rapproche et que ses traits se dessinent, tous les muscles de mon corps se crispent.

C'est de loin la plus belle femme que j'ai jamais vue, mais ce n'est pas le problème.

Le problème c'est que je la reconnais.

— C'est elle.

— Qui ?

Marcus se lève et se met à côté de moi. Son regard suit le mien par la fenêtre et il laisse échapper un faible sifflement à la vue de la jeune fille. Elle est presque en dessous de nous maintenant, en route vers le bâtiment sur lequel nous nous tenons, et nous avons une vue dégagée de son décolleté à travers le col V de sa chemise rouge moulante. Elle sait définitivement comment porter des vêtements qui accentuent ses courbes, et il est difficile de détourner le regard.

— La femme sur la photo.

Je sors mon portefeuille et en sors la photo. Bastien s'est aussi placé à côté de moi maintenant, et il jette un coup d'œil entre la photo et la femme. Elle est plus jeune sur la photo, mais il n'y a aucun doute que c'est elle. Les mêmes cheveux bruns ondulés. Les mêmes yeux verts intrigants et pleins de secrets. Les mêmes lèvres rouges qui implorent un baiser.

— Tu en es sûr ? demande Marcus.

— Tout à fait sûr. Je remets la photo dans mon portefeuille. C'est celle dont Jonah nous a parlé.

Bastien la regarde de haut.

— C'est la nouvelle demi-humaine. Elle a émergé la semaine dernière. Quel est son lien avec Jonah ?

— Je l'ignore, dit Marcus. Qu'est-ce qu'on va bien pouvoir faire d'elle ?

Je serre la mâchoire.

— On va faire ce que Jonah nous a dit de faire.

Marcus fronce les sourcils.

— Est-ce qu'on doit le faire ? Ça semble un peu extrême.

Je lui jette un regard sévère.

— Elle ne peut pas rester ici à l'Académie.

Bastien se caresse le menton en la regardant.

— Il va falloir la faire partir.

— Comment va-t-on faire ? demande Marcus.

La jeune femme nous aperçoit : trois grands hommes debout au bord d'un clocher qui l'observent. Elle s'arrête dans son élan pour nous fixer et quelque chose dans ses yeux ressemble à un défi. Maintenant, je suis encore plus intrigué.

— Nous ferons tout ce qu'il faut, dis-je.

Bastien acquiesce.

— Même si ça veut dire la rendre malheureuse.

— Je n'aime pas ça, dit Marcus. C'est dommage de faire partir quelqu'un d'aussi sexy si tôt.

Je lui lance maintenant un regard perçant.

— Arrête de penser avec ta queue pour une fois et souviens-toi de notre promesse faite à Jonah.

Marcus laisse échapper un soupir dramatique.

— OK.

— Il faut le faire. Je monte sur le rebord et laisse mes ailes se déployer avec un sourire crispé.

— Maintenant, souhaitons-lui la bienvenue à l'Académie Seraphim.

J'entends le claquement des ailes des autres qui se déploient, puis nous descendons en un battement d'ailes sur la femme sans méfiance.

La pauvre. Elle n'a aucune idée de ce qui l'attend.

5

OLIVIA

Les anges étendent leurs ailes brillantes qui captent immédiatement la lumière du soleil, m'aveuglant presque complètement – puis ils descendent. Ils touchent le sol en trombe, se posant en triangle autour de moi, si près que le souffle de leurs ailes fait virevolter mes cheveux en arrière. Je suis soudain entourée de trois des hommes les plus beaux qui aient jamais foulé le sol de la Terre, et il se pourrait que ce soit mon jour de chance, sauf qu'aucun d'entre eux ne sourit.

Celui qui se trouve devant moi est le plus grand avec des muscles qui rendraient même Thor jaloux, une mâchoire forte et des cheveux dorés comme ceux de Captain America. Ses ailes sont d'un blanc pur et bordées d'or, et tout en lui est grand, imposant et masculin. Il me lance un regard qui me fait bien comprendre que c'est lui le patron ici, et qu'il a l'habitude d'obtenir ce qu'il veut. Son attitude de mâle alpha est très excitante, je l'admets.

Jusqu'à ce qu'il ouvre la bouche, en fait.

— Tu n'as rien à faire ici.

Est-ce qu'il sait qui je suis ? Est-ce que Jonah lui a parlé de moi ? Il est temps de le découvrir. Je pose mes mains sur mes hanches et lui fais face.

— Ah vraiment ?

— Pars maintenant, et il ne te sera fait aucun mal, ordonne sa voix.

Je ne suis pas certaine qu'il possède une autre façon de parler. Il a manifestement l'habitude de dire aux gens ce qu'ils doivent faire. Malheureusement pour lui, je n'ai jamais été du genre à suivre les ordres.

— Hmm, en faisant semblant d'y réfléchir, la tête penchée. Pourquoi pas ?

Je commence à le frôler, mais l'un des autres hommes musclés tend une aile bronze et blanche pour me bloquer le passage. Ce type a la peau olivâtre, des cheveux châtain foncé légèrement bouclés et une bouche sensuelle que j'aimerais embrasser. Il se tient debout dans une pose faussement décontractée et a une fossette arrogante au menton, comme s'il savait à quel point il est beau et que vous le saviez aussi. Il pourrait être latino, du Moyen-Orient, ou autre chose – il a un de ces visages qui pourrait passer pour n'importe quelle origine. Beaucoup d'anges le sont, en fait. Probablement parce qu'ils ne sont pas originaires de la Terre.

— Nous n'avons pas fini de te parler, dit-il.

— Écoute-nous, ajoute le troisième ange d'une voix aiguë.

Il est beau, comme tous les anges, mais d'une manière peu conventionnelle. Il est plus intéressant que beau, avec des pommettes saillantes, une mâchoire tranchante et des yeux froids rayonnant d'intelligence et d'arrogance dans la même mesure. Il est grand et trapu, et avec ses cheveux noirs brillants, il me fait penser à un corbeau, même si ses ailes sont gris foncé avec des stries argentées. S'il était dans un film de superhéros, il serait le méchant sexy que vous aimez détester.

— Si nous t'affirmons que tu n'as pas ta place ici, alors tu ne l'as pas.

Je laisse échapper un soupir.

— Et c'est parce que je suis à moitié humaine ?

Leur chef acquiesce.

— Exactement. On ne veut pas de ton espèce ici.

— C'est pour ton bien, dit l'ange aux ailes de bronze. Tu ne devrais pas être dans cette école.

— Je pense que je sais ce qui est le mieux pour moi, merci.

Le sarcasme s'écoule de moi comme de la sueur. Ce n'est pas comme ça que j'avais imaginé cette première interaction avec les amis de mon frère. Non, mon plan impliquait de flirter, de séduire et de les convaincre de révéler leurs secrets après une ou deux séances de sexe torride. Ce n'est définitivement plus dans les cartes maintenant que j'ai vu à quel point ce sont des connards autoritaires. Je vais devoir trouver un plan B pour obtenir des informations de leur part.

— Je n'envisage aucunement de partir, alors vous pourriez aussi bien ranger ces ailes flashy et me laisser passer. Ou mieux encore, dites-moi où je peux trouver les dortoirs pour y mettre mes affaires.

— Je peux t'aider pour ça, dit une voix féminine derrière moi.

Elle se déplace à mes côtés tout en fronçant les sourcils vers les hommes.

— Vraiment, vous trois. Je m'attendais à mieux de votre part.

Elle prend mon bras et m'entraîne à l'écart tandis qu'ils nous regardent d'un air renfrogné. Elle a les cheveux blonds rosés, une peau pâle et de grands yeux chauds avec une pointe de tristesse qui me manquerait presque. Je la reconnais immédiatement grâce à une photo que j'ai vue sur le téléphone de mon frère.

— Merci, mais je vais y arriver.

Mon sang est encore tout bouillant d'avoir interagi avec ces abrutis, même s'il chante aussi de désir. Je désirais ces hommes, tous les trois. Un par un ou les trois ensemble, je ne suis pas difficile. Être un succube est d'une telle douleur parfois.

Sauf que je ne suis pas la seule à ressentir de la luxure. Je réalise que les trois hommes ne me regardent pas seulement avec dégoût, mais aussi avec désir. Merci pour l'avant-goût, les gars.

— J'en suis sûre, mais les femmes devraient se défendre les unes les autres, surtout quand des hommes sont impliqués.

Elle me fait un sourire aimable.

— D'ailleurs, tu m'as l'air un peu perdue. Je peux te montrer les environs. Je m'appelle Grace, au fait.

Je n'arrive pas à croire en ma bonne étoile. D'abord, je suis tombée sur les amis de mon frère, et même s'ils se sont avérés être des abrutis de première classe, cette rencontre m'a évité d'avoir à les retrouver. Maintenant, la petite amie de Jonah se lie d'amitié avec moi. Je peux définitivement me réjouir de tout cela.

Je lui fais un sourire amical, en jouant le rôle innocent et naïf que j'ai donné à Jophiel.

— Tu as raison, j'aurais besoin d'aide, merci. Je m'appelle Olivia, mais tu peux m'appeler Liv.

Je jette un coup d'œil aux hommes. Ils sont retournés au

clocher et me regardent à travers une grande fenêtre, bien qu'ils aient rangé leurs ailes.

— Est-ce que tout le monde est aussi impoli ici ?

— Pas tout le monde. Ce sont les princes, comme on les appelle ici, et ils pensent qu'ils peuvent donner des ordres à tout le monde.

Elle secoue la tête.

— Je te suggère de les éviter, si tu le peux.

En suivant le chemin, nous contournons le clocher, mais ne sommes pas hors de leur vue, malheureusement.

— Pourquoi on les appelle les Princes ? demandé-je.

— Pour faire court, c'est la royauté des anges. Ils ont tous au moins un archange comme parent. Comme j'ai l'air confuse, elle explique : les archanges sont les plus anciens et les plus puissants de tous les anges, et les sept d'entre eux forment le conseil qui nous gouverne – ce qui signifie que ces trois hommes gouvernent essentiellement l'école. Ils peuvent faire tout ce qu'ils veulent et s'en sortir.

Je suis tentée de regarder à nouveau les hommes, mais je me retiens, même si je sens encore le poids de leurs regards sur moi.

— Sont-ils vraiment si mauvais ?

— Ils ne l'étaient pas avant. J'étais autrefois proche d'eux.

Ses yeux se baissent et son sourire disparaît.

— Mais quelque chose s'est produit à la fin du trimestre dernier et tout a changé.

Elle prend une inspiration.

— Comme je l'ai dit, il vaut mieux que tu les évites.

— Je vais essayer.

Sauf que les éviter ne fait pas vraiment partie du programme. Ils doivent savoir quelque chose sur la disparition de mon frère, et je vais découvrir ce qu'il en est.

— Ils sont toujours perchés là-haut comme des corbeaux ?

— La plupart du temps. Ils se sont approprié le clocher. Le bâtiment dans lequel ils se trouvent est le hall principal, où se dérouleront la plupart de tes cours. Tout ce qui nécessite de s'asseoir à un bureau sera là. Je peux aussi te faire visiter le reste du campus si tu veux.

Je lui fais un sourire chaleureux.

— Ce serait génial.

Elle me conduit sur un sentier près de la grande pelouse verte, vers le lac et d'autres bâtiments au loin. Les étudiants s'assoient ensemble dans l'herbe ou s'allongent au soleil, les yeux fermés, les ailes déployées et flottant dans la brise, profitant d'un moment de paix avant le début des cours. Pendant un instant, je les envie. Ils n'ont pas à mentir sur qui ils sont ou à cacher leur vraie nature à leur entourage. Ils n'ont pas à s'inquiéter de ce qu'il se passera s'ils se font prendre.

— C'est le gymnase là-bas, dit Grace, me sortant de mes pensées.

Elle pointe du doigt un grand bâtiment à côté d'un grand terrain près du lac.

— Les cours d'entraînement au combat ont tous lieu là ou sur le terrain. Tu suivras aussi des cours de vol là ou sur le lac.

Je laisse échapper un rire nerveux.

— Le combat ? Le vol ? Merde. Je ne suis absolument pas préparée à ces cours. Je n'ai jamais combattu personne avant, et j'ai le vertige.

— Ne t'inquiète pas, beaucoup de gens arrivent ici sans savoir comment voler ou se battre. Tu vas vite t'y habituer. Quels autres cours as-tu ?

Je sors mon emploi du temps.

— Histoire angélique et études démoniaques.

Elle hoche la tête et on continue sur le chemin.

— Chaque année, tu prendras Histoire angélique et Entraînement au combat, et chaque année tu devras suivre un cours d'Études surnaturelles, mais l'ordre dans lequel tu les prends n'a pas d'importance. La plupart d'entre nous choisissent d'abord l'étude des démons pour savoir à quoi s'attendre.

Je lève une main pour l'arrêter.

— Attends un peu. Les démons existent ?

Elle me regarde en clignant des yeux.

— Bien sûr qu'ils existent.

— Waouh. OK.

Je prends une grande inspiration.

— Désolée, c'est tout nouveau pour moi. Il y a une semaine, je pensais que le monde était rempli d'humains et que c'était tout, et maintenant j'apprends qu'il n'y a pas que des anges, mais aussi des démons.

— Et des elfes, ajoute Grace. Bien qu'ils préfèrent rester dans leur propre royaume, donc tu n'en rencontreras probablement jamais. Ne t'inquiète pas pour eux pour le moment.

— Bonne idée. Ma tête tourne assez comme ça.

Le mensonge est facile, toujours si facile, surtout avec le collier de mère. Je peux entendre sa voix dans ma tête maintenant : « L'une des meilleures façons de séduire quelqu'un – ou de le tromper – est de prétendre que vous n'êtes pas très intelligent ou malin. Les gens sont toujours prompts à croire que quelqu'un est plus bête qu'eux, surtout quand on est une femme. Tu peux utiliser ça à ton avantage. »

Grace me fait un sourire presque compatissant.

— Je suis sûre que cela doit être très perturbant pour toi. Oh, tu devrais aussi avoir un cours basé sur ton chœur.

Elle jette un coup d'œil à mon emploi du temps.

— C'est bizarre. Il est écrit, « à déterminer ». As-tu la moindre idée du type d'ange que tu es ?

— Hum, je ne savais même pas qu'il y avait des types d'anges.

— Il y a quatre Chœurs, et tous les anges appartiennent à l'un d'entre eux en fonction de leur façon de contrôler la lumière, explique-t-elle avec la patience d'une sainte. Les Erelims créent une lumière brûlante qui peut blesser les autres, un peu comme un laser. Les Malakims utilisent la lumière pour guérir le corps et l'esprit et peuvent aussi faire pousser les plantes. Les Ishim, comme moi, manipulent la lumière pour se rendre invisibles, ainsi que d'autres objets. Et les Ofanims utilisent la lumière de la vérité pour détecter les mensonges, voir à travers les illusions et le glamour, et certains d'entre eux peuvent même voir l'avenir en de rares occasions.

— Comment saurais-je lequel je suis ? demandé-je alors que nous poursuivons notre promenade.

— C'est génétique, donc les gens prennent l'apparence d'un de leurs parents.

— Pas de chance de ce côté-là. J'ai grandi dans une famille d'accueil. On m'a dit que mon père était un ange, mais je ne l'ai jamais rencontré, et ma mère était humaine.

— Cela pourrait rendre les choses plus difficiles. As-tu remarqué de la magie depuis que tu as tes ailes ? Quelque chose d'inhabituel ?

— Non. Rien.

Mensonges, mensonges, mensonges. Ils sortent tout seuls de ma bouche maintenant.

Elle hausse les épaules.

— Parfois, ça prend plus de temps. Tu n'as pas besoin de

t'inquiéter. Les professeurs ici t'aideront à trouver une solution.

Je soupire.

— Ou alors, comme je suis à moitié humaine, je n'aurai aucun de ces pouvoirs.

— J'en doute, mais je n'y connais pas grand-chose, désolée. Le directeur Uriel pourra t'en dire plus.

Elle s'arrête devant un autre bâtiment, celui-ci avec un patio extérieur.

— Là, c'est la cafétéria. C'est un buffet, donc on peut se présenter quand on a faim et prendre autant de nourriture qu'on veut. Tu peux aussi prendre de la nourriture à emporter si tu préfères manger dans ta chambre ou au bord du lac.

— C'est cher ?

Elle rit doucement.

— Non, c'est gratuit pour les étudiants. Presque tout ici l'est.

Mes yeux s'écarquillent.

— Waouh. C'est vraiment généreux de la part de l'école.

— Aerie Industries finance l'Académie, et ils prennent bien soin de nous. Comme il se doit, puisque la plupart d'entre nous travaillent pour eux quand nous sommes ici.

Ma visite avec Grace continue, et au cours des minutes suivantes, elle me montre la maison du directeur, la bibliothèque, le magasin des étudiants, et puis elle me conduit sur un court chemin vers un bâtiment en pierre de quatre étages.

— C'est le dortoir. On devrait déjà t'avoir attribué une suite, que tu partageras avec un autre élève de première année.

— Des dortoirs, hein ? Je n'ai jamais séjourné dans ce type de lieu.

— Tu es allée à l'université ?

— Juste une fac communautaire locale pendant deux ans, expliqué-je en haussant les épaules. Et toi, alors ? Les anges vont-ils au lycée ?

— Certains d'entre nous y vont. Nous grandissons dans les communautés d'anges du monde entier, mais comme nous n'obtenons pas nos ailes avant l'âge de vingt et un ans, cela nous laisse le temps d'obtenir d'abord un diplôme si nous le voulons. Je suis allée à Stanford, par exemple. L'Académie Seraphim est un peu comme une école supérieure dans ce sens. Bien sûr, parfois on se sent encore comme au lycée.

Ses yeux sombres se posent sur un groupe de femmes qui passent devant nous alors qu'elle parle. Elles sont belles, même pour des anges, et elles gardent la tête haute et marchent avec assurance, comme si elles avaient l'habitude que les gens s'écartent de leur chemin. Chacune d'entre elles a une silhouette athlétique et des cheveux identiques, couleur paille. Celle de devant a les cheveux attachés en une petite queue de cheval, elle croise mon regard et ricane, avant de se tourner vers son groupe et de se diriger vers les dortoirs. Celle de derrière me heurte violemment avec son sac avant de rentrer.

Il m'est difficile de ne pas l'interpeller quand elle passe.

— Je vois ce que tu veux dire. Qui sont-elles ?

— Les méchantes filles de l'Académie Seraphim. Elles descendent toutes des Valkyries et pensent qu'elles sont meilleures que tout le monde pour cette raison. Celle qui est devant c'est Tanwen, leur nouvelle chef, même si elle aussi est une première année.

— Attends, les Valkyries ? Je pensais que c'était de la mythologie nordique. Tu dis qu'elles sont réelles aussi ?

— Elles le sont. Comme tu le verras dans l'Histoire angélique, toutes sortes d'êtres ailés dans la mythologie ou la religion peuvent remonter jusqu'à nous.

Elle agite une main dédaigneuse.

— Quoi qu'il en soit, je te suggère de rester hors de leur chemin le plus possible. Il vaut mieux que tu n'attires pas leur attention.

— Donc, éviter les anges royaux et éviter les filles méchantes. Y a-t-il quelqu'un que je ne dois pas éviter ?

— Tous les autres devraient être sans danger, j'espère. Bien que nous n'ayons pas beaucoup de demi-humains ici, donc certaines personnes pourraient être impolies avec toi à ce sujet.

— Juste ce dont j'ai besoin, marmonné-je.

— Je pense que personne ne te dérangera, dit-elle avec un sourire. Si tu as besoin de quelque chose ou si tu as des questions, fais-le-moi savoir.

Je lui offre un sourire sincère en retour. Elle est gentille alors qu'elle n'avait pas à l'être. Je l'apprécie.

— Je le ferai. Merci.

Grace semble être une personne gentille et attentionnée, ce qui me fait presque me sentir mal de l'avoir trompée et utilisée. *Presque.*

6

OLIVIA

Grace et moi nous séparons devant les dortoirs, et je me dirige alors à l'intérieur pour découvrir ma nouvelle maison et rencontrer ma nouvelle colocataire. Ce bâtiment est fait de la même pierre blanche et du même design gothique que le reste des bâtiments du campus. Il y a un petit hall avec un ascenseur et quelques distributeurs automatiques, et un type assis derrière un bureau temporaire avec un bloc-notes. Son badge indique Blake, et il a les cheveux blond cendré et une peau bien bronzée. Une personne qui a sans aucun doute passé beaucoup de temps au soleil.

— Vous venez pour vous enregistrer ? demande-t-il. Nom ?

— Olivia Monroe.

Ses lèvres se retroussent.

— Oh, vous êtes la demi-humaine. Signez ici.

Je signe sur la ligne, et il sort une clé d'un tiroir du bureau. Je savais que prétendre être à moitié humaine ferait de moi une étrangère, mais je ne pensais pas que ce serait aussi important ici. Ça pique un peu, même si je ne suis pas vraiment à moitié humaine.

— Vous êtes dans la chambre 302 avec Araceli. Il s'ébroue. C'est bien choisi.

Je prends la clé.

— Que voulez-vous dire ?

Ses lèvres se transforment en rictus.

— Personne ne veut de ce monstre aux oreilles pointues ici non plus.

Je roule les yeux. Ça suffit comme ça.

— Je ne peux pas parler pour elle, mais je n'envisage en aucune façon de partir d'ici, alors vous pourriez aussi bien descendre de vos grands chevaux et changer de ton.

Il se penche en arrière et hausse les épaules, je prends ma clé et je m'en vais. Chercher Jonah ici pourrait être plus difficile que je ne le pensais si tout le monde se comporte ainsi avec moi. Mais bon, ils me traiteraient bien plus mal s'ils savaient que je suis en partie démon. Se reproduire avec un humain est interdit, mais se reproduire avec un démon ? C'est tellement tabou que c'en est impensable.

Je jette un coup d'œil dans la salle commune, où se trouvent des canapés en cuir, des tables en bois lourd et des chaises aux bras épais. Il y a une télévision grand-écran à un bout, mais elle est éteinte. Des fenêtres du sol au plafond laissent entrer des tonnes de lumière, et les portes coulissantes mènent à un patio extérieur avec des tables et des chaises. Quelques étudiants s'y prélassent en lisant des livres, en utilisant leur ordinateur portable ou en discutant entre eux tout en mangeant un en-cas. L'une d'entre elles me repère et fait signe à son amie, puis la pièce devient silencieuse et tout le monde s'arrête pour me fixer.

Je fais un signe maladroit de la main avant de m'éloigner

de la porte. Tant pis si je ne réussis pas à passer cette année sans me faire remarquer. Il est clair que tout le monde sait qui je suis, et ils ont déjà beaucoup de sentiments à ce sujet. Je ne me soucie pas vraiment de ce que ces gens pensent, d'autant plus que le peu qu'ils connaissent à mon sujet n'est que mensonge, mais je dois glaner des informations sur Jonah, et ce serait beaucoup plus facile si les gens me parlaient comme à une personne normale.

Je saute dans l'ascenseur et me dirige vers le troisième étage. Quand la porte s'ouvre, je sors et je heurte presque quelqu'un qui monte. C'est la Valkyrie narquoise de tout à l'heure, dont Grace a dit qu'elle s'appelait Tanwen. Ses yeux bleus se rétrécissent quand elle voit mon visage.

— Dégage de mon chemin, déchet humain.

Mes sourcils s'élèvent.

— Comment m'as-tu appelée ?

— Tu m'as bien entendue.

Elle croise les bras et me regarde comme si elle me mettait au défi de la combattre.

La porte de l'ascenseur se ferme avant d'avoir pu trouver une réponse intelligente. Quelle salope ! Je suis plus en colère qu'offensée, d'autant que si Valkyrie girl savait que je suis en fait un succube, elle se pisserait probablement dessus.

J'oublie tout ça. Je n'ai pas le temps pour ces conneries, j'ai une mission à accomplir, et pour cela, il faut que j'installe ma base d'opérations.

Il y a un autre petit salon ici, devant l'ascenseur, et de l'autre côté se trouve la chambre 302. Ma clé la déverrouille, et je pénètre dans un petit salon avec une mini-cuisine et une salle de bain. Deux portes de chaque côté mènent aux chambres, et je suis soulagée de voir que je ne partagerai pas une chambre avec quelqu'un d'autre. J'aurai toujours une colo-cataire, mais nous aurons chacune un peu d'intimité – une très bonne chose quand on doit se nourrir de sexe pour survivre. Non pas que je m'attende à pouvoir me nourrir beaucoup ici. Ce serait bien trop dangereux. Mais bon, sait-on jamais.

Deux femmes discutent dans une des chambres, alors je me dirige vers la chambre vide avant qu'elles ne me voient. Je dépose mon sac sur le lit double et je regarde autour de moi dans ce petit espace. Il y a un bureau, un placard, et une fenêtre qui donne sur le lac. Ce n'est pas grand-chose, mais ce n'est pas mal non plus. Tout a l'air propre et bien entretenu, bien que ce soit assez réduit pour que nous puissions ajouter des touches personnelles. Cela me rappelle beaucoup certains des endroits où j'ai vécu lorsque j'étais en famille d'accueil, et je m'y sens tout aussi seule. Oui, j'ai vraiment grandi dans une famille d'accueil, car aucun de mes parents ne pouvait m'élever en toute sécurité, et la solitude était ma meilleure amie – jusqu'à Jonah.

Il y a aussi un accès à un balcon, qui s'étend sur toute la longueur du dortoir, avec deux chaises et une table. C'est assez grand pour qu'un ange puisse déployer ses ailes et décoller. Ce pourrait bien être utile.

Je sors pour prendre le reste de mes affaires, mais je suis arrêtée par les deux femmes. On dirait des sœurs, avec les mêmes yeux bruns pleins d'âme, sauf que l'une a une mèche violette dans ses cheveux bruns. L'autre se tient debout avec la confiance et la grâce de quelqu'un qui a vécu pendant des centaines d'années, même si elle ne semble pas avoir plus de trente ans.

— Oh chérie, ce doit être ta colocataire, dit l'ange le plus âgé.

— Hé, je suis Araceli, dit la fille à la mèche violette en me tendant la main. Ravie de te rencontrer.

— Liv, lui dis-je, en l'étreignant. Diminutif d'Olivia.

— Je suis sa mère, Muriel. Elle me fait un grand sourire, puis se retourne vers sa fille. Tu as besoin d'autre chose ? Je peux rester et te préparer à manger ? As-tu besoin d'aide pour organiser ton armoire ?

— Non, maman, dit Araceli gênée. Je vais bien. Vraiment. Tu peux partir maintenant.

— Tu es sûre ? Liv, as-tu besoin d'aide pour t'installer ? me demande Muriel.

— Tout va bien, merci.

Le ton d'Araceli devient exaspéré.

— Maman. S'il te plaît.

— Très bien, j'y vais. Bien que je pense que ta salle de bain pourrait être un peu mieux organisée...

— Maman !

Araceli tape pratiquement du pied.

— Pardon, pardon. Muriel se penche et embrasse le front d'Araceli. Je n'arrive pas à croire que mon bébé est déjà grand et qu'il va à l'Académie. Je suis si fière.

Araceli roule des yeux, mais elle serre sa mère dans ses bras.

— Merci pour ton aide, maman.

— Bien sûr, ma chérie. Tu m'appelles si tu as besoin de quoi que ce soit et j'arriverai de ce pas. Liv, c'était un plaisir de te rencontrer. Elle me fait un sourire chaleureux avant de se diriger vers la porte. Elle hésite encore, comme si elle ne voulait pas partir, mais finalement elle fait un petit signe de la main et ferme la porte derrière elle.

Araceli laisse échapper un énorme soupir et s'effondre sur le canapé dès que sa mère a quitté les lieux.

— Enfin. J'ai cru qu'elle ne partirait jamais !

Je regarde la porte avec nostalgie.

— J'ai trouvé ça mignon. Il est évident qu'elle t'aime beaucoup. Tu as de la chance.

Les mots glissent, et je les regrette immédiatement, mais c'est difficile de ne pas être jalouse quand Père fait actuellement semblant que je n'existe pas, et que je n'ai pas eu de nouvelles de ma mère depuis plus de trois ans.

Elle me regarde de plus près.

— Tu es la fille à moitié humaine. Je suppose qu'ils ont mis les deux parias ensemble dans une suite. La force du nombre ou quelque chose du style.

— Toi aussi, tu es un paria ?

Je vais peut-être avoir une amie. Non pas que ça m'aiderait puisqu'elle est toute nouvelle, elle aussi.

– Ouaip. Elle repousse sa mèche violette et me montre une de ses oreilles, légèrement pointue au sommet.

— J'ai du sang d'elfe du côté de mon père, donc je suis considérée comme un paria parmi les anges, même si j'ai grandi parmi eux et que je ne connais pas du tout mon côté elfe. Je suis sûre que tu as remarqué qu'ils ne sont pas le groupe le plus accueillant pour celui qui est différent.

— Sans blague. Plusieurs personnes m'ont déjà dit de rentrer chez moi aujourd'hui.

Elle pose ses bottes de combat couleur citron vert sur le bras du canapé.

— Ignore-les. Certaines personnes pensent que les anges doivent rester purs, ou je ne sais quoi. Elle roule les yeux. Tu ne savais vraiment pas que tu étais en partie ange avant ton émergence ?

Perchée à côté d'elle sur le canapé, je décide de prendre tous les amis que je peux avoir à ce stade.

— Non pas du tout. Tout ça a été un choc total. C'est quoi une Émergence ?

— C'est ainsi qu'on appelle les anges qui reçoivent leurs ailes. Pour la plupart d'entre nous, c'est un événement joyeux.

Je grogne.

— La mienne était tout sauf ça.

— C'est ce qu'on m'a dit.

Mes sourcils s'élèvent.

— Tu es au courant ?

Elle laisse échapper un petit rire.

— La communauté des anges est petite et soudée. Tout le monde est au courant. On a tous vu la vidéo de ta chute dans la piscine. Même un paria comme moi.

Je déglutis.

— Génial. Pas étonnant que tout le monde me regarde.

— T'inquiète. On va se serrer les coudes et faire un doigt d'honneur à ceux qui nous emmerdent. Hé, tu as quels cours ?

J'aime déjà cette fille. Je sors mon emploi du temps de ma poche arrière, et elle le regarde rapidement.

— Génial, on a Entraînement au combat et Vol ensemble. Elle fronce les sourcils en regardant quelque chose sur la page. Donc tu ne sais pas à quel chœur tu appartiens.

— Non. Je ne sais rien de rien. Et toi ?

— Je suis un Malakim, ou un guérisseur, comme ma mère.

— Tu as déjà fait beaucoup de guérisons ?

— Pas vraiment. J'ai essayé de m'exercer sur quelques plantes et un chien malade, mais je ne sais pas encore vraiment ce que je fais. Avant cela, j'ai fait l'école d'infirmières, donc j'ai une certaine idée de comment aider les personnes malades ou blessées, mais utiliser la magie est totalement différent que de pratiquer la médecine. Elle me jette un regard pensif. Je n'ai pas l'impression que tu es un Malakim. Tu ressembles plus à un Ofanim ou quelque chose du genre.

Je croise les jambes et je m'installe. C'est facile de parler à Araceli.

— Peut-être. Je n'en ai vraiment aucune idée. Sur quoi que ce soit. Je suis assez perdue depuis que j'ai reçu l'invitation à cette école. Je me sens mal d'avoir menti à Araceli, car elle semble si sincère et ouverte, et en tant qu'étudiante de première année, elle n'est pas sur ma liste de personnes sur lesquelles enquêter, mais je dois garder ma ruse tant que je suis ici.

Elle me fait un grand sourire.

— Eh bien, c'est une bonne chose que tu sois coincée avec moi comme colocataire. Je peux t'aider à comprendre tout ça, et je sais un peu ce que c'est que d'être un paria dans la communauté des anges.

— Ce serait génial, merci.

Elle m'aide à monter le reste de mes affaires, puis nous nous dirigeons chacune dans notre chambre pour finir de tout déballer et nous installer avant l'orientation de demain matin. Mais quand je ferme la porte de ma chambre, je remarque quelque chose sur le lit qui n'était pas là avant. Une boîte carrée emballée dans du papier brun et un ruban doré.

Je l'ouvre avec précaution, au cas où il s'agirait d'un tour de passe-passe, mais je suis encore plus confuse lorsque j'en sors une robe blanche à capuche et un masque blanc uni qui couvre complètement le visage, à l'exception des yeux. En dessous, il y a une carte imprimée sur du papier épais avec des lettres en relief en écriture dorée. L'image d'un trône d'or occupe la majeure partie de la page, et en dessous se trouvent une date, une heure et des coordonnées. En bas, il y a les mots : « Participez à vos propres risques. Le secret est obligatoire. La loyauté est primordiale. »

J'ai failli courir demander à Araceli si elle en avait reçu un aussi, mais je passe à nouveau mon doigt sur ces mots. Et si elle n'avait pas reçu d'invitation ? Je pourrais déjà enfreindre les règles en lui parlant de l'invitation. Mais à quoi ai-je été invitée exactement ?

7

OLIVIA

Une fois installées, Araceli et moi nous dirigeons vers la cafétéria pour dîner. Comme les dortoirs, la cafétéria possède des fenêtres qui vont du sol au plafond et qui laissent entrer beaucoup de lumière pendant la journée. Des tables et des chaises blanches sont disposées dans l'immense espace, et sur les côtés se trouvent des buffets avec toutes sortes de plats différents, allant des tacos aux lasagnes en passant par le rosbif.

Au début, tout ce que j'arrive à faire, c'est regarder autour de moi et encaisser. C'est difficile de croire que toute cette nourriture est gratuite. Mes parents biologiques ont fait en sorte qu'aucune de mes familles d'accueil ne soit trop mauvaise, donc je n'ai jamais eu à me soucier de la nourriture, mais l'argent, c'était une autre histoire. Aucun de mes parents ne pouvait avoir de liens avec moi, car selon eux, il était trop dangereux que quelque chose nous relie tous les trois. Cela signifiait qu'ils ne pouvaient pas non plus me soutenir. Tout ce que j'avais – ma voiture, mon appartement, mes études – je devais le gagner par moi-même. Pendant ce temps, Jonah a eu tout ce qu'il pouvait désirer, a grandi dans un manoir et a été adoré par tout le monde autour de lui parce qu'il était le fils de deux Archanges. Non pas que je sois jalouse. J'aime Jonah. Mais quand même.

Les anges ici tiennent tout ça pour acquis, ils se promènent autour du buffet et obtiennent tout ce qu'ils veulent, et ils se comportent ainsi avec tout ici dans cette école. Aucun d'entre eux ne sait ce que c'est de grandir avec presque rien.

Je prends des tacos au poisson et une salade, puis je me dirige vers la table où Araceli est déjà assise. Quelqu'un me heurte violemment et mon plateau tombe par terre, répandant ma nourriture partout et faisant un bruit assez fort pour que tout le monde dans la cafétéria se retourne sur moi.

— Oups, dit Tanwen avec un sourire qui est tout sauf désolé. Tu devrais regarder où tu vas la prochaine fois, humaine maladroite.

— Tu m'as bousculée ! lui balancé-je, mais elle est déjà partie, et ses amies Valkyries se contentent de ricaner en la suivant. En regardant leur dos, je me demande si elles se sont coloré les cheveux pour s'accorder, ou si elles sont toutes des clones les unes des autres.

Je laisse échapper un soupir et commence à nettoyer le désordre. L'un des employés de la cafétéria vient prendre le relais et je m'excuse abondamment de leur compliquer la tâche avant d'aller chercher un autre plateau de nourriture. Je sais ce que c'est que d'avoir à nettoyer après quelqu'un d'autre.

Le temps que je revienne, Araceli a presque terminé son repas.

— Je vois que tu as déjà rencontré les Valkyries, dit-elle en me voyant m'asseoir.

Je lance un regard mauvais au groupe de femmes qui a pris possession d'un grand coin de table.

— J'ai de la chance.

Grace s'approche de notre table en tenant un plateau et nous fait un sourire. À côté d'elle, un type aux cheveux bouclés portant un polo violet et un jean hipster un tout petit peu trop court.

— On peut s'asseoir avec vous ?

— Bien sûr.

Je me décale un peu pour qu'ils puissent tous les deux nous rejoindre à la table. Je suis heureuse de les voir. Grace connaît mon frère, alors j'espère que le garçon également.

Araceli semble surprise par nos nouveaux invités, mais sourit.

— Plus on est de fous, plus on rit.

— Voici Cyrus, dit Grace, en montrant son ami. C'est un deuxième année comme moi, et un Ofanim.

— Ravie de te rencontrer, dis-je

— C'est bon de te revoir, dit Araceli.

— Comment vous connaissez-vous tous ? demandé-je.

Araceli se bascule en arrière et repousse son assiette vide.

— Nous avons tous grandi dans la même communauté en Arizona, près de Yuma. Beaucoup de soleil là-bas. Comment connais-tu Grace ?

— Elle a été assez gentille pour me sauver des Princes cet après-midi, et elle m'a montré le campus.

Les sourcils noirs d'Araceli se sont levés.

— Qu'est-ce que tu veux dire, elle t'a sauvée ?

— Chut, ils sont là maintenant, dit Cyrus, alors nous nous tournons tous pour regarder.

Les trois hommes entrent dans la cafétéria comme si l'endroit leur appartenait, et tout le monde s'écarte pour leur laisser le chemin libre lorsqu'ils se dirigent vers le buffet. Le grand blond musclé est à l'avant, fonçant comme s'il était en mission de vie ou de mort pour obtenir de la nourriture. Je pense qu'il ne fait pas les choses à moitié. Le grand, aux cheveux noirs, est juste derrière lui, lançant des poignards avec ses yeux froids sur toute personne qui ose les regarder. Le troisième, à la peau olivâtre et à la bouche sexy, marche de manière plus décontractée et adresse un sourire à la foule, comme s'il essayait de rassurer tout le monde en disant qu'ils ne sont pas si mauvais.

Alors que je les observe, le leader me repère et ses yeux se rétrécissent. Il me fixe avec une hostilité ouverte, et les deux autres hommes suivent son regard. Super, maintenant tout le monde dans la cafétéria me regarde aussi, se demandant probablement pourquoi j'ai attiré l'attention des princes. Au début, je suis agacée, jusqu'à ce que la luxure et le désir me donnent un petit coup de fouet. Même les anges ont du mal à résister à l'attrait d'un succube, y compris les Princes.

Il s'écoule une éternité avant que les trois hommes ne se détournent pour aller chercher leur nourriture, mais le mal est fait. Je peux déjà entendre les chuchotements étouffés qui circulent dans la salle, parlant sans doute de moi. Si quelqu'un dans l'école ignorait avant ce que j'étais, et bien ils le savent très certainement maintenant.

— C'était quoi ça ? demande Cyrus.

— Tous les trois m'ont encerclée quand je suis arrivée et m'ont dit que je n'avais pas ma place ici, dis-je.

— Wow, je ne savais pas qu'ils détestaient autant les demi-humains, dit Araceli. Ils sont encore pires que ce que j'ai entendu dire d'eux.

— Je n'ai jamais pensé que c'en était à ce point, dit Grace avec un soupir. Mais les gens changent.

Cyrus se penche en avant et dit dans un murmure fort, qu'elle devrait le savoir, puisqu'elle sortait avec l'un d'entre eux.

— Vraiment ? demandé-je. Lequel ?

Cyrus fait un signe de la main.

— Pas un de ces trois-là. Il y avait un quatrième Prince l'année dernière.

La tête de Grace se baisse et la tristesse dans ses yeux revient.

— Son nom est Jonah. Il a disparu à la fin du trimestre dernier.

Je suis ravie que la conversation se tourne déjà sur mon frère.

— Vraiment ? Que lui est-il arrivé ? interrogé-je, comme si c'était la première fois que j'entendais parler de Jonah et que cela ne me déchirait pas le cœur chaque fois que je pense à sa disparition.

— Personne ne sait, dit Cyrus. Il a disparu sans laisser de trace, et personne n'a été en mesure de le retrouver. Certaines personnes pensent qu'il s'est enfui, et d'autres pensent que les démons l'ont enlevé.

— Pensez-vous que les Princes ont quelque chose à voir avec sa disparition ? demandé-je.

— Non, ils étaient comme des frères, dit Grace, en piochant dans sa nourriture sans vraiment la manger. Mais ils ont changé après la disparition de Jonas. Ils sont plus durs maintenant. Plus méchants.

Nous nous calmons alors que les Princes finissent de prendre leur nourriture, me jettent un dernier regard hostile, et sortent de la cafétéria avec leur plat. La salle semble se détendre collectivement dès leur départ.

— Eh bien, une chose n'a pas changé – ils ne mangent toujours pas avec nous, les roturiers, dit Cyrus.

— Que pouvez-vous me dire d'autre sur eux ? m'enquis-je.

Cyrus sourit, et je peux voir qu'il aime les ragots.

— Le blond s'appelle Callan, et c'est le fils de l'Archange Jophiel et de l'Archange Michael. C'est un Erelim et, en gros, le chef des princes, tout comme Michel était le chef des archanges, et il ne permet à personne d'oublier ce fait.

Mes sourcils s'élèvent.

— C'était le chef ?

— Michael a été tué il y a deux ans par Lucifer. Cela a failli mettre fin à la trêve entre anges et démons, mais personne n'a pu prouver que c'était bien Lucifer qui en était responsable. Il avait un alibi, mais on sait tous que c'était lui.

— Bien sûr.

On dirait que c'est quelque chose que je devrais accepter. Je n'ai aucune idée si Lucifer a tué Michael ou non, mais ce n'est pas vraiment pertinent pour ma recherche de Jonah, alors je passe à autre chose.

— Et les autres ?

Cyrus se penche en avant, appréciant clairement l'interrogatoire.

— Celui qui a les cheveux noirs, c'est Bastian, c'est un Ofanim et un abruti froid et insensible. C'est le fils du directeur Uriel, c'est pourquoi les Princes ont tant d'avantages.

— Quel genre d'avantages ?

— D'abord, ils ont tout le clocher pour eux, qu'ils utilisent comme une sorte de salon privé. Ils sont toujours là-haut, et personne d'autre n'est autorisé à y entrer à moins d'y être invité par eux. Mais tu y es allée, pas vrai, Grace ?

— J'y suis allée, oui.

Elle est concentrée sur sa nourriture, ayant visiblement du mal à suivre cette conversation. Soit c'est une très bonne actrice, soit elle est vraiment bouleversée par la disparition de mon frère.

— Je les ai vus là-haut, dis-je. Ils surveillent l'école comme si elle leur appartenait.

— C'est assez le cas, continue Cyrus. Le troisième est Marcus, et c'est l'un des nombreux fils de l'Archange Raphaël. C'est un Malakim et il était le colocataire de Jonah l'année dernière. J'ai entendu dire qu'il n'en avait pas cette année, parce que le directeur Uriel espère que Jonah reviendra à l'école d'un jour à l'autre. Ils ont même laissé toutes ses affaires là-bas.

Grace secoue la tête.

— Il ne reviendra pas, parce qu'il n'a pas fugué. Il ne ferait jamais une chose pareille, pas sans dire à qui que ce soit où il allait, ou sans prendre quoi que ce soit avec lui. Sa voix s'étrangle un peu et elle attrape une serviette de table pour se tamponner les yeux. Je suis désolée, il me manque vraiment, et je suis si inquiète pour lui.

Moi aussi. J'enfonce une bouchée de taco dans ma bouche pour éviter de parler.

— Quelqu'un va le retrouver, dit Araceli. Tous les Archanges le cherchent. Il sera bientôt de retour.

Grace renifle.

— Je l'espère.

Il le sera, du moins si j'ai quelque chose à dire à ce sujet. Et maintenant, je sais exactement où commencer mes recherches : le dortoir de Marcus.

8

MARCUS

Callan est encore en train de faire les cent pas. Il le fait souvent depuis que Jonah a disparu. Il fait des allers-retours sur le bord du clocher, ses pas sont si prévisibles sur la pierre que je pourrais écrire une chanson basée sur ce rythme.

— Il nous faut un plan, dit-il.

J'allonge mes jambes sur le canapé et je croise mes bras derrière ma tête.

— Un plan pour quoi faire ?

— Pour se débarrasser de cette femme sur la photo de Jonah.

— Elle s'appelle Olivia Monroe, dit Bastien de sa voix posée. J'ai fait quelques recherches sur elle après notre rencontre. Malheureusement, il n'y a pas grand-chose dans ses dossiers.

Callan cesse enfin de faire les cent pas.

— Qu'as-tu appris ?

— Elle a grandi dans le sud de la Californie dans différentes familles d'accueil. Sa mère est morte quand elle avait six ans d'une overdose de drogue, et son père est inconnu, bien que sans doute un ange. Jusqu'à récemment, elle travaillait dans le bar d'un hôtel près de l'aéroport de Los Angeles.

— Un chœur ? demande Callan.

— Inconnu.

— Quel est son lien avec Jonah ?

— Inconnu également.

— Il ne m'a jamais parlé d'elle, dis-je, avec une pointe d'amertume.

Je suis toujours contrarié que Jonah ait donné la photo à Callan plutôt qu'à moi. J'étais son colocataire et son meilleur ami, mais apparemment il faisait plus confiance à Callan.

Callan sort à nouveau la photo et passe son pouce dessus.

— Il m'a donné ça quelques heures seulement avant de partir. C'était évidemment important pour lui, et nous lui avons fait une promesse.

— Nous devons apprendre un maximum sur elle, dit Bastien. Découvrez comment elle est liée à Jonah. Peut-être qu'elle saura pourquoi il n'est pas revenu.

— Nous devons l'emmener le plus loin possible de cette école, grogne Callan.

— Comment ? demandé-je. Nous ne l'avons clairement pas tant intimidée que ça !

— Pas encore, peut-être. Nous allons devoir prendre des mesures plus radicales.

— Comme quoi ?

— On va commencer par lui pourrir la vie. Si ça ne la convainc pas de partir, on montera d'un cran.

Tout ça me semble étrange. Je secoue la tête.

— Je ne suis pas à l'aise avec ça. Et je ne suis pas sûr que Jonah approuverait non plus.

Je repense à ce moment à la fin du trimestre dernier.

— Tu es sûr de vouloir faire ça ? demande Bastien.

— Oui, et nous savons tous que ça doit être moi, avait-il dit. Il portait son uniforme de baseball, et s'apprêtait à jouer contre les elfes dans le match de championnat seulement une heure plus tard. Et après ça... Je ne pouvais même pas y penser. Ne vous inquiétez pas. Je vais bien, sérieusement. Mais j'ai besoin de vous demander une faveur avant de partir.

— N'importe quoi, avais-je dit.

Jonah avait sorti la photo et l'avait tendue à Callan.

— Si cette fille se montre un jour à l'Académie Seraphim, vous devez la faire partir, comme vous le pourrez. Elle ne sera pas en sécurité ici.

— De quoi parles-tu ?

J'avais appris à regarder la photo. J'avais été immédiatement frappé par la beauté de cette fille et intrigué par elle.

— Qui est-elle ? demanda Bastien.

— Je ne peux pas te le dire, avait répondu Jonas.

Je hausse un sourcil.

— Une nouvelle petite amie peut-être ? Est-ce que Grace devrait s'inquiéter ?

Jonah avait secoué la tête.

— Promets-moi juste que tu feras tout ce qu'il faut pour l'éloigner de cet endroit – pour son propre bien.

J'avais alors réalisé à quel point Jonah était sérieux, et combien il avait l'air inquiet. Il devait se soucier de cette fille. Je lui avais donné une tape dans le dos, essayant de le faire se sentir mieux et d'apporter un peu de légèreté à la situation.

— Hey mec, on te promet.

— Merci. Je savais que je pouvais compter sur vous les gars.

— On lui a fait une promesse, dit Callan, me ramenant au

présent. Nous lui avons dit que nous ferions tout ce qu'il faut, et nous le ferons.

Je me lève et laisse mes ailes se déployer.

— Oui, nous lui avons promis, mais cela ne signifie pas que je sois d'accord avec vos méthodes. Mais très bien, intimidez-la pour qu'elle parte si vous pensez que ça va marcher. Bastien peut essayer de découvrir tous ses sombres secrets. Je m'occuperai d'elle à ma façon.

— Oui, on sait tous comment tu gères les femmes, grogne Callan.

Je lui fais un sourire en coin.

— Alors tu sais que je suis un pro dans ces cas-là.

Je saute du bord du clocher et déploie mes ailes, laissant l'air frais de la nuit filtrer à travers elles et me soulever. Le vol est court jusqu'aux dortoirs, et bien que je puisse voler directement dans ma chambre par la porte du balcon, je décide d'atterrir sur le sol et de marcher dans la zone commune d'abord. Peut-être que la femme en question – Olivia – sera là, et je pourrai trouver quoi faire à son sujet.

Je passe par la salle commune et j'affiche un sourire éblouissant à quelques dames que je croise, mais aucune d'entre elles n'est celle que je recherche ce soir. Quelques-unes me lancent des regards séducteurs, et je pourrais en emmener une dans ma chambre si je le voulais, mais je ne le sens pas. La vérité est que je n'ai pas été très intéressé par les femmes depuis cet incident avec Grace après la disparition de Jonah. Jusqu'à maintenant. Un regard sur Olivia a tout changé.

D'un autre côté, ça va être dur de retourner dans cette suite vide ce soir. Je n'avais pas réalisé à quel point ce serait dur jusqu'à ce qu'on revienne pour ce trimestre et que je voie la porte de Jonah grande ouverte, avec toutes ses affaires à l'intérieur. Ramener quelqu'un dans ma chambre semble soudainement être un bon plan après tout. Mais alors la culpabilité se rappelle à moi et le désir s'estompe. J'entre dans l'ascenseur et me résigne à passer une longue nuit seul.

Olivia apparaît dans l'embrasure de la porte et se glisse à l'intérieur au moment où l'ascenseur se ferme. Ses yeux glissent sur moi un instant, puis elle se détourne, comme si elle faisait semblant que je n'existais pas. Bien, je le mérite probablement. Je n'ai pas été très amical avec elle tout à l'heure. Plutôt le contraire.

L'ascenseur est vieux et lent, et mes yeux ne peuvent s'empêcher de se promener sur elle. Elle croise mon regard et une étincelle de désir passe entre nous. Nous sommes seuls dans un petit ascenseur et, soudain, nous nous sentons très intimes. Je n'arrive pas à détacher mon regard d'elle, et j'ai de plus en plus envie de la toucher, même si je garde mes mains bien rangées.

— À propos de tout à l'heure. Je m'éclaircis la gorge. Je n'ai vraiment rien contre les demi-humains, tu sais.

Elle tourne lentement ses yeux verts vers moi, qui ne me laissent aucune marge de manœuvre.

— Bien sûr. C'est pour ça que toi et tes amis m'avez dit de quitter l'école.

— C'est pour ton propre bien, c'est tout. On essaie de t'aider.

Elle s'ébroue.

— Merci, mais je n'ai besoin de l'aide de personne.

Les portes de l'ascenseur s'ouvrent au quatrième étage, j'en sors et me dirige vers ma chambre. Elle sort aussi de l'ascenseur, mais se dirige dans la direction opposée, au bout du couloir. Je cherche ma clé à tâtons pendant qu'elle s'éloigne, et elle se retourne au moment où j'ouvre la porte. Nos regards se croisent, et le même désir jaillit entre nous. Elle remet rapidement en place une partie de ses cheveux noirs et détourne le regard.

J'entre dans ma chambre et ferme la porte. Elle a dû la sentir aussi, cette attirance entre nous. Je n'ai jamais été très doué pour me priver de quoi que ce soit quand j'en ai envie, et elle est vraiment très tentante.

Les gars ont leurs propres méthodes, et j'ai les miennes. Ils ne vont peut-être pas aimer ça, mais je vais les utiliser. Je vais me rapprocher d'elle, faire en sorte qu'elle me fasse confiance, puis découvrir le lien qui l'unit à Jonah et ensuite je m'en servirai pour tenir la promesse que je lui ai faite et l'emmener loin de cette école.

9

OLIVIA

Mon nouveau plan est en marche.

Mon plan initial était de me lier d'amitié avec Grace et de séduire les Princes, mais seule une partie de ce plan fonctionne pour l'instant. Ils sont tous les quatre en haut de ma liste de suspects – d'accord, pour le moment, ils sont les seuls sur ma liste de suspects –, mais je dois aussi regarder au-delà de l'évidence. Si c'était si facile, mon père aurait déjà trouvé Jonah.

Donc, on passe au nouveau plan. La nuit dernière, j'ai attendu que Marcus retourne aux dortoirs, puis je l'ai suivi jusqu'à sa chambre. Maintenant, je sais laquelle est la sienne, et je vais m'y introduire un jour où il ne sera pas là pour fouiller la chambre de mon frère. Je vais trouver tout ce qu'il faut sur le temps passé par Jonah à l'Académie pour comprendre ce qui lui est arrivé, et ensuite je le retrouverai. Je refuse de croire qu'il est mort ou parti pour toujours. Et s'il l'est ? Alors je vais trouver les bâtards qui lui ont ôté la vie et les faire payer.

Le matin, Araceli et moi allons à l'orientation dans l'auditorium, que Grace m'a montré brièvement lors de notre visite hier. Nous trouvons une place au milieu des rangées de sièges gris, et quelques autres anges nous regardent et chuchotent, ou poussent leurs amis. Araceli leur fait un signe de la main, montrant que nous savons qu'ils nous regardent, et les étudiants se retournent rapidement. Elle se tourne vers moi et roule les yeux.

— Tu crois qu'ils se lasseront un jour de nous regarder fixement ?

— On ne peut qu'espérer.

Je jette un coup d'œil autour de moi tandis que les autres sièges se remplissent rapidement. Je repère Tanwen et le reste des Valkyries à l'avant, avec leurs cheveux identiques de couleur paille, et j'aperçois les princes dans le coin, qui regardent la foule comme des rois surveillant leurs subordonnés.

Une fois que tout le monde s'est assis, un homme très grand et mince, aux cheveux noirs, monte sur la scène et se dirige vers le podium. La salle entière se calme immédiatement et je me redresse avec intérêt, car il ressemble beaucoup à Bastien, sauf que cet homme dégage la puissance et le magnétisme d'un archange. Ce doit être le directeur de l'école.

Lorsque les yeux d'Uriel se déplacent dans l'auditorium, il semble se concentrer sur chacun d'entre nous à tour de rôle, et de nombreux étudiants se trémoussent sous son regard. Uriel est un Ofanim, ce qui lui donne le pouvoir de détecter la vérité, et probablement d'autres pouvoirs aussi puisque c'est un Archange. Je frissonne un peu lorsque ce regard intense se pose sur moi et s'y attarde. Les poils de mon bras se hérissent, et dans ses yeux, je suis confrontée à une intelligence incommensurable, inconnue, issue de siècles de vie. J'ai l'impression qu'Uriel peut lire dans mon âme, et je suis terrifiée par ce qu'il pourrait y trouver. Mon collier devrait me protéger, mais je ne peux m'empêcher de le serrer contre moi et de prier en silence pour qu'il fonctionne, jusqu'à ce qu'Uriel déplace enfin son regard vers l'élève suivant. Ce n'est qu'à ce moment-là que je peux respirer à nouveau, mais je suis encore sous le choc de cette brève rencontre.

— Bienvenue à l'Académie Seraphim, dit Uriel, sa voix portant jusqu'au fond de la pièce même sans micro. Elle n'est pas forte ou autoritaire, mais d'une certaine manière nous l'entendons tous parfaitement comme si nous étions dans une conversation intime avec lui. Les archanges et leurs trucs.

— Je suis le directeur Uriel et j'ai le privilège de superviser l'Académie en ce début de trimestre. Je souhaite la bienvenue à nos nouveaux élèves ainsi qu'aux anciens, et j'aimerais passer en revue quelques points avant que vous ne commenciez les cours demain.

— Tout d'abord, laissez-moi vous parler un peu de l'école, pour ceux d'entre vous qui sont nouveaux. L'Académie a été créée en 1921, lorsque de nombreux anges ont fui le Ciel pour la Terre. Ce fut le premier exode d'anges, et il y avait très peu d'anges qui fréquentaient l'école à l'époque – quatorze pour être exact. Pourtant, l'école a continué à se développer alors que de plus en plus d'anges fuyaient la guerre dévastatrice au Ciel, qui a bien sûr culminé avec les Accords de la Terre il y a trente-deux ans. À ce moment-là, l'école s'est développée de façon spectaculaire, et chaque année, elle grandit à mesure que de nouveaux anges naissent sur Terre. Cette année, nous avons établi un nouveau record avec quatre cent douze étudiants du monde entier, ce qui nous a permis d'ajouter quelques nouveaux professeurs à notre liste. Je voudrais leur demander de nous rejoindre sur scène pour que je puisse vous les présenter maintenant.

Il se tourne sur le côté alors que quatre personnes entrent sur scène. Mon regard parcourt la ligne des professeurs jusqu'à ce que mes yeux trébuchent sur un homme vers la fin. Il est d'une beauté dévastatrice, avec des cheveux presque noirs, une barbe sombre qui descend le long de sa mâchoire, et des yeux verts perçants. Il est bien trop beau pour un simple professeur, avec une bouche créée que pour embrasser et un corps fort, qui supplie d'être touché. Je devrais le savoir.

Mon souffle se bloque dans ma gorge lorsqu'il regarde le public, et je m'enfonce un peu dans mon siège pour qu'il ne me voie pas. Au début, je me dis que ça ne peut pas être lui. Ce n'est pas possible que ma chance soit si mauvaise, mais je ne peux pas le nier. C'est bien lui.

Je commence à me lever sans me rendre compte de ce que je fais, et seule la main d'Araceli sur mon bras m'arrête.

— Qu'est-ce que tu fais ? chuchote-t-elle.

Je secoue la tête, sans vraiment savoir ce que je fais, mais mon cœur bat la chamade et je sens qu'il faut que je sorte d'ici aussi vite que possible, sauf que cela ne fera qu'attirer l'attention sur moi, et c'est la dernière chose que je veux en ce moment. Merde.

Je m'affale à nouveau. C'est bon. Peut-être que je peux l'éviter, et rien de mal n'arrivera. Il y a beaucoup de professeurs ici, et je n'ai que quatre cours, ou peut-être cinq s'ils découvrent quel type d'ange je suis. Quelle est la probabilité qu'il soit mon professeur ?

Uriel fait un geste vers l'homme que je ne peux pas quitter des yeux.

— J'aimerais vous présenter le professeur Kassiel, qui

enseignera l'histoire des anges à l'Académie Seraphim pour toutes les premières années.

Merde, merde, merde. Je n'ai aucun moyen d'éviter qu'il devienne mon professeur. C'est horrible, vraiment horrible.

Parce que je le connais.

Intimement.

Et le pire, c'est qu'il me connaît également.

Il connaît mon secret.

Il sait ce que je suis réellement.

Je suis foutue.

10

OLIVIA

Il y a quatre mois.

Le bar est mort ce soir, et je commence à penser que je vais peut-être me coucher seule et affamée, jusqu'à ce qu'un homme entre et me fasse reprendre mon souffle. J'aurais pris n'importe qui à ce stade, homme ou femme, peu importe à quoi ils ressemblaient, mais une personne attirante rendrait définitivement ce que j'ai à faire plus facile. Et ce type ? Mince. Je me lèche les lèvres en attendant qu'il s'approche du bar.

Il porte un costume noir trois-pièces qui, je parie, coûte plus cher que mon loyer mensuel – qui n'est pas bon marché, puisqu'on est à Los Angeles et tout ça – et il lui va comme s'il avait été taillé sur mesure pour son corps. Et waouh, quel corps ! De larges épaules. Grand, mais pas trop. Une taille fine qui me fait penser qu'il a une tablette de chocolat là-dessous. J'ai l'intention de le découvrir assez vite.

Il enlève sa veste et la plie soigneusement sur le dossier de la chaise du bar. Désormais vêtu de sa seule chemise blanche et de sa cravate anthracite, il remonte lentement ses manches jusqu'aux coudes, révélant des poignets masculins et des avant-bras forts et sexy. Pourquoi les hommes sont-ils tellement plus sexy quand ils remontent leurs manches comme ça ? J'ai failli me projeter par-dessus le bar et lui sauter dessus. C'est l'un des hommes les plus beaux que j'ai jamais vus, et croyez-moi, j'ai connu beaucoup d'hommes, très beaux... intimement. Ce type leur fait honte à tous, et je ne peux même pas savoir le pourquoi du comment. Il y a quelque chose en lui qui m'attire comme personne d'autre ne l'a fait auparavant.

Ses cheveux sont courts, épais, et d'un brun si foncé qu'ils semblent noirs jusqu'à ce que la lumière les éclaire. Il a une barbe assortie, mais ce sont ses yeux qui m'attirent vraiment. Ils sont verts, un peu comme les miens en fait, et il y a quelque chose en lui qui me semble familier et qui le rend irrésistible.

Il est exactement ce dont j'ai besoin.

On se regarde droit dans les yeux pendant un peu plus longtemps que d'habitude, et je me demande s'il ressent lui aussi cette étrange connexion. Une tension sexuelle mijote entre nous sans même que nous ayons prononcé un mot. Pendant une seconde, je me demande s'il est comme moi, mais je rejette cette idée. Je ne serais pas capable de me nourrir d'un autre Lilim, et je peux déjà sentir un filet de sa délicieuse luxure me donner une touche de force.

Il brise notre connexion et s'éclaircit la gorge. Alors qu'il replie ses mains sur le comptoir en marbre, je réalise que j'ai essuyé un verre si fort pendant tout ce temps qu'il en gardera probablement des traces permanentes. Ce n'est pas mon genre de m'effondrer devant un type. Je me ressaisis et lui fais un sourire paresseux et séducteur.

— Qu'est-ce que je vous sers ?

— Un scotch, sec.

Eh bien, c'est tout simplement injuste. Il a un accent britannique, comme s'il n'était pas déjà assez sexy. Je parie que les femmes se bousculent pour être près de lui partout où il travaille. Je le connais depuis une seconde et j'en bave déjà sur le bar.

Je lui prépare son verre, en prenant mon temps. J'ai cette routine, et tout ce que je dois faire c'est m'y tenir. D'abord, tu remplis lentement sa commande, le laissant te regarder sous tous les angles. Certaines boissons sont plus sexy que d'autres à préparer. Celle-ci est trop ennuyeuse et simple pour que je puisse réaliser mes astuces, comme agiter la boisson de manière à attirer l'attention sur ma poitrine, mais ses yeux s'attardent quand même sur moi. Il n'y a pas grand-chose d'autre à regarder ici, à moins qu'il ne se retourne pour regarder par les fenêtres du sol au plafond la vue de Los Angeles la nuit ou les avions qui atterrissent à l'aéro-port. Ce bar sur le toit de l'hôtel est sombre, avec une musique basse et inoffensive en fond sonore, et tout est en verre, métal et marbre. Des meubles de haute qualité et de l'alcool cher pour un voyageur plus raffiné – ma cible favorite.

Les bars des hôtels situés à côté de grands aéroports sont un terrain de chasse privilégié, juste après les clubs de strip-tease. C'est ma mère qui m'a appris ça, et elle devait le savoir, elle fait ça depuis des siècles. Bien sûr, elle préfère rester dans les hôtels pendant ses interminables voyages à travers le monde, alors que moi je travaille dans un bar. J'ai besoin de gagner de l'argent, et Jonah n'approuverait jamais que je travaille dans un club de strip-tease. Non pas que je le voie beaucoup ces jours-ci. En plus, dans les clubs de strip-tease, on a des habitués, et ça ne mène qu'aux problèmes. Se nourrir des voyageurs est beaucoup plus sûr.

Malheureusement pour moi, c'est mardi soir, la nuit où il y a le moins de trafic. L'aéroport est vide de chez vide, ce qui signifie que ce bar l'est tout autant. Avant que ce type n'entre, je regardais avec nostalgie les tables vides tandis que ma faim grandissait. La vie dans un club de strip-tease commençait à m'attirer de jour en jour – je n'aurais jamais faim là-bas, et je gagnerais probablement plus d'argent aussi.

C'est une bonne chose que cet homme soit arrivé à temps.

J'ai posé son verre sur le comptoir.

— Qu'est-ce qui vous amène à L.A. ?

— Je suis ici pour voir mon père.

Sa voix montre clairement qu'il n'est pas enchanté par cette perspective. Il prend le scotch et le boit d'un trait. Je ricane quand son verre vide heurte le comptoir, et je prends la bouteille pour la remplir à nouveau.

— Il n'est pas très agréable, hein ?

Sa bouche se tord.

— Je ne dirais pas qu'il est mauvais, pas exactement, mais il est définitivement strict. Notre relation est... compliquée.

— Croyez-moi, je connais ça.

Mon sourire est authentique parce que je peux vraiment comprendre la situation cette fois.

— Je ne sais pas qui est le plus difficile à gérer, ma mère ou mon père.

Il baisse les yeux sur son verre en fronçant les sourcils et je sens que j'ai touché un point sensible. Ça ne se passe pas bien. Normalement, à ce stade, la cible devrait déjà me supplier de retourner dans sa chambre.

Je réessaie.

— D'où venez-vous ?

— Je viens de déménager en Californie du Nord.

— Et que faites-vous là-bas ?

— Je suis professeur d'histoire.

— Vraiment ? dis-je en levant les sourcils.

— Pourquoi est-ce si surprenant ?

— La façon dont vous vous habillez. Je vous ai catalogué comme un riche homme d'affaires. Un gars de la finance. PDG, peut-être.

— Vous pouvez blâmer mon père pour ça. Il a un style impeccable. Il triture le bouton brillant de la manche de sa chemise. Le diable est dans les détails, après tout.

— C'est ce qu'on dit.

Le dicton est un peu trop proche de la réalité. Je dois reprendre le contrôle de la situation. Je me penche en avant sur le comptoir, montrant mon large décolleté.

— Il n'y a rien de plus beau qu'un bel homme dans un costume bien ajusté.

— Mon père serait d'accord avec vous. Ses yeux dansent le long de mon corps. Même si moi je dirais qu'une belle femme dans une petite robe noire c'est encore mieux.

Et voilà d'un tour de bras, je suis de retour dans le jeu.

Je tends la main et caresse légèrement son poignet, utilisant un tout petit peu de mes pouvoirs pour faire naître le désir en lui.

— J'ai une pause dans 20 minutes.

À mon contact, une lueur de confusion passe sur son visage l'espace d'un instant, si vite que j'ai failli la manquer. Puis il m'offre un sourire séduisant.

— C'est vrai ?

Trente minutes plus tard, je frappe à sa porte. Il l'ouvre et, au début, nous ne pouvons que nous regarder tandis que la tension sexuelle monte puis nous nous rapprochons l'un vers l'autre sans un mot. Nos lèvres se rencontrent, et le baiser est charnel et intense. Je n'ai jamais goûté à quelque chose de tel auparavant, et j'en veux encore, encore et encore.

Mon dos heurte le mur, et ses mains sont sur mes cuisses nues, poussant ma robe noire plus haut. J'attrape le devant de sa chemise et l'ouvre d'un coup sec, et oui, il y a bien la tablette de chocolat que j'espérais. Son torse est mince et fort, et je passe mes mains sur sa peau dure, appréciant la sensation qu'il procure au bout de mes doigts. Puis j'attrape le devant de son pantalon.

— C'est quoi l'urgence ? demande-t-il, alors que je descends sa fermeture éclair.

— Je dois retourner au travail bientôt.

Il émet un grognement sexy en m'attirant contre lui et en soulevant ma cuisse.

— Bien, mais à la fin de ton service, tu reviens pour le deuxième round, et je vais prendre mon temps avec toi.

J'aimerais que ça arrive, mais pour sa propre sécurité, je ne peux coucher avec lui qu'une fois. C'est dommage, car je ressens vraiment une connexion avec ce type, même si nous venons de nous rencontrer et que nous n'avons échangé qu'une poignée de mots. Si ça ne tenait qu'à moi, je passerais toute la nuit dans son lit. On se réveillerait l'un à côté de l'autre et on prendrait le service d'étage pour le petit-déjeuner. Peut-être que ça deviendrait même quelque chose de plus après ça. Quelque chose que je n'ai jamais eu, une relation.

C'est impossible. Les succubes et les incubes, connus collectivement sous le nom de Lilim, sont condamnés à vivre une vie avec de nombreux amants, mais pas de véritable amour. Nous ne pouvons pas nous rapprocher des humains sans les tuer, et les anges, les démons ainsi que les elfes ne sont pas beaucoup mieux lotis. Au moins, nous pouvons coucher avec des surnaturels plus d'une fois sans les tuer, mais au fil du temps, nous les vidons quand même. Il faudrait un groupe de supernaturels très forts pour résister à la faim insatiable d'un succube, et c'est pratiquement impossible à trouver. Si ma mère, qui a vécu pendant des milliers d'années, n'a pas trouvé d'amour durable, je ne peux en avoir l'espoir non plus.

Mais ensuite, il met ma culotte de côté, et j'oublie tout. La seule chose qui compte, c'est ce moment avec lui, là, maintenant, avec sa bouche sur mon cou et son érection qui glisse en moi. Il pousse fort, me remplissant, m'enfermant entre lui et le mur. Chaque fois que ses hanches se balancent dans les miennes, je sens sa délicieuse luxure me donner de la puissance et de la force, apaisant temporairement ma faim. Je penche la tête en arrière et ferme les yeux, en partie parce que c'est trop bon, et en partie pour qu'il ne remarque pas que mes yeux sont devenus noirs – un effet secondaire de l'alimentation d'un succube.

Il me soulève et enroule mes jambes autour de lui, et sa bouche retrouve la mienne, la réclamant à chaque contact de ses lèvres et à chaque coup de langue. Normalement, je ne ressens rien quand je fais l'amour avec des inconnus, mais là, je ne peux pas m'empêcher de craquer. Le sexe avec cet inconnu en costume est différent de tout ce que j'ai connu auparavant, et c'est enivrant.

Alors qu'il me pénètre encore plus fort, il vise juste au bon endroit, et j'y suis presque, presque à l'apothéose. Il me saisit par le menton et capture à nouveau ma bouche, ce qui me fait basculer. Je m'accroche à son corps alors que l'orgasme me frappe, et je sens qu'il me rejoint dans le relâchement quelques instants plus tard. Je suis envahie par une vague de puissance si forte qu'elle m'en ferait tomber si je n'étais pas déjà enroulée autour de cet homme. Son énergie est tellement plus forte que tout ce que j'ai pu expérimenter auparavant, et j'ai l'impression de m'être nourrie de dix hommes au lieu d'un seul.

Je ne sais pas ce qu'il est, mais je sais qu'il n'est pas humain.

Il rompt le baiser et me regarde avec surprise.

— Tu es un succube.

Il le sait.

Je le repousse, le cœur battant, les yeux écarquillés. Ils sont encore noirs de s'être nourris, confirmant ce qu'il vient de dire.

Il n'y a que trois personnes dans le monde qui savent ce que je suis. Jusqu'à maintenant.

J'ai fait une énorme erreur.

J'ai ouvert la porte et j'ai quitté sa chambre d'hôtel aussi vite que possible. Il me crie « Attends ! », mais je suis déjà au coin du couloir et je tape sur le bouton d'appel de l'ascenseur comme si ma vie en dépendait, tout en abaissant ma robe. L'ascenseur s'ouvre immédiatement et je me précipite à l'intérieur, puis j'appuie sur le bouton de fermeture de la porte. Il arrive à l'ascenseur juste au moment où la porte se ferme.

Je m'effondre contre le mur de miroirs, en essayant de reprendre mon souffle. Comment a-t-il su ? Je me suis pourtant assurée de garder les yeux fermés, ce qui signifie qu'il a dû le sentir quand je me suis nourrie de lui. Merde, merde, merde. J'aurais dû savoir qu'un homme aussi séduisant ne pouvait pas être humain, mais j'étais affamée et imprudente, et ai donc ignoré tout ce que mes parents m'avaient appris. Ils vont m'enfermer pour toujours s'ils entendent parler de ce qui vient de se passer.

Je vais devoir donner ma démission au bar immédiatement. Je vais même être dans l'obligation de quitter la ville. Mais il ne connaît pas mon nom, ni rien d'autre sur moi mis à part le fait que je travaille dans cet hôtel, et il ne vit pas à Los Angeles. Je ne le reverrai plus jamais. J'espère.

11

OLIVIA

— **E**t pour rappel, ajoute Uriel, les vols sont autorisés au-dessus du campus, de la forêt environnante, et jusqu'à la ville voisine d'Angel Peak, mais nulle part ailleurs. Merci de votre attention, et passez une excellente année à l'Académie Seraphim.

Les autres élèves se lèvent, et je cligne rapidement des yeux pour retrouver une vision claire de la situation. L'orientation est terminée, et je n'ai pas la moindre idée de ce qui s'est passé après que le professeur Kassiel a été présenté et que mon esprit s'est retrouvé en un flash-back à la nuit de notre rencontre. Il m'a dit qu'il venait de déménager en Californie du Nord. Il a dit qu'il était professeur d'histoire. Il n'était évidemment pas humain. Merde, j'aurais dû faire le lien. Sauf que Jonah a disparu quelques semaines plus tard, et j'ai complètement oublié cette rencontre. Jusqu'à maintenant.

Comment vais-je passer cette année si l'un de mes professeurs connaît ma vraie nature ?

Tout le monde commence à sortir, et je prie afin de

pouvoir me faufiler dans la foule sans que Kassiel me voie. Alors que je suis Araceli dans l'allée, un homme grand et imposant passe devant moi. Les yeux de Bastien se rétrécissent alors qu'il me bloque le passage.

— Le directeur Uriel souhaite s'entretenir avec toi dans son bureau immédiatement.

Je suis complètement prise au dépourvu et je demande bêtement :

— Ah bon ?

— C'est ce que j'ai dit, oui. Suis-moi.

Je jette un dernier regard à Araceli, mais d'aucune façon elle ne peut me sauver.

Pourquoi le directeur Uriel voudrait-il me voir ? Qu'est-ce qu'il sait ?

Les gens s'écartent au passage de Bastien comme s'il était un serpent qui pourrait les mordre, et nous sommes rapidement hors de l'auditorium, me mettant tout du moins hors de vue de Kassiel. Bastien marche sur le chemin et je marche à côté de lui, mes gestes sont raides. Il ne dit rien, même si je ne cesse de lui jeter des coups d'œil. Je ne peux pas m'en empêcher. Il y a quelque chose en lui que je trouve intrigant. J'aimerais enlever sa carapace dure et ses couches d'arrogance pour voir ce qui se cache en dessous.

Il me conduit dans une maison victorienne à deux étages qui ne semble pas à sa place sur le campus, et me fait entrer par la porte d'entrée.

— C'est la maison du directeur, explique Bastien d'une voix cassée.

Il y a un escalier orné en bois foncé et un tapis persan bleu et or sous nos pieds, mais la maison semble froide et peu accueillante.

— Tu habites ici aussi ? demandé-je.

— Bien sûr que non. Je réside dans les dortoirs maintenant, comme tous les autres étudiants.

— Mais tu vivais ici avant ?

Son ton se fait plus tranchant à chaque question.

— En effet, j'ai grandi ici.

Je suis tellement curieuse de savoir comment c'était de grandir en tant que fils du directeur Uriel, de vivre ici sur le campus en tant qu'enfant. Et qu'en est-il de sa mère ? Est-elle sur la photo ? Mais le regard de Bastien m'oblige à me taire.

Il s'arrête devant une porte en bois sombre.

— C'est le bureau du directeur. Attends à l'intérieur, mon père ne va pas tarder à te rejoindre.

— Très bien, j'attends.

J'hésite devant la porte. Bon, encore une question.

— Tu es son assistant ou quelque chose comme ça ?

Il me regarde d'un air renfrogné.

— Oui en quelque sorte.

Il tourne les talons et me laisse là. J'ai tellement envie de me faufiler dans la maison et de fouiller dans les affaires d'Uriel, ou encore mieux, de trouver la chambre d'enfance de Bastien, mais ayant entendu des rumeurs sur Uriel, j'ai peur qu'il puisse savoir ce que je fais, et ce malgré mon collier. C'est probablement une mauvaise idée, je ne veux pas me faire renvoyer le premier jour. Ou être tuée.

J'entre dans le bureau et m'assois dans l'un des fauteuils en cuir noir en face de son épais bureau en acajou. Il possède une bibliothèque avec des livres anciens reliés en cuir, dont certains titres sont si effacés que je peux à peine les déchiffrer. De vieilles reliques sont éparpillées dans la pièce – un globe antique sur le coin de son bureau, une épée en argent avec un saphir dans la poignée accrochée au mur, et une boîte en verre avec une seule plume à l'intérieur qui semble être faite de l'obscurité elle-même.

La porte s'ouvre et Uriel entre. Je me lève rapidement, mon cœur sautant un battement. Il est encore plus troublant de près. Il a le même rayonnement subtil que Père, mais il est comme le soleil par une froide journée d'hiver – il est peut-être lumineux, mais il n'est pas vraiment chaleureux.

— Merci d'être venue. Il se déplace derrière son bureau et prend un siège. Tu peux t'asseoir.

Je m'assieds à nouveau.

— Bastien m'a dit que vous vouliez me parler ?

— En effet. J'ai été informé que tu ne savais pas que tu étais demi-ange, et que tu ne sais pas qui était ton père. Tu n'as pas non plus eu d'indication sur le Chœur auquel tu appartiens. Est-ce exact ?

— Oui. Tout ça est nouveau pour moi, et je ne suis toujours pas sûre d'être à ma place ici.

Garder mon visage neutre sous son regard n'est pas chose aisée.

Son sourire froid me fait frissonner un peu.

— Tu es à ta place. Je n'en doute pas. Cependant, il faudra peut-être un certain temps pour que tes pouvoirs émergent comme tes ailes, surtout si tu les as inconsciemment réprimés. J'aimerais que tu passes un peu de temps avec Bastien en privé pour qu'il puisse mieux t'évaluer.

Je gémis presque, mais je parviens à me taire.

— M'évaluer ? Comment ?

— Il utilisera ses pouvoirs d'Ofanim pour déceler la vérité, il fera des tests et te posera des questions.

Uriel lève une main en signe d'apaisement.

— Rien de trop extrême ou invasif, je te le promets.

J'essaie de ne pas me tortiller sur mon siège, mais à l'idée d'être seule avec Bastien pendant qu'il m'étudie comme un rat de laboratoire j'en ai la chair de poule. D'un autre côté, c'est peut-être l'occasion idéale pour moi de faire une petite évaluation de mon côté pour découvrir ce qu'il sait sur la disparition de Jonah.

— Si vous pensez que ça peut aider, je m'y plierais sans réticence.

— Excellent.

Uriel me tend une feuille de papier sur laquelle figure mon nouvel emploi du temps. Là où on pouvait lire « à déterminer » avant, il y a maintenant des instructions pour rencontrer Bastien à la bibliothèque à la fin de chaque journée d'école.

— Avec l'aide de Bastien, je crois que nous allons pouvoir en apprendre plus sur toi, en commençant par ton chœur.

— Parfait, arrivé-je à lui répondre.

Sauf que je sais déjà à quel chœur j'appartiens, que je n'ai pas besoin d'aide pour éveiller mes pouvoirs, et que je ne veux surtout pas que quelqu'un en sache plus sur moi. Surtout Uriel.

Mais dès qu'il me regarde fixement, j'ai l'impression qu'il connaît déjà tous mes secrets. Un frisson me parcourt l'échine lorsque son regard se pose sur ma poitrine.

— C'est un collier intéressant.

Je lâche rapidement mon emprise sur le collier, réalisant que je l'ai trituré pendant tout ce temps. C'est une de mes habitudes lorsque je suis nerveuse, une, d'ailleurs que je dois rapidement éradiquer si je veux rester ici à l'Académie Seraphim.

— Merci.

— Un design si unique. De l'or avec une gemme alexandrite, n'est-ce pas ? Cela me rappelle quelque chose que j'ai vu il y a longtemps. Une relique elfique.

Il arque un sourcil.

— Je suppose que tu ne sais rien à ce sujet, n'est-ce pas ?

— Je ne sais même pas ce qu'est un elfe, vraiment.

Je hausse les épaules, et il me faut tous mes talents d'actrice pour rester calme.

— Je pense que c'est juste un bijou fantaisie, mais c'était celui de ma mère donc il a une valeur sentimentale.

— Bien entendu, dit-il, même si je ne suis pas sûre qu'il soit convaincu.

Il ferme le dossier qu'il avait ouvert – mon dossier ? – et pose ses mains sur la table.

— J'espère que tu apprécieras ton séjour ici à la Seraphim Academy et que tu trouveras tout ce que tu cherches. Si jamais tu as besoin d'aide ou si tu as des questions, n'hésite pas à venir me voir à mon bureau.

Tout ce que je cherche... Est-ce qu'il sait pourquoi je suis vraiment là ? Je ne peux pas dire s'il est simplement poli ou s'il y a un sens caché derrière ses mots, mais la façon dont il me regarde me fait froid dans le dos, et je me lève rapidement.

— Merci, dis-je en croassant, avant de me précipiter vers la porte.

J'ai failli heurter Bastien en sortant de la maison et il me lance un regard noir.

— On fuit, c'est ça ?

Je me retourne, je rassemble mes forces intérieures et je me redresse. Je ne me laisserai pas intimider ou effaroucher par ces abrutis. Je ne quitterai pas l'école, pas avant d'avoir compris ce qui est arrivé à mon frère, et ils devront faire avec.

— Pas du tout. En fait, on se voit demain à la bibliothèque.

Une lueur de confusion traverse son visage, puis il se renfrogne et se précipite à nouveau dans la maison. Uriel ne lui a rien dit. Un lent sourire se répand sur mon visage.

Voilà, première journée effectuée.

12

BASTIEN

Je sors en trombe de la maison, les poings serrés le long de mon corps. Je reconnais bien mon père là, qui agit ainsi sans me demander mon avis, ni même me faire part de ses projets. Il s'agit probablement d'une autre de ses expériences, auxquelles je devrais être habitué après vingt-deux ans d'existence, mais il arrive toujours à me surprendre. Le plus ridicule, c'est qu'il peut discerner le Chœur des demi-humains beaucoup plus facilement et rapidement que moi, mais il prétend que c'est un bon exercice d'entraînement pour moi. Un autre test pour voir si je suis digne de prendre sa succession un jour.

Uriel ne m'a engendré que par nécessité. Lorsque les archanges ont vu à quelle vitesse les autres anges se reproduisaient maintenant que nous vivions sur Terre, ils se sont inquiétés de perdre leur pouvoir sans aucun héritier pour prendre leur place un jour, ils ont donc tous fait un pacte pour avoir au moins un enfant. L'Archange Raphaël en avait déjà beaucoup à ce moment-là, mais il a quand même eu Marcus dans le cadre du pacte, et deux autres enfants depuis.

Mon père a accepté le plan à contrecœur, et a choisi un autre Ofanim pour s'assurer que son enfant serait du même Chœur. Ma mère, Dina, était une prophétesse très respectée, mais elle n'avait aucun amour pour mon père et aucun désir d'élever un enfant. Elle l'a fait par devoir, et dans le cadre de l'accord, elle m'a abandonnée quand j'étais petit pour être élevé par Uriel. Je ne l'ai vue que de rares fois depuis qu'elle est partie.

C'est ainsi que sont nés les Princes – cinq enfants mâles issus des Archanges. Ekariel, le fils d'Azrael, fut le premier, mais il fut tué quand il était enfant, probablement par des démons, mais personne ne peut le confirmer. Marcus et moi sommes nés ensuite, suivis de Callan et Jonah, qui ont été engendrés par non pas un, mais deux Archanges chacun, ce qui signifie qu'ils doivent faire face à de grandes attentes de la part de toute la communauté des anges. C'est une des raisons pour lesquelles ce fut un choc encore plus grand quand Jonah a disparu. Bien sûr, il n'a pas vraiment disparu, peu d'entre nous savent où il est allé. Mais il aurait dû être de retour maintenant, et il est troublant que nous n'ayons pas du tout entendu parler de lui.

Je pense à Jonah et à la promesse que nous lui avons faite lorsque j'entre dans le magasin des étudiants, qui n'est pas un magasin en réalité, puisque rien ici ne se paie. Je dois encore aller chercher mes livres pour ma deuxième année à l'Académie Seraphim, et quand j'entre, il semble que beaucoup d'autres étudiants y soient pour la même raison. Le magasin est rempli de livres, de tenues de sport, et de tout ce dont on peut avoir besoin pour nos cours. Il y a aussi des snacks et des choses pour nos dortoirs, comme des draps, des serviettes, et ainsi de suite. Il y a aussi quelques vêtements, allant de choses importantes comme des sous-vêtements d'urgence à des sweat-shirts avec le logo de l'Académie. Tout ce qui se trouve ici est fourni gratuitement par l'école, mais les élèves sont tenus de ne prendre que ce dont ils ont besoin. Si quelqu'un est pris en flagrant délit d'excès ou de gourmandise, il peut se voir retirer ses privilèges au magasin et à la cafétéria. C'est un bon moyen de dissuasion, car personne ne veut être celui ou celle qui n'a plus droit aux repas ou qui doit utiliser son propre argent pour acheter quelque chose. La communauté des anges est petite et soudée, et la honte potentielle fait que les gens font la queue.

Je me dirige vers la section des manuels scolaires et choisis celui sur les études humaines, et quand je me retourne, j'aperçois la demi-humaine qui marche dans l'allée tout en vérifiant un morceau de papier. Je ne peux pas l'éviter.

Olivia s'arrête à côté de moi et prend le manuel d'études démoniaques sur l'étagère. Elle penche la tête.

— Tu me suis ?

— Pas vraiment. Je dois aussi prendre des livres, comme tous les autres étudiants.

— Sauf que tu n'es pas comme tous les autres étudiants, hein ?

— Que veux-tu dire par là ?

Elle hausse légèrement les épaules, attirant mon regard sur ses épaules nues et sa peau lisse.

— On m'a dit que tu bénéficiais de certains avantages, comme ton propre salon privé dans le clocher. Je suis sûre que tu en as d'autres dont je ne suis pas au courant.

— Tu ne sais pas de quoi tu parles.

Ma voix est encore plus froide que d'habitude, mais elle ne réagit pas du tout. N'importe quel autre élève de l'école prendrait ses jambes à son cou avec le regard que je lui lance, mais elle semble immunisée contre l'intimidation.

— Pourquoi ne pas m'instruire alors ? Ou est-ce que c'est ce que tu envisages pendant nos séances ?

Ses sourcils sombres se lèvent et ses mots semblent coquins, bien que cela puisse être juste sa voix. Tout ce qu'elle dit semble sensuel. Cette femme dégouline de sex-appeal, et même si elle n'est pas du tout mon type, il m'est impossible de ne pas le remarquer.

Je lui adresse une grimace.

— Au cours de nos séances, je vais t'observer pour déterminer quel est ton Chœur. Rien de plus. Avec un peu de chance, nous découvrirons tes pouvoirs rapidement et je pourrai arrêter de perdre mon temps avec toi.

Elle hausse les épaules.

— Comme tu veux.

Elle se tourne et passe à l'étagère suivante pour trouver un autre livre. Alors qu'elle le prend, je la regarde fixement et j'essaie de sentir quelque chose, n'importe quoi, à propos de son Chœur. Les Chœurs de la plupart des gens sont évidents. Sa colocataire, par exemple, a une aura qui vous crie au visage qu'elle est une guérisseuse, une Malakim. Les Valkyries sont aussi manifestement des guerrières, des Erelims, et sont pratiquement nées en tirant une lumière brûlante du bout de leurs doigts. Mais cette demi-humaine est un mystère. Je ne peux pas du tout lire son aura, ce qui m'inquiète. Je n'ai jamais rencontré quelqu'un comme ça avant. Est-ce à cause de son côté humain ? Peut-être qu'elle n'a pas de pouvoirs. Je vais devoir faire des recherches sur d'autres demi-humains pour mieux savoir à quoi m'attendre.

Je n'ai pas franchement hâte d'assister aux séances avec Olivia, mais cela me donnera l'occasion de mieux l'étudier.

Callan veut que la fille disparaisse le plus vite possible et il se moque bien de ce qu'il doit faire pour y parvenir. Il a toujours été du genre à fixer ses yeux sur quelque chose et à le faire se réaliser, peu importe qui il doit évincer pour y arriver. Marcus, quant à lui, pense que nous devrions apprendre à la connaître afin d'en savoir plus sur son lien avec Jonah. Mais Marcus pense toujours avec sa queue, et il est clair qu'il veut aussi baiser la demi-humaine. Il n'est pas vraiment difficile, après tout.

Et moi ? Mes yeux se rétrécissent alors qu'Olivia s'éloigne, ses hanches se balançant de manière séduisante alors qu'elle attrape des vêtements de gym à sa taille. Je veux l'étudier jusqu'à en découvrir tous ses secrets. J'abattrai tous les murs derrière lesquels elle se cache, jusqu'à ce que son passé soit mis à nu et que toutes ses vérités soient limpides et exposées. Alors je saurai quoi faire d'elle.

13

———

OLIVIA

Le lendemain matin, je me réveille la boule au ventre. Les cours commencent aujourd'hui, et mes tripes se nouent à l'idée d'assister aux cours d'Histoire Angélique. Il n'y a rien que je puisse faire pour y échapper à part quitter l'école, ce qui est hors de question. Je dois juste espérer que le professeur Kassiel ne me reconnaisse pas. Ça fait quatre mois. Il m'a peut-être complètement oubliée. J'en doute, mais je ne sais pas quoi faire d'autre. S'il évoque cette nuit-là, je nierai tout – même si je ne peux pas imaginer qu'il veuille que le directeur sache qu'il a couché avec une étudiante, surtout alors qu'il vient tout juste de commencer à travailler ici.

Je mets du temps à me préparer parce que je dois travailler avec Araceli dans la même pièce. Je n'ai pas vécu avec quelqu'un d'autre depuis mes dix-huit ans et ma sortie du foyer d'accueil, et j'ai oublié à quel point c'est pénible de partager une salle de bain. Les démons obtiennent leurs pouvoirs à dix-huit ans, et quand tu as un nouveau garçon ou une nouvelle fille dans ton lit tout le temps, c'est beaucoup plus facile à gérer quand tu vis seule. D'un autre côté, on se sent aussi beaucoup moins seul avec Araceli dans les parages, et croyez-moi, il est difficile d'oublier qu'elle est là. Elle est constamment en train de chanter à tue-tête, de danser dans le dortoir, enfin, en résumé d'emplir la suite de sa présence. Je peux voir que cela devient vite gênant, surtout parce que les anges sont des gens du matin et que je ne le suis absolument pas, mais pour l'instant je trouve cela assez charmant.

Je bois une tonne de café, nous mangeons rapidement à la cafétéria, puis nous nous rendons à notre premier cours, l'entraînement au combat. Araceli et moi portons toutes les deux nos vêtements de sport, avec le logo de l'Académie Seraphim sur un tee-shirt blanc et un short gris tourterelle. Araceli sautille pratiquement alors que nous nous dirigeons vers le gymnase, tandis que la lumière du soleil matinal éclaire sa peau, la faisant briller un peu. Elle a les cheveux brun et violet attachés en arrière, et je peux voir les bouts légèrement pointus de ses oreilles, son héritage elfique. Elle ne doit pas ressentir le besoin de cacher ce côté d'elle-même, ce que j'admire.

— J'ai hâte d'être à l'entraînement au combat, dit-elle. Maman m'a un peu appris, mais elle est guérisseuse et pas vraiment combattante, alors ses compétences sont un peu rouillées.

Pendant que nous marchons, j'attache mes cheveux en arrière en un chignon rapide et désordonné. Le soleil du matin réchauffe ma nuque, et mon côté angélique le boit.

— Tu feras mieux que moi en tout état de cause. Mes compétences sont inexistantes.

— Les humains ne t'ont appris aucune forme de combat ?

— Pas vraiment. J'ai suivi un cours d'autodéfense une

fois, mais quelque part, je ne pense pas que ce soit le genre de combat qu'on va nous enseigner maintenant.

— Probablement pas. Le professeur Hilda est une Valkyrie et un ancien membre de l'armée angélique. J'ai entendu dire qu'elle est dure comme la pierre.

— Que sont les Valkyries exactement ? demandé-je. Tout le monde en parle comme si c'était quelque chose d'important, mais tout ce que je sais sur elles vient de la mythologie. Je n'ai jamais imaginé qu'elles pouvaient être réelles.

— Les Valkyries sont une division de l'armée angélique composée uniquement de femmes guerrières, connues pour leurs talents de combattantes et pour être pratiquement impossibles à tuer. Elles servaient autrefois directement sous les ordres de l'Archange Michel, avant sa mort en tout cas. Maintenant, je suppose qu'elles servent sous les ordres du remplaçant de Michel, Zadkiel. Et en parlant de Zadkiel, je vois que Tanwen est aussi dans notre classe.

Je gémis en voyant la fille blonde entrer dans le gymnase devant nous.

— Juste ce qu'il me fallait. Je suis sûre qu'elle va me rappeler à foison que je n'ai pas ma place ici en raison de ma partie humaine.

Araceli tient la porte ouverte pour moi.

— Tanwen est une vraie salope, mais pour être honnête, elle a plus de raisons que n'importe qui de détester les humains. Sa mère était la chef des Valkyries, mais elle a été tuée par des chasseurs humains quand Tanwen était enfant. Ce sont des gens qui recherchent toutes sortes de surnaturels et les éliminent.

— Je n'avais pas réalisé qu'il y avait des humains qui étaient capables de ce genre de choses. Mais ça ne veut pas dire qu'elle doit haïr toutes les personnes qui ont du sang humain.

— Non, ça ne veut rien dire. Je pense qu'elle prend juste son pied à être la fille la plus méchante du coin, et elle utilisera tout ce qui te rend différente ou inférieure pour t'intimider. Je l'ai connue toute ma vie, et je suis devenue assez douée pour l'éviter ou l'ignorer. Malheureusement, son père est Zadkiel, et maintenant qu'il a pris la place vide au conseil des archanges, elle va devenir insupportable. Elle est la seule fille d'un Archange, même s'il n'en était pas un quand elle est née.

Sauf qu'elle n'est pas la seule, et que mon père est un Archange depuis le début. Mais je vais garder ce petit secret pour moi.

Nous nous dirigeons vers le gymnase, qui ressemble à tous les autres gymnases de toutes les écoles que j'ai fréquentées, sauf qu'il y a des armes démodées accrochées sur un mur et des armures sur un autre. Le professeur Hilda se tient au centre de la pièce, les bras croisés, et regarde les élèves arriver. C'est une grande femme, bâtie comme un Viking avec de larges épaules et des hanches larges, et elle a des cheveux blanc et blond coupés court autour de sa tête.

Les élèves se tiennent autour et discutent, et Araceli et moi nous dirigeons vers le mur du fond pour attendre le début du cours. C'est alors qu'un ange que je ne m'attendais pas à voir entre dans la salle. Callan n'a pas l'air d'être à sa place dans un cours de combat pour débutants.

Non, il a l'air d'être sur un champ de bataille en train de brandir un sabre et d'abattre son ennemi. C'est peut-être pour cela qu'il se dirige vers Hilda et commence à lui parler doucement.

J'ai donné un petit coup de coude à Araceli et fait un signe de tête en direction de Callan.

— Qu'est-ce qu'il fait ici ?

— Je ne suis pas sûre. Il devrait être dans la classe de seconde année, pas dans celle-ci.

Un beau garçon en face de nous, à la peau sombre et aux yeux sympathiques, se retourne et sourit.

— J'ai entendu dire qu'il est tellement avancé en combat qu'il a été testé et qu'il a un niveau qui dépasse même celui de la classe de troisième année. Tout l'entraînement de Michael, je suppose. Mais ils ont besoin de lui pour faire quelque chose, alors il travaille comme assistant d'Hilda pendant les cours de combat.

Eh bien, c'est génial. On ne pourra plus lui échapper maintenant. Je pensais que puisque les Princes étaient tous des secondes années, nous n'aurions pas les mêmes cours, mais peu importe où je vais ou ce que je fais, l'un d'entre eux semble toujours être dans mon champ de vision. Mais bon, au moins j'ai une chance de battre Callan dans cette classe. OK, de qui je me moque ? Regarde les muscles de ses bras, et ses abdos en béton qui se détachent de sa chemise de sport. Même ses cuisses sont impressionnantes, d'après ce que je peux voir sous ce short. Il n'y a aucune chance que je puisse le battre. Si j'arrive ne serait-ce qu'à lui donner un coup de poing, il va probablement en rire.

Hilda frappe dans ses mains, et quand elle parle, elle a un fort accent allemand.

— Bienvenue à l'entraînement au combat, premières années. Je suis le professeur Hilda, et voici mon assistant, Callan. Nous allons sauter la partie où j'explique mon histoire et pourquoi je suis qualifiée pour enseigner ce cours et aller droit au but. Vous êtes ici pour apprendre à vous battre, car même si la Grande Guerre est terminée, nous ne serons jamais à l'abri. Il y a toujours des attaques de démons contre lesquelles nous devons nous défendre, et les humains deviennent plus audacieux chaque jour en essayant de nous débusquer. Et qui sait, peut-être que les elfes décideront aussi qu'ils veulent la Terre ensuite. Nous devons être vigilants à chaque instant. Elle frappe du poing dans sa main, et certains élèves sursautent. Oui, c'est définitivement beaucoup plus intense que mon cours d'autodéfense.

— D'abord, je dois voir avec qui je travaille, dit le professeur Hilda. Certains d'entre vous ont déjà eu un entraînement au combat, et certains de vos parents ont cruellement négligé cette partie vitale de votre éducation, mais ne vous inquiétez pas, je vais tous vous mettre à niveau au cours des trois prochaines années. Lorsque vous serez diplômés, vous serez prêts à entrer dans l'armée angélique, si vous le souhaitez. Je le garantis.

Callan croise les bras et observe les élèves d'un air impassible et dur. Quand ses yeux bleus se posent sur moi, sa mâchoire se serre. J'attends qu'il détourne le regard, mais il ne le fait pas. Il continue à me fixer, et je refuse de détourner le regard et je plisse les yeux pour le défier. La chaleur se répand dans mon corps jusqu'au cœur tandis que nous nous affrontons dans le gymnase, et tout ce qui m'entoure s'efface. Il n'y a que lui et moi, et l'excitation qui grandit entre nous. Le regard passe de l'hostilité à autre chose, quelque chose qui donne faim au succube qui est en moi. Est-ce qu'il le ressent aussi ?

Je ne peux pas m'en empêcher, je me lèche les lèvres. Ce n'est qu'à ce moment-là qu'il fronce les sourcils et détourne le regard. Un point pour moi.

— À l'appel de votre nom, avancez et on vous affectera un

partenaire, annonce Hilda. Elle commence à parcourir sa liste, et Araceli est jumelée avec le sympathique garçon en face de nous, qui s'appelle Darel. Il lui fait un grand sourire et semble être cool, ce qui est rare jusqu'à présent dans cette école.

Alors qu'Araceli se dirige vers l'avant, quelqu'un murmure :

— Heureusement que je ne suis pas jumelée avec des oreilles pointues.

Le sourire d'Araceli s'affaiblit et elle touche ses cheveux vers ses oreilles d'un air gêné, mais elle continue comme si personne n'avait entendu cette phrase. Je suis en colère pour elle, même si je la connais à peine. Peut-être parce que je peux comprendre ce qu'elle traverse. Je lance un regard à la Valkyrie qui a dit ça, mais elle m'ignore.

Hilda appelle le nom de Tanwen, et la blonde se dirige vers l'avant de la classe avec un sourire arrogant sur le visage. En tant que fille d'une Valkyrie, elle a manifestement reçu beaucoup d'entraînement au combat et est prête à en faire la démonstration.

— Ta partenaire est Olivia, annonce Hilda.

J'en ai mal au ventre. Sérieusement, moi et Tanwen comme partenaires. Est-ce que Hilda a fait ça exprès ? Elle doit connaître Tanwen, et elle doit être au courant de ma situation. Pourquoi nous mettrait-elle en binôme si ce n'est pour m'humilier ?

Une fois toute la classe mise en paires, Hilda se déplace sur le côté et croise les bras.

— Essayez de mettre votre adversaire à terre comme vous le pouvez pour que je puisse voir à quoi j'ai affaire ici. Une fois qu'ils touchent le sol, c'est fini. Et n'oubliez pas, vous ne pouvez utiliser aucun de vos pouvoirs angéliques. Ça veut dire toi, Erelim. Ne m'obligez pas à envoyer quelqu'un à la salle de soins.

Nous nous répartissons dans la pièce et je fais face à Tanwen, dont les yeux bleus m'accueillent avec dédain. Mes parents m'ont enseigné un tout petit peu d'entraînement au combat, mais pas beaucoup. Juste assez pour me sortir d'une situation délicate afin que je puisse m'échapper et me cacher. J'ai le sentiment que cela ne suffira pas ici.

Un sifflement retentit, et mon dos heurte le sol du gymnase, tandis que le joli visage de Tanwen me regarde d'un air narquois. Tout se passe si vite que je n'ai même pas le temps de réagir.

Ce n'est pas de bon augure pour moi.

Alors que la douleur me parcourt le dos, Tanwen secoue la tête.

— Ce n'était même pas un défi. Tu peux sûrement faire mieux que ça.

Je me relève du sol, déjà endolorie en de nombreux endroits. C'est une bonne chose que les anges et les démons guérissent rapidement, même si ça fait toujours très mal quand on se fait botter le cul.

Ce qui m'arrive, encore et encore. Tanwen est forte, et me mettre à terre n'est même pas un défi pour elle. Pendant ce temps, Araceli et Darel gloussent en se roulant sur le tapis, et pas besoin d'être un succube pour sentir la luxure entre eux. J'essaie de ne pas faire la moue, mais pourquoi ne puis-je pas être associée à un gars sexy, au lieu d'être un punching-ball pour les Valkyries ?

Callan s'approche alors que je touche à nouveau le sol, cette fois-ci avec un coup de pied qui m'arrache les jambes. Je heurte le sol par le côté cette fois et Tanwen secoue la tête.

— Je vois que tu mets la demi-humaine à rude épreuve, dit Callan en me surplombant.

De cet angle, j'ai une belle vue sur ses jambes très fermes, au moins.

— Bien sûr, dit Tanwen en retournant sa queue de cheval. Comment va-t-elle apprendre autrement ?

— C'est vrai, même si je ne suis pas sûr qu'elle puisse tenter quoi que ce soit dans ces conditions, dit Callan.

Tanwen hausse les épaules.

— Je n'essaie pas de lui enseigner des techniques de combat. J'essaie de lui montrer qu'elle n'a pas sa place ici.

Je me traîne jusqu'à ses pieds.

— C'est ce que tout le monde me dit, et pourtant, je suis toujours là.

— Ce n'est que le premier jour, dit Callan. Ce sera un miracle si tu survis à la semaine.

Si j'ai pensé ne serait-ce qu'une seconde que je pourrais obtenir une aide quelconque de Callan dans son rôle d'assistant, je me suis trompée. Il se retourne vers Tanwen et hoche la tête.

— Forme impressionnante. Je vois que tu t'es entraînée.

— Toujours, ronronne-t-elle presque. Elle lui adresse un sourire charmeur et des yeux de braise. Comment vas-tu, au fait ? Ça fait trop longtemps qu'on n'a pas traîné ensemble. On devrait aller dîner un de ces jours. Maintenant que je suis étudiante ici, on peut rattraper le temps perdu.

— Rattraper le temps perdu serait bien, dit-il, mais ensuite il me regarde, et je sais qu'il ne la désire pas, pas comme elle, elle le désire. Non, malgré tous ses efforts pour le nier, son désir est dirigé vers moi et non vers elle. C'est suffisant pour guérir mes maux et faire disparaître la douleur, et j'étire mes bras et mon cou avec soulagement.

Il s'éloigne, et Tanwen ressemble à un chat qui vient d'attraper une souris en me souriant.

— Prêt pour un autre essai ? Puisque je suis de bonne humeur, je pourrais même te laisser me donner un coup.

Alerte spoiler : elle ne le fait pas.

14

OLIVIA

Une courte pause nous est accordée pour reprendre notre souffle et panser nos blessures, puis c'est l'heure du cours suivant : le vol. Nous gardons les mêmes uniformes de gymnastique, mais nous allons dehors, près du lac, et je suis tellement épuisée par les coups de Tanwen qu'il ne m'est pas nécessaire de faire semblant de ne pas savoir voler. Ce premier jour est surtout une introduction à l'idée de vol, où le professeur s'assure que nous savons tous comment déployer et rétracter nos ailes sans problème. La plupart des élèves la classe n'a pas de problème avec cela, de mon côté je montre ostensiblement que j'ai des difficultés, et Tanwen roule des yeux et chuchote à ses amis à mon sujet. J'ignore leurs regards méchants. Je veux que tout le monde me sous-estime, même si c'est parfois frustrant. Au moins, il n'y a pas de Princes dans cette classe.

Après ce cours, nous avons une pause plus longue pour déjeuner, et je mets des vêtements propres après avoir pris une bonne douche. Je mange un sandwich, sirote un café dans ma tasse « Je suis un putain d'ange », puis me rends au cours sur l'étude des démons.

Ce cours a lieu au deuxième étage du hall principal, et en entrant dans le grand bâtiment gothique ressemblant à une église, je ne peux oublier mon premier jour ici, lorsque les Princes se sont jetés sur moi depuis le clocher. Aucun d'entre eux ne le fait cette fois-ci, sans doute parce qu'ils sont tous en classe. Un vrai soulagement pour moi.

Je remarque les regards et les chuchotements alors que je monte les escaliers, et je me demande combien de temps cela va durer. Je garde la tête haute en marchant sur le sol de pierre blanche, mais quand j'entre dans la salle, je m'arrête net – parce que Marcus est à l'intérieur, assis à l'un des bureaux. Et le pire, c'est que le seul siège libre est juste derrière lui. Une vraie réussite, ma tentative pour éviter les Princes.

Je refuse de les laisser m'intimider, alors je me dirige vers le bureau avec une confiance ostensible, même si je vacille un peu intérieurement. Je me rappelle que j'ai besoin d'obtenir des informations de leur part, alors peut-être que ce ne serait pas si mal de les avoir dans mes classes après tout, et Marcus semble être le plus supportable. Il me fait un petit signe de tête quand je passe devant lui, que j'ignore totalement. Ses cheveux bruns sont particulièrement sauvages aujourd'hui, et alors que je m'assois derrière lui, je ne peux m'empêcher de remarquer à quel point ils sont épais et luxuriants. Il a des cheveux qu'une fille pourrait envier. Ou rêver d'y passer ses doigts. Non pas que je puisse faire ça. Non.

Le professeur entre, et il porte un nœud papillon couvert de petits éclairs, qui me fait penser à Harry Potter. Il porte un costume élégant assorti, blanc cassé, et cela ne me surprendrait pas si ses ailes étaient de la même couleur. Il a un sourire aimable, des yeux bleus brillants et des cheveux poivre et sel.

— Bienvenue au cours sur l'étude des démons, dit-il. Je suppose que vous êtes tous ici pour cet enseignement. Si ce n'est pas le cas, vous devriez vous dépêcher de trouver votre classe actuelle avant qu'il ne soit trop tard. Vous ne voulez certainement pas être en retard le premier jour de cours, après tout !

Il frappe dans ses mains.

— Maintenant, puisque nous sommes tous au bon endroit, j'aimerais vous expliquer un peu ce à quoi vous pouvez vous attendre ici. C'est l'un des seuls cours qui accueille des étudiants des trois années, tout comme les autres cours d'études surnaturelles. Je reconnais certains d'entre vous du cours d'études féériques de l'année dernière, et c'est bon de vous revoir.

Il fait un petit signe de la main.

— Pour les autres, je suis le professeur Raziel, et je suis heureux de vous rencontrer. J'ai hâte de vous aider à mieux connaître les démons, notre ancien ennemi.

À l'entendre, on croirait qu'il s'agit de nous apprendre à faire une tarte, et non d'en apprendre plus sur les habitants de l'enfer que les anges combattent depuis des milliers d'années.

Marcus murmure négligemment par-dessus son épaule :

— Trop cool, n'est-ce pas ?

Il me fait un petit sourire et se retourne à nouveau. Si Raziel le remarque ou l'entend, il ne réagit pas. Je parie que les princes s'en sortent avec n'importe quels comportements en classe.

— Cette année, nous allons tout apprendre sur les différents types de démons, car tout comme les anges, il en existe de nombreux types. En fait, il en existe sept types qui correspondent aux fameux sept péchés capitaux. Je suis sûr que vous en avez déjà entendu parler, et que vous avez peut-être entendu des choses sur les démons de la part de vos parents ou d'autres anges que vous connaissez, mais dans ce cours, nous allons essayer de nous en tenir aux faits et non aux stéréotypes ou aux opinions. Certaines des choses que vous avez apprises jusqu'à présent peuvent être fausses, alors j'aimerais que vous gardiez l'esprit ouvert. Les démons ne sont plus nos ennemis, pas comme ils l'étaient autrefois. Depuis les Accords Terrestres, nous sommes en trêve avec eux, et il est important d'apprendre à les connaître pour mieux les comprendre.

— Et ainsi, s'ils rompent la trêve, nous pourrons les vaincre, dit Blake, le crétin qui m'a donné la clé de mon dortoir.

Raziel semble troublé, mais il hoche rapidement la tête.

— Oui, oui, bien sûr, nous devons être prêts à les combattre si cela devait arriver. Comme je le disais, nous allons passer en revue tous les différents types de démons, des diablotins aux déchus, et tout ce qu'il y a entre les deux.

— Et les succubes, c'est ça ? demande un gars assis à côté de Blake.

Mes cheveux se dressent sur ma nuque et j'ai peur que quelqu'un ici sache quelque chose, mais celui qui a posé la question ne fait que sourire et donner un coup de coude à Blake comme s'il avait dit quelque chose de drôle, et je réalise que c'est parce que c'est un excité qui veut juste parler de démons sexuels.

— Oui, nous parlerons des deux différents types de Lilim plus tard cette année.

Raziel laisse échapper un soupir exaspéré comme s'il avait déjà entendu cette question une douzaine de fois.

— Mais d'abord, discutons des similitudes et des différences entre les anges et les démons. Comme les anges, les démons ont une immortalité limitée, ce qui signifie qu'ils ne vieillissent plus après un certain temps, mais qu'ils peuvent toujours être tués. Ils ont aussi une force et une vitesse supérieures, et guérissent plus vite que les humains, tout comme nous. Une autre similitude ? En raison de leur immortalité, il leur était difficile d'avoir des enfants en enfer, comme nous au paradis, mais sur Terre, il est beaucoup plus facile pour nous tous de procréer. Personne ne sait exactement pourquoi, mais cela signifie que depuis les Accords Terrestres, il y a eu un boom dans les populations d'anges et de démons.

Il continue, mais je fais la sourde oreille, et je me retrouve à fixer le dos de Marcus à la place. Cet homme est bien trop sexy par rapport aux autres, et il le sait. Cela se voit à la façon dont il sourit, comme si tout avait été facile pour lui toute sa vie, et qu'il s'attendait à être adoré. Il se tourne vers moi et me donne ce sourire paresseux maintenant et je lui fais la grimace, même si mon cœur bat un peu plus vite. Maudit sang de succube.

J'essaie de me concentrer sur ce que dit Raziel, mais c'est difficile. Lorsque Marcus se passe la main dans les cheveux, je sens une odeur de bois de santal tellement sexy, que ma faim s'en éveille. Je mords mon stylo et me concentre davantage sur le cours.

— Maintenant, parlons des différences, dit Raziel. Alors que les anges obtiennent leurs pouvoirs à vingt et un ans, les démons les obtiennent plus tôt, à dix-huit ans.

Jusqu'à présent, tout ce qu'il nous dit est vrai. Je ne peux qu'espérer que son cours sera juste et fondé et qu'il contiendra des connaissances réelles. Et puis, au moins, je devrais réussir ce cours, non ?

En supposant que je ne sois pas trop distraite par Marcus, du moins.

15

OLIVIA

Ensuite, je me rends dans le cours que je redoute le plus, Histoire Angélique. Il a lieu également dans le hall principal, mais au troisième étage, et j'ai l'impression d'aller à l'abattoir en traversant le long couloir. J'essaie de trouver un moyen d'éviter ce cours, mais si par malheur je révèle que je connais bien l'histoire des anges et des démons, je vais ruiner ma couverture et révéler ce que je suis. Je dois continuer à jouer mon rôle de demi-humaine paumée, et donc accepter de m'y rendre comme si de rien n'était.

Le professeur Kassiel est déjà à l'intérieur, assis à son bureau d'angle, un livre à la main, mais il ne lève même pas les yeux lorsque j'entre. Je laisse échapper un souffle de soulagement et me colle au mur du fond de la classe, en gardant la tête basse et en essayant d'attirer le moins d'attention possible sur moi. Je trouve un siège au fond derrière un grand ange et m'affale sur ma chaise. Jusqu'ici, tout va bien. Maintenant, je dois juste passer les prochains mois sans qu'il me remarque.

Aucune chance.

D'autres étudiants de première année arrivent dans la classe, et je vois quelques visages familiers de mes autres classes, mais personne que je connais par son nom. Je suis triste qu'Araceli soit dans une autre période d'histoire angélique, par contre pas du tout que Tanwen n'y soit pas.

Lorsque l'horloge sonne l'heure, Kassiel se lève de son bureau et se dirige vers le centre de la pièce. Il porte un autre costume impeccable, parfaitement taillé, qui a visiblement coûté une fortune, et impossible de détacher mon regard de lui.

— Je suis le professeur Kassiel et je vous enseignerai l'histoire angélique 101 cette année. Nous allons aborder les bases, et même si certains d'entre vous pensent déjà tout savoir, vous pourriez être surpris par ce que vous apprendrez une fois que nous serons entrés dans les détails.

Sa voix est aussi sensuelle que dans mon souvenir, avec son accent britannique, et il m'est impossible de ne pas me noyer dans ses yeux verts. Je ne suis pas la seule à le remarquer. Le désir dans l'air est palpable, et je bouge sur mon siège, mal à l'aise, et soudainement affamée – et pas de nourriture pour moi à court terme. Je savais qu'être un succube dans une école d'anges pouvait être un problème, mais je n'avais pas réalisé à quel point jusque-là. Je parie que les Lilims de l'Académie des Enfers n'ont pas ce problème, eux.

Kassiel croise ses mains derrière son dos et commence à faire les cent pas au-devant des élèves, offrant un profil net.

— L'histoire est importante à la fois pour connaître nos origines, mais également pour apprendre du passé afin de ne pas répéter les erreurs commises. Si vous ne savez pas ce que nous avons fait, vous ne saurez pas comment faire mieux à l'avenir. Cela permet également de comprendre le présent et de comprendre pourquoi le monde est tel qu'il est aujourd'hui.

Je peux à peine me concentrer sur ce qu'il dit. Tout ce à quoi je pense, c'est le goût et la sensation qu'il avait entre mes mains. Je croise les jambes et me dandine sur mon siège, en essayant d'ignorer la douleur croissante entre mes jambes.

— Commençons par une rapide présentation, puisqu'on m'a dit qu'au moins une personne de cette classe avait grandi dans le monde des humains.

Oh, merde. C'est moi. Je m'enfonce un peu plus dans mon siège, même si les gens me regardent et me font comprendre que c'est de moi qu'il parle.

Heureusement, Kassiel continue de parler et ne remarque rien.

— Il y a quatre mondes connus : la Terre, le Ciel, l'Enfer et l'Éthérée. Celui dans lequel nous nous trouvons est évidemment la Terre et c'est le monde des humains. À l'origine, les anges venaient tous du Ciel, les démons de l'Enfer et les elfes de l'Éthérée. Il y a des milliers d'années, les elfes ont appris à ouvrir des passerelles entre les mondes, et ils ont partagé cette magie avec les anges et les démons. Cette action a eu de nombreuses conséquences à long terme, y compris de nombreuses guerres, et les elfes en sont venus à regretter d'avoir partagé cette magie – mais vous verrez tout ça lors de votre cours d'études féériques, peut-être. Tout ce que nous devons savoir pour le moment, c'est que cela a permis aux anges et aux démons de visiter la Terre. Les anges ont gardé leurs passerelles fortement réglementées afin que seules quelques personnes puissent venir sur Terre à un moment donné, et au début ils ont envoyé des êtres comme Sandalphon et Metatron, dont nous parlerons en détail dans quelques semaines. D'autres ont ensuite visité différentes parties du monde, apportant les connaissances de la société plus civilisée et avancée du Ciel. Pendant ce temps, les démons et les elfes ont également commencé à influencer la Terre, et les humains ont commencé à vénérer nos trois races comme des dieux. De nombreux chercheurs se sont demandé pourquoi il y a tant de dieux et de déesses ailés dans la mythologie, qu'ils soient bons ou mauvais – Valkyries, Harpies, Cupidon, Isis, etc. Ce sont tous des anges, tandis que certains des autres dieux, comme ceux qui sont à moitié animaux, comme Horus et Pan, sont des démons. La plupart des dieux élémentaires et de la nature sont basés sur les elfes. Comme vous pouvez le voir, les anges, les démons et les elfes ont eu un impact sur le monde humain depuis aussi longtemps que nos histoires sont écrites, et nous allons en apprendre davantage à ce sujet cette année.

Je sais déjà tout cela, mais c'est fascinant de l'entendre sortir de sa bouche. Il y a quelque chose dans sa façon de parler qui me donne envie de me poser là sur le bureau, béate à le regarder parler d'histoire – qui n'a d'ailleurs jamais été un de mes sujets préférés – pendant des heures.

— Pendant la majeure partie de l'histoire, les anges, les démons et les elfes vivaient tous dans leur propre monde, à quelques exceptions près. Les anges ont toujours été très stricts quant aux personnes qu'ils laissaient voyager sur Terre, et les passerelles étaient contrôlées par le Conseil des archanges. Les démons, en revanche, autorisaient n'importe qui à passer comme bon leur semblait, et de nombreux démons ont décidé de vivre sur Terre plutôt qu'en Enfer, créant des lignées de sang qui remontent à des siècles. Les elfes se rendent rarement sur Terre et préfèrent rester dans leur propre monde – et ils n'apprécient guère non plus que les gens s'y rendent, surtout depuis les Guerres des Elfes, que nous couvrirons l'année prochaine. Cette année, nous allons approfondir la longue guerre entre les anges et les démons, qui, je suis sûr que vous le savez tous, a pris fin il y a trente-deux ans, lorsque Michael et Lucifer ont signé les Accords de la Terre. Est-ce que quelqu'un sait pourquoi ils ont fait ça ?

Une fille devant lève la main et semble un peu troublée quand il lui fait un signe de tête.

— Nous avions perdu tellement d'anges que le conseil craignait que nous soyons anéantis.

— C'est une partie du problème, oui. Les démons avaient le même problème. Après des milliers d'années de guerre, avec très peu de nouveaux anges et démons qui naissaient chaque année, les deux races étaient en danger d'extinction. Quoi d'autre ?

— Le paradis et l'enfer ont tous les deux été détruits, affirme un type à droite.

— Correct. À cause de la guerre, les deux mondes étaient en ruines. Ils étaient devenus des champs de bataille désolés, avec des villes dépeuplées et des champs brûlés. Le Conseil des archanges et les archidémons ont réalisé que pour maintenir nos deux espèces en vie, notre avenir était sur Terre. Ils ont demandé une trêve, et après de nombreuses semaines de négociations, ils ont mis fin à la guerre en signant les Accords de la Terre. Travaillant ensemble, Michael et Lucifer ont utilisé un objet magique créé par les elfes, connu sous le nom de Bâton de l'Éternité, pour envoyer tous les derniers anges et démons sur Terre et sceller le Paradis et l'Enfer pour toujours. Dans le cadre de la trêve, il a été décidé qu'il ne devait plus y avoir de combat ou de reproduction entre les anges et les démons, et nous devions garder notre existence secrète pour l'humanité.

— Mais qu'en est-il des attaques de démons ? demande une autre fille.

— Il y en a toujours, même avec la trêve.

— Oui, et Michael ? dit le grand ange en face de moi.

— Les attaques de démons se produisent toujours, mais elles sont plutôt rares, tout comme les attaques d'anges contre des démons sont également rares. Lorsqu'elles se produisent, les auteurs sont punis rapidement et de manière radicale, de sorte qu'elles ne soient pas considérées comme le début d'une nouvelle guerre ou une menace pour la trêve. Les chefs des anges et ceux des démons prennent ces attaques très au sérieux. Quant à la mort de Michael...

Il se tourne vers l'élève qui a posé la question, mais ses yeux se posent sur moi. Merde. J'étais tellement envoûtée par ses mots que j'ai oublié de m'affaler, et maintenant c'est trop tard. Il fait un double blocage, ses mots oubliés, et sa mâchoire s'ouvre alors que ses yeux me scannent. Tout ce qui s'est passé il y a quatre mois est étalé devant nous, et je sais qu'il s'en souvient, tout comme moi. Tout espoir qu'il m'ait oublié ou que je puisse rester sous le radar s'envole.

Je peux le voir dans ses yeux, il sait ce que je suis.

Il essaie de se remettre de son choc et se retourne vers le tableau, mais le fixe comme s'il avait complètement oublié où il est et ce qu'il fait. Super, j'ai troublé notre professeur.

Il me jette un dernier regard, tandis que les autres élèves s'échangent des regards interrogateurs, puis il passe une main sur son visage et prend un moment pour se remettre.

— Comme je le disais, commence-t-il, la mort de Michael est un mystère, et comme Lucifer avait un alibi, pour l'instant personne ne peut prouver que les démons sont les coupables.

— Conneries, murmure quelqu'un dans son souffle.

Kassiel se racle la gorge.

— L'enquête est en cours. Ce que nous savons, c'est qu'au cours des trente-deux dernières années, les deux camps ont essayé de faire la paix, mais cela n'a pas toujours été facile, et beaucoup de gens des deux côtés souhaitent recommencer la guerre. Les vieilles haines ont la vie dure, surtout parmi les immortels qui ont été en guerre pendant des milliers d'années. Mais d'autres espèrent que cette jeune génération, née sur Terre, sera différente et pourra apprendre à vivre pacifiquement parmi les humains et les démons.

Ses yeux rencontrent à nouveau les miens et mon cœur rate un battement lorsque nos regards se verrouillent. Est-ce qu'il dit qu'il ne me dénoncera pas, ou qu'il m'accepte même si je suis à moitié démon ? Qu'il ne déteste pas les démons autant que d'autres pourraient le faire ? Ou est-ce que je lis trop dans ses mots ?

Ce que je ne saisis que trop, c'est la tension sexuelle entre nous. Même dans une classe avec une douzaine d'autres élèves autour de nous, la chaleur est là. Je sais qu'il la sent aussi, et le succube qui est en moi a envie de sauter par-dessus les bureaux, de le plaquer contre le tableau et d'enrouler mes jambes autour de lui jusqu'à ce que nous soyons tous les deux haletants de plaisir. J'arrache mes yeux de son regard avant de commencer à baver et je serre les cuisses l'une contre l'autre. Pas maintenant, dis-je à la faim. Il va falloir que je me nourrisse bientôt, sinon je ne passerai jamais la semaine.

Il continue de parler, et je réussis tant bien que mal à passer le cours sans arracher mes vêtements ou ceux de Kassiel, malgré ses nombreux regards enflammés. Quel soulagement quand le cours se termine ! J'attrape mon sac et commence à me dépêcher de sortir avec les autres élèves, mais sa voix m'arrête.

— Olivia, je peux te parler un instant ?

Merde. Ça ne peut pas être bon.

Je reste sur le côté jusqu'à ce que tout le monde ait quitté la salle, puis je m'approche lentement de Kassiel, où il est perché sur le côté de son bureau. Il me regarde approcher avec un regard lourd et indéchiffrable.

Je prends une inspiration.

— Si c'est à propos de cette nuit-là, aucun de nous ne savait qui était l'autre, et...

— C'est de cela que je dois te parler.

Il fronce les sourcils et je sais qu'il va évoquer le truc du succube.

J'interviens rapidement pour l'arrêter.

— Ne t'inquiète pas, je ne dirai rien à personne de ce qui s'est passé. En fait, moins nous parlerons de cette nuit, mieux ce sera, je pense.

Il fronce les sourcils en m'étudiant, et j'ai désespérément envie de savoir ce qu'il pense.

— Bien sûr.

— Est-ce un problème pour toi d'être en classe avec moi ? Parce que nous pourrions demander à Uriel de m'attribuer à un autre professeur.

Il s'est redressé.

— Non, ce n'est pas un problème. Notre relation restera totalement professionnelle. Les relations étudiant-professeur sont strictement interdites, et je pense qu'aucun de nous ne souhaite mettre en péril notre position ici.

Je hoche la tête.

— D'accord.

Mais savoir que c'est interdit ne fait que me donner encore plus envie.

16

KASSIEL

Je ne peux que fixer Olivia lorsqu'elle quitte la pièce. Comment est-ce possible ?

Je ne l'ai jamais oubliée après cette nuit à Los Angeles. Elle s'est enfuie lorsque j'ai compris qu'elle était un succube, et après cela, j'ai fait quelques recherches, mais personne ne savait qui elle était, et j'ai fini par laisser tomber. Il y a beaucoup de démons qui ne veulent pas être retrouvés, et il était évident qu'elle était l'un de ceux-là au vu de sa réaction. Mais que fait-elle ici maintenant ? Comment un succube peut-il faire partie de l'Académie Seraphim ? Est-ce une sorte d'erreur ?

Et la question la plus importante de toutes, connaît-elle aussi mon secret ?

Je range mes affaires et quitte la classe, puisque j'ai fini d'enseigner pour la journée. Je traverse le campus jusqu'au bâtiment des professeurs, qui abrite tous nos bureaux et un salon. Il fait également office de dortoir pour les professeurs qui vivent sur le campus, comme moi.

J'entre dans le salon des professeurs et je prends un des

sandwichs proposés, puis je m'appuie sur le comptoir. Hilda et Raziel sont là, chacune s'occupant de son côté à des tables différentes. Hilda engloutit un sandwich comme si elle n'avait pas mangé depuis des jours, tandis que Raziel lit un journal. Je n'ai pas beaucoup parlé à l'une ou l'autre depuis mon arrivée à l'école, mais elles ont toutes les deux été amicales jusqu'à présent.

— Que savez-vous sur cette étudiante, Olivia Monroe ? demandé-je, en essayant de garder une voix légère. J'ai déjà entendu les autres professeurs raconter des ragots sur leurs étudiants, alors j'espère que ma question ne semblera pas trop bizarre.

— La demi-humaine ? grogne Hilda. Tout ce que je peux dire c'est qu'il va lui falloir beaucoup d'aide si je veux qu'elle soit en état de se battre.

À moitié... humaine ? Ce n'est pas possible.

— Sont-ils sûrs qu'elle est à moitié humaine ? Comment le savent-ils ?

Raziel plie son journal.

— Sa mère était humaine.

— Et son père ? demandé-je.

— Personne ne sait qui il est, dit Raziel.

— Un lâche en tout cas, dit Hilda. Il devrait faire un pas en avant et reconnaître son erreur, pour le bien de sa fille. Ce serait la meilleure chose à faire.

— Oui, sans doute, dis-je. Mais comment savent-ils que c'est un ange et non une déchue ?

Raziel penche la tête.

— Eh bien, elle a des ailes, qui sont noires, ce qui est un peu inhabituel, je l'admets. Mais elle peut créer de la lumière, donc elle n'est pas déchue.

— Il y a une vidéo de son émergence, et il est assez clair

qu'elle est un ange, ajoute Hilda. Elle devrait être dans les dossiers, bien qu'elle ait été retirée d'internet par Aerie Industries.

Mes sourcils s'élèvent.

— Une vidéo ?

Hilda acquiesce.

— Oui, elle a eu ses ailes lors d'une fête où elle est tombée d'un balcon. Tu devrais regarder la vidéo, c'est assez percutant.

— Ça a dû donner un sacré travail de nettoyage aux anges d'Aerie, ajoute Raziel.

— Merci, répondis-je. Je vais aller voir ça.

Je prends un autre sandwich et je me dirige vers mon bureau. Une fois à l'intérieur, je sors le dossier de l'école sur Olivia, qui n'est accessible qu'au directeur Uriel et aux professeurs. Je lis le peu qu'ils savent d'elle, y compris les informations sur la mort de sa mère, et je me sens encore plus confus. Lorsque je l'ai rencontrée dans le bar, Olivia a mentionné qu'elle avait une relation compliquée avec sa mère et son père. Soit elle mentait à l'époque, soit elle ment maintenant. J'ai le sentiment de savoir laquelle des deux est la bonne.

Je lance la vidéo. Quelqu'un a filmé l'incident avec son téléphone. Au début, il s'agit de quelqu'un qui prend des photos au bord de la piscine lors d'une fête de la Saint-Patrick. Puis, il y a un cri et la personne s'est mise à filmer pour attraper la fille qui tombe et s'envole au-dessus de la piscine, avec des ailes noires déployées et une lumière émanant de tout son corps. Elle plane un moment, puis tombe dans l'eau, où ses ailes disparaissent en même temps que la lumière. C'est alors le chaos total : plusieurs personnes plongent dans l'eau pour la sauver, et lorsqu'elles la sortent, elle est inconsciente. C'est là que la vidéo s'arrête.

Je me penche en arrière en fronçant les sourcils. C'est vraiment un ange. Me serais-je trompé en disant qu'elle était un succube ? Non, je sais ce que ça fait, et j'ai reconnu cette lueur noire dans ses yeux après qu'elle se soit nourrie de moi. Mais elle a des ailes aussi, et j'aurais pu croire que c'était une déchue, sans la lueur. À moins que tout ça soit faux, mais Aerie Industries aurait fait une enquête approfondie sur elle après cet incident.

Ce qui veut dire qu'elle est quelque chose qui ne devrait pas être possible. Quelque chose de tellement inconcevable qu'on n'en parle jamais. Quelque chose qui pourrait tout changer si les gens savaient.

Elle est mi-ange et mi-démon.

Pas étonnant qu'elle ait eu l'air si nerveuse quand nos regards se sont croisés. Et maintenant que je connais la vérité sur elle, je ne sais pas quoi en faire.

Je connais son secret, mais connaît-elle le mien ? Ai-je dit quelque chose cette nuit-là sur mon passé ? Je sonde ma mémoire pour essayer de me souvenir de notre conversation. Nous avons parlé de mon père, et j'ai mentionné que j'étais professeur d'histoire, mais guère plus. Je ne pense pas qu'elle sache quoi que ce soit sur moi, tout comme je ne sais rien sur elle.

Est-ce qu'Uriel sait ce qu'elle est vraiment ? Il le doit. Il sait tout ce qui se passe dans cette école. Si c'est le cas, il n'y a aucune raison que ce soit à moi d'en parler. Elle garde manifestement cet aspect d'elle-même secret, mais que fait-elle ici ? Elle doit être consciente que ce n'est pas sûr, même si je doute que l'école des démons soit plus sûre pour elle.

Je fixe sa photo sur mon écran, regardant ces yeux verts

mystérieux. Je garderai son secret tant qu'elle n'interférera pas avec mes propres plans. Je serai son professeur et rien de plus, même si mon sang ne fait qu'un tour lorsqu'elle est à proximité. Ce sera une torture de l'avoir dans ma classe, mais j'ai déjà survécu à pire. Si quelqu'un peut résister à un succube, c'est bien moi.

Mais enfin, que l'année va être longue.

17

OLIVIA

Alors que je pense que cette première journée de cours ne pouvait être pire, je me souviens que je dois rencontrer Bastien.

Je me dirige vers la bibliothèque, qui se trouve de l'autre côté du lac, en retrait de la forêt. La façade du bâtiment est couverte de mosaïques représentant des anges combattant des démons, et une grande porte me conduit à l'intérieur.

Bastien attend à l'accueil et me lance un regard tueur lorsque j'entre.

— Tu as trois minutes de retard.

— Désolée, le professeur Kassiel avait besoin de me parler après le cours.

Les yeux de Bastien se rétrécissent un peu, puis il tourne les talons.

— Suis-moi. J'ai réservé une salle privée pour que nous puissions commencer nos tests.

Il me conduit à travers la bibliothèque, dont les hautes étagères sont entièrement remplies de livres, nouveaux et anciens. J'entrevois d'anciens textes sur les démons combinés à de nouveaux textes sur la biologie.

Père m'a dit que lorsque les anges devaient quitter le Ciel, ils n'avaient qu'une semaine pour rassembler leurs affaires qu'ils désiraient emporter avec eux. La plupart des bibliothèques avaient déjà été détruites pendant la guerre, mais les quelques textes qui ont été sauvés ont été envoyés dans cette bibliothèque. C'est un sentiment étrange de savoir que la plupart de la littérature et des connaissances angéliques sont contenues dans ces murs, remontant à des milliers d'années. Ce n'est peut-être pas si impressionnant pour les immortels à la mémoire si longue, mais ça l'est pour moi.

De l'autre côté de la bibliothèque se trouvent des salles privées pour étudier, et Bastien me conduit dans l'une d'entre d'elles. Il allume les lumières et prend place d'un côté de la table, le dos droit et la posture parfaite. Quant à moi, je m'installe en face de lui, mais beaucoup plus lentement.

— Tu dois maintenant connaître les quatre Chœurs, commence-t-il. Je suis l'un des Ofanims, qui peut détecter les mensonges et voir la vérité, entre autres choses.

— As-tu détecté des mensonges chez moi ? lui demandé-je.

Ses yeux se rétrécissent.

— Pas jusqu'à présent, mais nous verrons ce qui se passera au cours de cette séance.

— Je n'ai aucune raison de mentir, mentis-je. Je manque presque de toucher mon collier, mais je l'ai rangé dans le col de ma chemise aujourd'hui. Il ne faut pas que quelqu'un d'autre le remarque et devienne suspicieux, et je dois être certaine qu'il me gardera en sécurité. Mère ne me l'aurait pas donné si elle ne pensait pas qu'il pouvait supporter l'Ofanim le plus puissant.

— Nous allons voir ça. Je vais utiliser la lumière de la vérité sur toi maintenant, ce qui devrait me révéler plus de choses sur toi.

Il rapproche ses mains et une lumière blanche apparaît entre ses paumes. Il la laisse grossir jusqu'à ce qu'elle fasse presque la taille de son torse, puis il la libère vers moi. Je grimace lorsque la lumière m'entoure et je ressens un petit picotement, mais rien d'autre ne se produit. Son air renfrogné s'accentue et là je sais que le collier fonctionne.

— Tu vois quelque chose ? demandé-je, en essayant d'avoir l'air innocent.

— Non. Et c'est très inhabituel. Je devrais être capable de détecter quelque chose, mais avec toi, je n'obtiens absolument rien. C'est presque comme s'il y avait une sorte de magie qui bloquait mes investigations. Tu n'aurais pas une idée par hasard ?

— Non. Je ne connais rien à la magie.

Il se penche en avant avec une forte détermination dans ses yeux gris.

— Je vais réessayer.

Il continue à lancer différents sorts de vérité sur moi, mais n'obtient toujours aucune des informations qu'il désire tant. Un sentiment de satisfaction emplit tout mon être lorsque je vois les difficultés qu'il rencontre, et cela me renforce dans l'idée que je pourrais bien être capable de réussir cette tromperie assez longtemps pour trouver Jonah.

— Quelqu'un a-t-il testé ton sang ? demande-t-il.

Je me raidis un peu à cette idée. Seraient-ils capables de détecter du sang de démon en moi ? Probablement. Je lui lance un regard confus pour montrer que je ne suis qu'une humaine simple d'esprit.

— Non, et je ne pense pas le vouloir non plus.

— Très bien, grogne-t-il.

Il est évident qu'il aimerait me piquer avec toutes sortes d'objets pointus, et peut-être même avec celui qu'il a dans son pantalon, vu comment il me regarde parfois et le petit bourdonnement de désir que je détecte chez lui. Je n'arrive pas à savoir s'il me désire, s'il me déteste ou s'il me voit simplement comme un gros puzzle à reconstruire. Peut-être tout ça à la fois. Je pense que c'est comme ça que je vais l'atteindre. S'il me voit comme un mystère qu'il peut résoudre, alors il sera plus enclin à s'ouvrir à moi au sujet de Jonah. Si l'un des Princes est au courant de sa disparition, c'est sûrement Bastien.

Il pose ses doigts sur la table.

— Il y a d'autres moyens de savoir à quel Chœur tu appartiens. Nous allons passer en revue une liste de questions. Tout d'abord, as-tu ressenti quelque chose lorsque quelqu'un t'a menti récemment ? Comme un fort sentiment d'injustice ?

— Non, je n'ai rien ressenti de tel. Mais peut-être que personne ne m'a menti non plus.

— J'en doute, mais essayons. Le ciel est orange. Quelque chose ?

— Non. Rien.

— Hum. Je trouve peu probable que tu sois un Ofanim. Peut-être un Malakim ? As-tu déjà touché une personne ou un animal blessé, ou même une plante mourante, et l'as-tu vu guérir ou revenir à la vie ?

Les questions se poursuivent pendant une heure et je réponds par la négative à chacune d'entre elles. Lorsque le temps imparti à notre cours est écoulé, il est plus frustré que jamais et pour tout vous dire il n'est pas près d'obtenir des réponses. Il me demande de le rencontrer à nouveau demain à la même heure et au même endroit afin de pouvoir effectuer d'autres tests, me poser d'autres questions, enfin pour être encore un peu plus frustré.

Les dés sont lancés et le jeu continue, et je me surprends à l'apprécier. J'ai toujours aimé les jeux de dupes, et s'il peut m'aider à retrouver mon frère, je ferai tout ce qu'il faut, et je serai qui je dois être... tant que je suis victorieuse.

———

Ce soir-là, après avoir terminé de dîner à la cafétéria, j'annonce à Araceli que j'envisage de me coucher tôt dès que nous aurons rejoint notre dortoir. Je m'assure qu'elle est bien dans sa chambre, puis je me glisse discrètement sur le balcon, toute de noir vêtue, les cheveux attachés. Je laisse mes ailes noires se déployer, et je me laisse doucement flotter vers le sol sans faire de bruit. Je ne maîtrise pas tout à fait le vol encore, mais je peux néanmoins atterrir prudemment.

Mes ailes disparaissent, et je me déplace sur l'herbe sans un bruit, en restant dans les parties les plus sombres du campus. La nuit, les environs sont assez désertés. Les anges préfèrent le jour, tandis que la nuit est le moment favori des démons. Mon heure, quoi.

Au début, je ne vois personne dehors. C'est presque trop facile. Puis j'entends des rires et des chuchotements et je vois un petit rayon de lumière derrière un arbre. Un homme et une femme, faisant quelque chose qui n'augmente que ma faim. Le succube en moi est tenté d'aller se nourrir d'eux, mais l'ange en moi se faufile sans qu'ils s'en aperçoivent.

Quand j'arrive dans le hall principal, je me cache dans l'obscurité, observant la lumière du clocher. Les Princes sont là-haut, comme je l'espérais. De temps en temps, j'aperçois

Callan qui fait les cent pas derrière les grandes fenêtres, mais impossible de mieux les distinguer à moins de voler jusque-là haut, et ils pourraient me voir ou m'entendre si je m'y risquais. J'attends, j'attends, et juste au moment où je pense que je vais devoir revenir demain soir, Marcus passe devant la fenêtre.

C'est le seul indice dont j'ai besoin.

Je me faufile jusqu'aux dortoirs et monte au quatrième étage. Grâce à Père, j'ai le don d'invisibilité, comme tous les autres Ishims. Je l'utilise maintenant en courbant la lumière autour de moi pour me fondre dans le décor pendant que je crochète la serrure de la porte de Marcus – quelque chose que Mère m'a appris. Cela me prend quelques minutes, et je continue à jeter des coups d'œil autour de moi, craignant que quelqu'un ne me repère, malgré le collier et mes pouvoirs, mais le couloir demeure calme et vide, et finalement les crochets font leur travail et la porte s'ouvre.

Je ne prends pas la peine d'allumer et je me glisse discrètement à l'intérieur. Je n'en ai pas besoin, grâce à ma vision de démon. Le salon ressemble beaucoup à celui que je partage avec Araceli, bien que celui-ci ait des touches plus personnelles, comme des photos sur les murs. Il y a aussi une télévision beaucoup plus grande. Je ne passe pas beaucoup de temps à fouiner ici, et me dirige à la place vers une des chambres.

Dans celle-ci, les couvertures sont rejetées en arrière, des vêtements pendent sur le dossier de la chaise de bureau, et une guitare rouge est laissée dans un coin. Ça doit être la chambre de Marcus. J'aperçois une photo sur son bureau, avec Marcus, l'Archange Raphaël et une tonne d'autres garçons qui leur ressemblent, mais je quitte la pièce. Je n'ai aucune idée de quand

Marcus pourrait revenir et il me faut me dépêcher. Même si je meurs d'envie de fouiller dans toutes ses affaires – au nom de la recherche de mon frère, bien sûr – je n'en ai pas le temps.

L'autre chambre est tout le contraire de la précédente. Le lit est fait, et tout est bien rangé, comme si rien n'avait été touché depuis des mois. Les draps sont d'un vert chasseur foncé, la couleur préférée de Jonah, et sur le chevet, il y a une photo de lui et Grace au bord du lac. Je touche son oreiller, où je peux presque le voir allongé dans le lit en train de lire un des romans d'horreur qu'il aimait tant. Je passe ma main le long du bureau, déplaçant une légère couche de poussière, et j'imagine Jonah assis là, à faire son travail. Je touche la balle de baseball usée, posée dans un recoin et je l'imagine la lancer en l'air. Mon cœur se serre, ma poitrine se contracte et je ferme les yeux, car l'inquiétude pour mon frère prend le dessus.

Je me secoue et fouille dans son bureau, mais je ne trouve que des prospectus publicitaires pour une pizzeria à Angel Peak, quelques stylos et crayons, et des trombones poussiéreux. Rien d'excitant. J'espérais trouver un ordinateur portable ou son smartphone, mais je suis sûre que quelqu'un d'autre les a dénichés avant moi.

Ensuite, j'ouvre la porte de son placard. Ses vêtements sont suspendus à l'intérieur, et je les passe au crible. Je repère son uniforme de baseball et un autre vague à l'âme m'envahit. Je vérifie le reste de la penderie, et je suis sur le point d'abandonner lorsque je tombe sur un sac-poubelle par terre au fond. À l'intérieur se trouvent une longue robe dorée et un masque assorti, exactement comme celle que j'ai reçue, mis à part la couleur.

J'ignore ce que cela signifie, mais c'est la seule piste que j'ai. Maintenant, je dois absolument assister à cette réunion – ou quoi que ce soit d'autre – ce week-end.

J'entends la porte d'entrée s'ouvrir et je remets la robe dans le sac et dans le placard. Redevenue invisible, je reste immobile alors que j'entends les pas de Marcus dans le dortoir. Il s'arrête à l'entrée de la chambre de Jonah, et je réalise que j'ai laissé la porte ouverte. Il fronce les sourcils, allume, puis fixe le lit. Je retiens ma respiration alors que les secondes passent, et je crains que ma couverture ne soit compromise. Je ne peux pas m'empêcher de voir le chagrin sur le visage de Marcus, mais je distingue aussi quelque chose d'autre dans ses yeux – de la culpabilité peut-être ? Ou est-ce que je l'imagine parce que je veux juste la voir là ?

Il ferme la porte, et dès qu'il est parti, je peux à nouveau respirer. J'attends qu'il rejoigne sa chambre, puis je me faufile discrètement sur le balcon et je m'échappe. C'était juste.

Et maintenant, je me rapproche de la vérité sur ce qui est arrivé à Jonah.

18

OLIVIA

Mon deuxième jour de cours se passe aussi bien que le premier. Cette fois-ci, dans le cadre de l'entraînement au combat, nous ne sommes pas mis en binômes, donc Tanwen n'a pas l'occasion de me frapper aujourd'hui. À la place, nous faisons quelques étirements de base et des poses d'arts martiaux pour nous aider à développer notre équilibre et nous entraîner à prendre différentes positions. C'est bien agréable après le passage à tabac d'hier, et comme je fais du yoga depuis des années, je ne suis pas trop mauvaise dans ce domaine. Araceli et Darel se font les yeux doux pendant tout le cours, tandis que Callan se tient dans un coin, les bras croisés, et me regarde avec des yeux revolvers pendant que je m'étire, soulignant autant que possible mes atouts pour le rendre fou.

En vol, nous nous entraînons à décoller en sautant d'un rebord à surface molle et rembourrée du gymnase. Je fais semblant d'être encore en train d'apprendre et je tombe plusieurs fois, et la bande de filles odieuses se donne des coups de coude et rit à chacune de mes chutes. On pourrait croire que des femmes adultes seraient au-dessus de ça, mais certaines choses ne changent jamais.

Dans le cours d'Études Démoniaques, je suis obligée de m'asseoir une nouvelle fois derrière Marcus, et il affiche un autre de ses sourires charmants qui font sans doute fondre la plupart des filles. S'il continue comme ça, ça pourrait marcher sur moi aussi, mais pour l'instant je tiens bon. Cela pourrait changer en fonction de ma faim.

Le professeur Raziel fait son entrée, vêtu d'un costume blanc avec un nœud papillon à pois verts.

— Bonjour à tous ! Aujourd'hui, nous allons parler d'un certain type de démon, le déchu. C'est probablement le démon dont vous avez le plus entendu parler, alors il me semble approprié de commencer par là, car il y a beaucoup d'idées fausses sur eux et sur leur chef, Lucifer. Que pouvez-vous me dire sur le Roi des Enfers ?

— Il fut un ange au début, dit Marcus. Tous les déchus l'étaient.

Raziel hoche la tête.

— Oui, et ce que vous ne savez peut-être pas, c'est que Lucifer était en fait un archange. Quoi d'autre ?

— Il est parti pour rejoindre les Enfers, dit Blake.

— C'est vrai, il l'a fait, bien que beaucoup de gens débattent sur la raison exacte de ce choix. Certains disent que c'était parce qu'il ne voulait plus avoir de pouvoirs. Certains disent que c'est parce qu'il n'était pas d'accord avec la façon dont les Archanges géraient les choses. Certains disent qu'il y a vu une opportunité et l'a saisie. Peut-être que toutes ces choses sont vraies. Qui sait ? Ce que nous savons, c'est qu'il a quitté le Paradis, la Terre de la Lumière, pour l'Enfer, le royaume des ténèbres. De nombreux types de démons y vivaient déjà, mais il s'agissait de tribus distinctes qui se battaient parfois les unes contre les autres. Lorsque Lucifer est devenu le roi de l'Enfer, il a réuni ces différents groupes et les a transformés en une légion organisée sous son autorité. De nombreux anges le suivirent, principalement ceux qui étaient également déçus par les Archanges, et d'autres qui lui étaient simplement loyaux. Ces anges ont tous changé au fur et à mesure qu'ils s'adaptaient à l'Enfer, et ils ont commencé à se nourrir des ténèbres et à les contrôler, un peu comme nous le faisons avec la lumière. Ils sont devenus les déchus, et leur péché mortel est l'orgueil.

Pendant son oraison sur les déchus, je me demande comment ce cours serait enseigné de l'autre côté. Les sept péchés capitaux sont une création des anges, les démons ne parlent pas d'eux comme ça. Et je remarque que Raziel ne mentionne pas que les déchus représentent le péché d'orgueil parce que les anges le sont eux aussi à la base.

De plus, les démons ont une histoire bien différente pour expliquer la chute de Lucifer. Selon eux, il est parti pour la Liberté. Pas seulement pour lui-même et pour ceux qui l'ont suivi, mais pour la Liberté de l'humanité. Lucifer n'était pas d'accord avec la croyance des anges selon laquelle les humains doivent être guidés, ou comme les démons diraient, « contrôlés ». Les démons pensent que la liberté est la valeur la plus importante, parfois jusqu'à l'anarchie et le chaos. Ainsi, Lucifer a quitté les anges et a rassemblé les démons pour mettre en œuvre ses propres plans sur la Terre.Cela ne veut pas dire qu'il ne l'a pas fait aussi pour obtenir le pouvoir et avoir son propre peuple à gouverner. Il y a plusieurs côtés à chaque histoire, et probablement un peu de vérité dans chacune d'elles.

Avant de quitter la classe, Raziel annonce :

— Oh, j'ai presque oublié de vous en informer. Je vais

vous mettre par deux, et ensemble, vous ferez un rapport approfondi sur un type de démon, que je vous assignerai. Je voudrais que vous vous concentriez sur la recherche de personnages historiques, religieux et mythologiques de la Terre qui sont connus pour être ce type de démon, et que vous écriviez un essai sur eux. Ce travail sera à rendre à la fin de l'année et comptera comme examen final. Maintenant, voyons voir...

Il commence à former les binômes, et je sais déjà que je serai mise avec Marcus parce que ce serait logique. Tout ce que je peux espérer, c'est qu'on ne nous demandera pas d'étudier les Lilims – on se rapprocherait trop de ma vraie nature.

— Marcus et Olivia, annonce Raziel, comme je m'y attendais ! Je crois que même les professeurs ont quelque chose contre moi. Vous étudierez les diablotins.

Bon, au moins le sujet est intéressant.

––––––

Après un autre cours étrange d'Histoire Angélique avec Kassiel, et une session tout à fait improductive avec Bastien, quel soulagement de retourner dans ma chambre pour me détendre. Bien qu'il n'y ait pas beaucoup de source de détente par ici, parce que ma faim de succube est forte, et qu'il faille que je fasse vraiment quelque chose à ce sujet avant qu'elle ne devienne si puissante et que je fasse les yeux doux à tous les anges que je croise. Ce qui me conduirait à faire quelque chose qui pourrait faire sauter ma couverture. Non, je dois noyer le problème dans l'œuf rapidement, mais d'abord, il me faut une tasse de café et quelques minutes pour me détendre après cette longue journée.

Je sors de l'ascenseur et prends ma clé, mais là, je me fige.

Sur ma porte sont peints à la bombe les mots « TU N'AS RIEN À FAIRE ICI » en grandes lettres noires. Je suis toute retournée de me retrouver devant une telle chose et pendant un long moment, mon regard n'arrive pas à s'en détacher. Puis j'observe autour de moi, mais il n'y a personne d'autre. Et puis même s'il y avait quelqu'un, je doute fort qu'il soit compatissant au point de me dire qui a fait ça. Non pas que je ne sois pas en mesure de deviner. Je suis sûr que c'était Tanwen, et je serre les dents en déverrouillant la porte et en entrant. Elle peut m'intimider tant qu'elle veut, mais ça ne marchera pas. Je suis ici et j'y resterai.

19

OLIVIA

Le simple fait d'avoir été dans l'entourage de tant d'hommes alléchants pendant si longtemps, il me faut me nourrir plus tôt que prévu. La plupart des succubes ont besoin de se nourrir d'un humain à raison d'une fois par semaine, et c'était le cas, avant que j'obtienne mes pouvoirs angéliques. Après mes vingt et un ans, j'ai appris que je pouvais me nourrir de lumière comme les anges, même si cela ne comble pas mon appétit entièrement. Il me faut tout de même fournir à mon côté succube quelque chose de substantiel au moins une fois toutes les quelques semaines. Le sexe avec Kassiel m'a fait tenir plus longtemps cependant, et Mère a dit que ce serait le cas si je me nourrissais d'êtres surnaturels, en particulier d'êtres puissants.

Le seul hic c'est que je ne peux pas me nourrir à l'école, c'est beaucoup trop risqué. Je ne me suis jamais nourrie d'un ange avant, sauf avec Kassiel, et nous savons tous comment ça s'est terminé. Je dois supposer que certains autres anges pourraient me reconnaître en tant que succube, ce qui signifie qu'il va falloir partir en chasse hors du campus, donc plus à

Angel Peak. Il y a une petite ville sur la route principale au pied de la montagne, et je devrais pouvoir y trouver mon bonheur.

J'attends qu'Araceli se soit endormie, ce qui est facile à détecter, car elle ronfle, puis je me faufile dehors et me dirige vers le parking. Je monte dans ma voiture et je démarre, manquant de peu ce qu'Araceli m'a dit être la décapotable de Callan. Je suis tentée de la voler – il n'en mérite pas moins, mais je laisse tomber pour cette fois.

Personne ne m'arrête en sortant, même si j'ai l'impression que quelqu'un m'observe lorsque je sors de l'enceinte. Sans doute y a-t-il des caméras, mais pourquoi devrais-je m'en soucier ? Ce n'est pas une prison, et je peux aller et venir comme je veux.

J'ai l'impression que la descente de la montagne est encore plus longue, surtout dans l'obscurité. Je vais très doucement dans certains virages serrés près de falaises abruptes. Quand j'arrive en bas de la montagne, je regrette sérieusement de ne pas avoir juste volé de mes propres ailes. Je vais devoir faire vite si je veux rentrer à temps pour dormir un peu avant les cours de demain.

Je m'arrête dans un boui-boui avec plusieurs camions et voitures à l'extérieur, et je me dis que c'est probablement ma meilleure chance pour ce soir. Je vérifie mon maquillage et lisse mes cheveux dans le rétroviseur, puis je sors de la voiture. Je porte une petite robe rouge moulante et des talons « fuck-me » qui attirent toujours l'attention, surtout avec mes jambes et mes hanches galbées. Je ne suis pas vaniteuse, mais je suis un succube après tout, et nous sommes sacrément beaux. Ça fait partie de ma nature d'utiliser mon physique à mon avantage pour me nourrir.

L'intérieur du bar est sombre, avec des enseignes de bière

en néon de mauvais goût, des dictons clichés encadrés sur le mur et de la sciure de bois sur le sol. Peu de choix s'offrent à moi ce soir, mais j'arpente le bar, scannant tout le monde. Mes yeux se focalisent immédiatement sur un gars sexy assis contre le mur avec des cheveux bruns, une courte barbe, et pas d'alliance. Parfait.

Il tourne la tête vers moi, et quand nos regards se croisent, je lui fais un sourire enjoué et j'y mets un peu de mon pouvoir. Non pas que j'en aie vraiment besoin, mais j'aimerais faire ça vite pour pouvoir aller me coucher. J'ai d'autres cours dans la matinée, et je dois être alerte au cas où je serais à nouveau associée à Tanwen pour l'entraînement au combat.

Un lent sourire se dessine sur mes lèvres, et je pense, waouh, c'est trop facile, alors que je commence à marcher vers lui. Il se lève et se dirige vers moi, et je me demande si je n'ai pas déjà utilisé un peu trop de pouvoir sur lui, mais il me dit :

— Excusez-moi et me passe sous le nez.

Je reste bouche bée quand il quitte le bar. Merde, mes compétences sont-elles rouillées ?

Je lisse ma robe, brosse mon ego, et fonce. Il y a quatre autres gars dans le bar, et deux d'entre eux ont des alliances, ce qui les met hors course. Je pourrais aisément les séduire, mais je ne le ferai pas. Je ne plaisante pas avec les gens mariés. Je suis peut-être un démon du sexe, mais j'ai des principes. Peut-être que je tiens ça de mon côté angélique.

Il reste donc deux hommes, dont l'un a au moins soixante ans et une énorme calvitie, tandis que l'autre a l'air de ne pas avoir pris de douche depuis une semaine. Les seules autres personnes qui n'ont pas d'alliance sont en groupe ou en couple, et cela prendrait beaucoup plus de temps à travailler.

Il y a aussi la barmaid, mais je ne veux rien tenter avec elle au cas où je devrais revenir. Il reste donc ces deux hommes. Quand je m'approche, l'ignoble puanteur du type crasseux rend la décision facile. Je m'assieds à côté de l'homme le plus âgé, en essayant de ne pas me laisser affecter par le fait qu'il pourrait être mon père, si mon père était humain. L'ironie, c'est que Père a l'air d'avoir la moitié de l'âge de ce type, mais en réalité il a des milliers d'années de plus. C'est l'immortalité.

Je pourrais y aller doucement, mais ma faim est intense, et je veux juste en finir. Je pose ma main sur son bras et me penche vers lui.

— Besoin de compagnie ?

J'insuffle un peu de magie dans mon toucher, et il me répond immédiatement, me regardant avec un désir non dissimulé. Ses yeux se dirigent directement vers mes seins, et je manque de rouler des yeux, mais je garde mon sourire. Parfois, ça me dérange vraiment de devoir faire ça, même s'il le faut pour ma survie. Mais sérieusement, se nourrir uniquement de lumière ou d'obscurité serait beaucoup plus facile.

— Putain, oui, dit-il en inclinant le bord de sa casquette de camionneur.

Oui, l'enfer en effet.

Il n'en faut pas plus pour que nous soyons à l'avant de son camion et que je le chevauche, les yeux fermés, tandis que ses mains charnues me caressent le cul. Le succube en moi fait oui oui oui tandis que le reste de moi essaie de ne pas s'étouffer. Je n'ai pas d'autre choix, je me le rappelle à moi-même. Je dois le faire pour survivre. Mais je déteste toujours autant ça.

La seule façon d'arranger les choses est d'imaginer les mains de Kassiel sur mon corps. Je me souviens de ses lèvres dans mon cou et de la façon dont il m'a remplie. Je gémis doucement et mon partenaire sans nom bouge plus vite, mais c'est le souvenir de Kassiel qui m'excite, pas ce camionneur.

Mais alors, ce n'est plus Kassiel que je chevauche, mais Bastien. Il me fixe de ses yeux intenses et intelligents et presse sa bouche sensuelle contre la mienne. Je tourne la tête et c'est alors Marcus qui m'embrasse à la place, et j'enfile mes doigts dans ses épais cheveux bruns tandis qu'il me mordille le cou. Puis c'est Callan, qui m'entoure de ses gros bras musclés et me serre contre lui tandis qu'il se jette sur moi.

Avec ces quatre-là en tête, je passe rapidement à travers la rencontre, et mes yeux deviennent noirs alors que je me nourris de l'homme. Les succubes – et leur version masculine, les incubes – peuvent se nourrir de sexe, ou même de luxure et de désir, de plusieurs façons. Avoir de la luxure ou du désir dirigé vers nous est comme un petit snack, alors que le sexe est un repas – et les orgasmes en sont le dessert idéal. Et le sexe avec Kassiel ? C'était comme un buffet à volonté qui m'a rassasiée pendant un mois. Je ne peux que supposer que c'est parce qu'il n'était pas humain, mais je n'ai pas pu tester cette théorie sur d'autres anges ou démons depuis.

Quand on en a fini, je dis « Merci » et je saute pratiquement de lui. Je me nettoie avec quelques mouchoirs de mon sac à main, puis je retourne à ma voiture. Le camionneur m'appelle dans le brouillard. Les humains sont durement touchés lorsque nous nous nourrissons d'eux et deviennent rapidement dépendants de nous, même si nous ne pouvons coucher avec eux qu'une seule fois sans les tuer. La sensation passera bientôt, et il ira bien après avoir dormi, ce qui lui laissera une histoire qu'il pourra raconter à ses amis sur la façon dont une femme sexy l'a baisé à l'avant de son camion.

Et moi ? Je suis assez rassasiée pour un petit moment. L'envie dévorante de sexe est enrayée, pour le moment.

J'aimerais juste que des rencontres comme celle-ci ne me laissent pas un sentiment de vide.

BASTIEN

—Je te le dis, il y a quelque chose de suspect chez elle, dis-je tout en tapant oisivement sur le clavier et fixant l'écran de l'ordinateur. J'ai déjà parcouru les dossiers d'Olivia, en espérant y trouver quelque chose qui nous aiderait à percer ses secrets, mais ils se sont avérés sans valeur.

Père doit savoir la vérité sur qui, et sur ce qu'elle est, mais il garde le silence sur le sujet jusque-là. Je suis de service cet après-midi pendant qu'il est à une réunion d'archanges. Je n'ai qu'à m'asseoir à son bureau et répondre au téléphone. Assez facile... et extrêmement ennuyeux.

C'est la seule raison pour laquelle mon esprit s'est égaré vers Olivia et ce que j'ai vu la nuit dernière, et pourquoi j'ai appelé Callan et Marcus ici. La seule raison.

Marcus se tortille sur sa chaise de bureau, la tête en arrière, les cheveux en bataille.

— Toi, tu penses qu'il y a quelque chose de suspect chez tout le monde.

— Il a peut-être raison cette fois.

Callan regarde le terrain à travers la grande fenêtre, les bras croisés et les épaules carrées.

— Elle est importante pour Jonah d'une certaine façon. Nous devons découvrir quel lien les lie.

Je secoue la tête.

— Il n'y a pas que ça. Hier soir, quand nous sommes rentrés au dortoir, j'ai remarqué que sa voiture n'était plus là.

Callan se détourne de la fenêtre.

— Où penses-tu qu'elle soit allée ?

— Je ne sais pas, mais on devrait le découvrir.

Le plus vite possible.

Marcus hausse les épaules.

— Beaucoup de gens quittent le campus à des heures bizarres. Aucune règle ne les en empêche.

Je secoue la tête.

— Mais en voiture plutôt qu'en volant ? Et à une heure aussi tardive ? Non, nous devons à Jonah de tirer ça au clair. Si ce n'est rien, alors nous serons soulagés et nous passerons à autre chose. Mais s'il y a anguille sous roche, nous devrions le découvrir le plus tôt possible. Avec son lien avec Jonah, on ne peut pas se permettre de ne rien découvrir.

— Je vais vérifier les caméras de sécurité.

— N'est-ce pas contraire à l'éthique ? demande Marcus.

Mes doigts volent déjà sur le clavier.

— Père m'a donné accès à celles-ci pour que je puisse surveiller l'école en cas de menace. Je pense que c'est le cas.

— Elle n'est pas une menace, murmure Callan, mais il se place aussi par-dessus mon épaule pour pouvoir regarder. Marcus s'est rapproché aussi.

Il ne faut que quelques minutes pour trouver la vidéo du parking d'hier soir. J'avance rapidement jusqu'à ce qu'Olivia se dirige vers sa voiture avec ses hauts talons et une robe accentuant chacune de ses courbes. Elle ne porte rien d'autre que son sac à main.

Marcus siffle doucement.

— Où va-t-elle dans cette tenue ? À un rendez-vous ?

Je lève la main pour le faire taire alors que la séquence continue. Callan grimace en regardant Olivia qui percute presque sa voiture à nouveau, puis je passe sur les portes alors qu'elle s'éloigne. Nous la suivons sur quelques autres caméras installées à l'extérieur du terrain, mais nous la perdons en bas de la colline.

Un peu plus d'une heure plus tard, elle fait son retour. Elle se gare, et nous utilisons les caméras pour la suivre alors qu'elle marche directement vers les dortoirs, ne portant à nouveau que son sac à main. Ses cheveux sont un peu ébouriffés, mais rien qui ne puisse être expliqué par le vent. Elle marche un peu plus lentement, comme si quelque chose la ralentissait, mais cela pourrait être simplement dû à la fatigue. Elle retourne à son dortoir et disparaît.

— Rien, murmuré-je. Merde.

Callan se frotte la mâchoire.

— Clairement suspicieux cependant. Nous allons garder un œil sur elle, et la prochaine fois qu'elle fera une de ces excursions nocturnes, nous la suivrons. En attendant, continuez à faire pression sur elle pour qu'elle quitte l'école. Rappelez-vous, c'est pour son propre bien.

Je hoche la tête.

— Oui, et nous pourrions utiliser ce que nous trouvons pour la faire expulser.

— Si elle fait quelque chose de mal, fait remarquer Marcus en recommençant à tourner sur ma chaise. Avez-vous appris quelque chose lors de vos séances individuelles ?

Nous n'en avons eu que quelques-unes, mais elles étaient pour le moins frustrantes.

— Pas encore. Mais je vais bientôt découvrir quelque chose. Il y a une sorte de magie qui m'empêche de découvrir quoi que ce soit sur ses pouvoirs. Pourrait-elle avoir de la magie elfe et que nous ne soyons pas capables de la sentir ?

Marcus fait une pause dans son tour.

— Comment pourrait-elle obtenir ce genre de magie ? Tu penses qu'elle est en partie elfe ?

— Pourrait-elle avoir un objet fait par un elfe ? demande Callan.

— Comme le Bâton de l'Éternité, celui avec lequel mon cher vieux père fermait le Paradis.

L'amertume dans sa voix s'insinue, comme elle le fait parfois lorsque nous sommes seuls et qu'il parle de Michael. Mais seulement quand on est seuls.

Le téléphone du bureau sonne, je lève un doigt et je réponds. C'est la mère d'un étudiant de troisième année nommé Blake qui n'a pas pu joindre son précieux bébé depuis des jours. Je lui assure que j'ai vu son fils tout à l'heure et qu'il l'appellera dès que possible. Après avoir raccroché, je sors mon téléphone et lui envoie un texto. C'est un idiot, quelqu'un que je n'aurais jamais fréquenté en temps normal, mais je garde les numéros de tout le monde dans mon téléphone pour ce genre de raisons.

Ta mère a contacté l'école en s'inquiétant pour toi. Appelle-la. Maintenant.

Il répond en quelques secondes. Je l'appelle immédiatement. Désolé pour le dérangement. Je ne m'attendais pas à ce qu'il fasse autre chose que l'appeler dans la seconde. Quand l'un de nous dit à quelqu'un de faire quelque chose, il le fait toujours. Sauf Olivia.

En rangeant mon téléphone, je réponds aux questions de Callan et Marcus.

— Je n'ai rien vu qui indique qu'elle est en partie elfe ou qu'elle possède un de leurs objets, mais il est trop tôt pour en être sûr.

— J'ai essayé de faire pression sur elle pour qu'elle quitte l'école, mais rien ne semble fonctionner jusqu'à présent, dit Callan. Elle est très têtue. Je vais devoir faire plus d'efforts.

— Qu'est-ce que tu as en tête ? demandé-je.

— Je ne suis pas encore sûr, mais je pourrais demander à Tanwen. Elle est douée pour ce genre de choses.

— Tu vas te remettre avec elle ? demande Marcus.

Callan s'ébroue.

— Certainement pas.

Marcus ricane.

— Ce n'est pas ce qu'elle a dit. Fais attention, ou elle pourrait se faire une fausse idée.

— Je vais être clair.

J'efface leur conversation et mon esprit revient à Olivia. J'affiche les caméras de sécurité en direct et je les passe en revue jusqu'à ce que je la trouve sortant du dortoir. Elle cache une mèche de cheveux noirs derrière son oreille alors que le vent se lève, comme c'est souvent le cas à cette altitude. Mes yeux se rétrécissent alors que je la regarde se déplacer hors de vue. Je vais découvrir tes secrets, quoi qu'il en coûte. Tu ne pourras pas me cacher la vérité.

OLIVIA

Le reste de la semaine passe rapidement avec tous les cours, en évitant toujours les Princes et les Valkyries autant que possible, et je suis juste heureuse d'arriver au week-end sans accroc. Samedi soir, je suis censée assister à la réunion de la société secrète, ou je ne sais quoi, et j'ai espoir de me rapprocher de mon but : retrouver mon frère.

Le samedi matin, Araceli fait irruption dans ma chambre à l'aube. Elle ouvre les rideaux et déclare :

— On va faire du shopping !

Les anges. Ils sont tous si matinaux. Moi, je n'avais qu'une envie : rester au lit jusqu'à midi. Je suis encore habituée aux horaires de barmaid. Ou simplement à celui d'un démon.

Je regarde par la fenêtre, je peux voir un ciel gris et des arbres qui s'ébrouent dans le vent. C'est le genre de journée qui s'annonce froide et triste.

— Aujourd'hui ? Il fait bien trop froid.

Je tire les couvertures jusqu'à mon nez et je me cache.

Les anges détestent le froid, donc je dois prétendre que

moi aussi. C'est la raison pour laquelle l'année scolaire de l'Académie Seraphim va du printemps à l'automne, avec l'hiver en moins. Les démons, quant à eux, n'aiment pas la chaleur. Tout le truc sur l'enfer avec le feu et le soufre ? Oui, c'est de la propagande d'ange. C'est plus un royaume de nuit perpétuelle, d'après ma mère, en tout cas.

Araceli regarde dehors.

— On peut prendre ta voiture ? Elle a un chauffage, non ?

— Oui, bien sûr.

Je n'aime pas trop l'idée, vu que ma voiture est une vraie poubelle, mais il faut que je garde le masque, que je ne suis pas encore assez douée pour voler.

— Mais je te préviens, je ne suis pas la meilleure conductrice qui soit.

— Pff, ça va aller.

Elle fait un signe de la main.

— Voler serait une torture ce matin, et je veux y aller.

— D'accord, mais laisse-moi quelques minutes pour m'habiller et prendre un café. Tu sais que je ne suis pas d'attaque sans ça.

— Bien, OK, OK, me dit-elle en roulant des yeux.

Je prends une douche rapide, j'avale mon café, et nous sommes prêtes en une heure. Quand l'air froid nous gifle à la sortie des dortoirs, je reconsidère l'idée de voler. Avec du sang de démon et d'ange, je n'ai pas de préférence pour le froid ou la chaleur, mais il fait vraiment très froid aujourd'hui, surtout pour une fin mars.

Nous marchons vers le parking, lorsque j'aperçois les Princes qui rôdent. Je tire Araceli en arrière pour qu'elle se cache derrière le bâtiment en briques du hall principal.

— Accroche-toi. Je suis loin d'avoir bu assez de café pour faire face à leur merde ce matin.

— Quoi ? Elle regarde autour d'elle avec inquiétude. Qui y a-t-il ?

— Les Princes.

Je jette un coup d'œil autour du mur, les regardant déambuler vers la voiture de Callan. Araceli se baisse pour regarder sous mon bras, et un autre élève passe et nous regarde bizarrement. J'imagine à quoi on doit ressembler, à se cacher derrière le bâtiment, et je me redresse.

— Viens, dis-je.

— Pourquoi ?

Araceli me suit vers le parking, mais elle est plus hésitante que moi.

— Moi non plus, je ne veux pas avoir affaire à eux.

— Si on se cache d'eux, ils auront gagné. Même si je crois ce que je dis, je ne peux m'empêcher de pousser un petit soupir de soulagement quand la voiture de Callan s'éloigne sans qu'ils nous voient.

Une fois partis, on se précipite vers ma voiture. Plus vite nous la ferons démarrer, plus vite elle se réchauffera. Je me dépêche de sortir du parking, et Angel Peak n'est vraiment pas loin, Araceli m'indiquant les directions puisque le GPS de mon téléphone ne fonctionne pas bien ici. Non, ce serait trop facile.

Nous entrons dans la petite ville, qui a juste assez de magasins pour nous éviter d'avoir à aller dans une ville plus grande. C'est la chose la plus pittoresque que j'ai jamais vue. Chaque façade de magasin semble venir tout droit des années 1950, dans des couleurs pastel avec des garnitures décoratives. Je trouve une place de parking et, en sortant, je regarde autour de moi en essayant de ne pas laisser mon menton traîner par terre de stupéfaction. Un cordonnier, une couturière, des fournitures de bureau. Il y a même un marchand de glaces.

Je fais lentement le tour des boutiques du regard.

— Waouh.

— Ça vaut le détour, hein ? dit Araceli en me souriant. Ma tante vit ici, alors j'ai passé une grande partie de mon enfance à lui rendre visite.

Je ne peux m'empêcher de ressentir de l'envie en entendant ça. Même le paria demi-elfe a eu une enfance plus heureuse que la mienne. Repoussant ces pensées, j'essaie de supprimer les émotions négatives envers la personne qui a été la plus gentille avec moi depuis mon arrivée à l'Académie Seraphim. Elle ne les mérite pas.

— On devrait pouvoir trouver des trucs sympas pour notre dortoir ici, dit Araceli.

— OK, mais je n'ai pas beaucoup d'argent, dis-je.

Araceli lève les yeux de son sac à main.

— On ne t'a pas donné ton argent de poche ? Je sais que ce n'est pas énorme, mais ça devrait suffire.

— Non, même si je me souviens qu'on m'a dit que je recevrais une sorte d'allocation. Je n'étais pas sûre de savoir comment la récupérer. Et je n'étais pas sûre de le vouloir non plus. Rien n'est gratuit dans la vie. J'ai appris cette leçon très tôt.

— Viens. Elle attrape mon coude et me tire vers le bas de la rue.

— On va d'abord aller à la banque. Je parie que tu pourras y retirer des sous.

— Il y a une banque pour les anges ? Je l'ignorais.

— Oui. Dans le monde des humains, elle passe pour une coopérative de crédit pour les employés d'Aerie Industries, et elle n'a des succursales que dans les communautés angéliques. Beaucoup d'anges ont des comptes dans d'autres banques aussi, mais celle-ci n'est que pour nous, et est dirigée par des anges. La ville est sous le coup d'un charme afin d'éloigner les humains de toute façon, donc il serait presque impossible pour un humain d'ouvrir un compte même s'ils trouvaient comment pénétrer le dôme protecteur.

La banque se trouve au bout de la rue, dans un bâtiment qui ressemble à une vieille maison victorienne, peinte en bleu pastel. Nous marchons sous le porche d'entrée et les planches sous nos pieds grincent de vieillesse. J'arque un sourcil dessus, me demandant si elles vont tenir sous notre poids.

Araceli sourit.

— Pittoresque, dit-elle.

Pittoresque n'est pas assez fort. Nous entrons, et Araceli se dirige directement vers l'une des caissières qui attendent les clients dans une petite cabine.

— Bonjour, dit la dame d'une voix claire. Comment puis-je vous aider ?

— J'ai besoin de faire un retrait de mon compte, et mon amie Liv aussi.

— Je ne suis pas sûre d'avoir un compte du tout.

Je fais un petit signe du doigt et un regard d'excuse.

— Si vous pouviez vérifier, j'apprécierais vraiment. Olivia Monroe, s'il vous plaît.

— Bien sûr.

La rousse tapote sur son ordinateur.

— Vous avez une pièce d'identité ?

Je lui tends mon permis de conduire et la regarde le véri-fier. Je ressens comme un mélange étrange de procédures humaines et angéliques.

— Tout semble être en ordre, Mlle Monroe. Elle me tend

mon permis et me regarde avec ses sourcils parfaitement maquillés, levés. Combien voulez-vous retirer ?

— Combien y a-t-il ? demandé-je.

— Mille dollars.

Le sourire fade de la rousse est troublant. Pour elle, mille dollars, ce n'est pas grand-chose. Pour moi, c'est beaucoup.

Je bute sur mes mots. J'ai un compte que je n'ai pas ouvert ou demandé, avec un tas d'argent dedans. Aerie Industries me paie mille dollars juste pour aller à l'école. Pendant une seconde, je me sens presque mal d'avoir trompé tout le monde, mais je m'en remets. Je suis ici pour une mission. Les anges n'ont pas trouvé mon frère, alors ils peuvent bien me payer pour faire leur travail à leur place.

— C'est pour l'année scolaire ? m'enquis-je.

Je fais quelques calculs rapides dans ma tête. J'ai quelques centaines de dollars d'économisées grâce à mon travail au bar. Je devrais pouvoir m'en sortir l'année prochaine, même sans emploi, vu que je peux obtenir beaucoup de choses gratuitement et que je ne paie plus pour la location d'un appartement. J'aurai besoin d'essence pour la voiture, qui est payée au moins, d'argent pour l'assurance et mon téléphone, même s'il n'y a pas de réseau ici.

— Non, juste pour le mois, dit Araceli en regardant des papiers dans son sac. C'est calculé au prorata puisque nous ne sommes ici qu'une partie du mois de mars. Tu en auras deux mille le mois prochain.

J'en suis bouche bée. À quoi suis-je censée dépenser deux mille dollars par mois ?

Rien, c'est ça. Cette merde va aller dans mon dortoir au cas où j'aurais besoin de m'échapper rapidement. Je pourrais aussi en cacher en dehors du campus. Si quelqu'un découvre que je suis à moitié démon, je dois être prête à tout.

— Je vais tout prendre, s'il vous plaît. J'essaie d'avoir l'air confiant, comme si un millier de dollars pour une quinzaine de jours ne me donnait pas envie de faire dans mon pantalon.

L'employée, qui m'est soudain très sympathique, me tend dix billets de cent dollars et les compte dans ma main. Je plie neuf d'entre eux trois fois et les range dans une petite poche de mon jean noir. L'autre, je le mets dans mon portefeuille pour le dépenser aujourd'hui. Je n'ai jamais transporté autant d'argent dans ma vie, et ça me fait tourner la tête.

Araceli retire aussi un peu d'argent, puis nous repartons.

— J'ai ce compte depuis que je suis petite. Il y a une succursale de cette banque en Arizona aussi.

Alors que nous sortons dans le froid, son visage s'illumine.

— Il y a Grace et Cyrus. Ils ont volé jusqu'ici.

Ils atterrissent sur le trottoir et Grace nous fait un de ses sourires chaleureux.

— Vous allez faire du shopping ? On peut se joindre à vous ?

— Bien sûr, dis-je, en les regardant dans leurs chemises à manches courtes. Araceli et moi sommes emmitouflées comme si nous allions sortir dans la neige. Comment supportez-vous le froid ? leur demandé-je.

— C'est quelque chose que nous avons appris cette semaine en Contrôle de la lumière, cours que vous aurez l'année prochaine, dit Cyrus avec un sourire.

— Il suffit de rassembler un peu de lumière du soleil autour de toi, comme ceci, dit Grace.

Elle se concentre, et une lueur l'entoure, puis disparaît à nouveau.

— Ça te garde bien au chaud, ajoute-t-elle.

Grace et Cyrus se dirigent vers la banque, et pendant que

nous attendons, Araceli travaille à attirer la lumière autour d'elle comme un manteau d'hiver chaud. Je veux essayer aussi, mais cela révélerait que je peux utiliser ma magie angélique, et je ne peux pas prendre le risque. Donc à la place, je frissonne, pendant qu'elle se réchauffe.

— Tu vas y arriver, dit Araceli en me frottant l'épaule.

Je ressens un nouveau sentiment de culpabilité de lui mentir de la sorte.

— Bientôt, toute cette histoire d'ange aura un sens, me promet-elle.

— Merci, dis-je.

— Araceli !

Darel saute pratiquement dans la rue vers nous.

— Que fais-tu ici par cette belle matinée ?

— On va faire du shopping, dit-elle en riant. Veux-tu te joindre à nous ?

— J'adorerais escorter de si belles dames.

Il lui fait un clin d'œil et lui prend le bras comme un gentleman. Tous les deux se promènent sur la route, m'oubliant complètement. C'est dur d'ignorer un succube, mais c'est l'amour qui fait ça, même les premiers émois. Je ne suis pas en colère, cependant. J'espère que ça marchera pour eux. En plus, j'apprécie le goût de leur luxure grandissante.

Grace et Cyrus sortent, et ils gloussent quand ils voient qu'Araceli nous a abandonnés.

— On dirait qu'il y a de l'amour dans l'air, dit Cyrus, ravi par ce nouveau ragot.

— On dirait bien, répondis-je.

— Ils sont mignons ensemble, dit Grace.

— On t'entend, répond Araceli.

Nous éclatons tous de rire, et pendant une seconde, je ressens quelque chose de rare : le bonheur. C'est facile de faire semblant avec ces gens. Ils sont amicaux et ouverts avec moi, m'acceptant à leurs côtés même s'ils ne me connaissent que depuis une semaine. J'aimerais que tout cela ne soit pas un mensonge.

Alors que nous marchons dans la rue et admirons les jolies petites boutiques, je discute et ris avec les autres, mais je me rappelle aussi que je suis ici pour une raison. Lorsque Cyrus et Darel se glissent dans une boutique de vêtements pour hommes, j'en profite pour interroger un peu plus Grace et Araceli. J'ai besoin d'obtenir toutes les informations possibles.

— Avez-vous entendu des rumeurs sur une société secrète sur le campus ? leur demandé-je après avoir pris un café à un petit stand au coin de la rue.

— Une société secrète ? demande Araceli avec un petit rire.

Il a l'air forcé, et ses yeux roulent.

— À Seraphim ? Pas possible.

Grace agite sa main dédaigneusement.

— Ce ne sont que des rumeurs. Elles circulent chaque année, et tout le monde spécule sur qui a été invité à se joindre à nous et qui ne l'a pas été, mais ensuite elles se taisent à nouveau parce qu'il n'y a rien à en tirer.

Elle hausse les épaules.

— Désolée. Ce serait plutôt cool si l'école en avait une, conclut-elle.

Je prends une petite gorgée de mon café.

— Je pensais que c'était juste une folle théorie de conspiration.

Il est difficile de dire s'ils savent quelque chose ou non, mais Araceli a définitivement réagi bizarrement. A-t-elle été invitée à la réunion de ce soir ? Ou Darel, me demandé-je, alors qu'il sort de la boutique pour hommes les mains vides et se dirige directement vers ma colocataire.

Cyrus apparaît à mes côtés, portant un sac à provisions.

— Où allons-nous ensuite ?

Nous errons dans la ville pendant le reste de la journée, et même si je me dis que je ne dépenserai pas beaucoup, les prix sont plus élevés ici qu'à Los Angeles. Après avoir acheté un joli agenda pour suivre mes devoirs, quelques photos à accrocher dans notre chambre et un jean que j'ai aperçu à travers une fenêtre, mon porte-monnaie est beaucoup plus léger. Je suppose que les anges peuvent se permettre de payer le prix fort au vu du fait qu'ils ont un endroit où ils n'ont pas à cacher leurs ailes ou leur magie. Il est courant ici de voir quelqu'un voler au-dessus de nos têtes, ou briller doucement en passant, et tout le monde semble se connaître. Sauf moi, bien sûr. J'ai toujours droit aux regards bizarres et aux chuchotements précipités, mais avec des amis à mes côtés, ils me dérangent nettement moins.

22

OLIVIA

Cette nuit-là, j'avance à pas furtifs dans la forêt jusqu'à l'endroit indiqué sur l'invitation, portant le masque et la robe blanche. Il fait nuit noire ici, sans lune pour éclairer mon chemin, mais cela ne me dérange pas. Ici, au sommet de la montagne, il fait si clair que je peux distinguer toutes les constellations du ciel, ce qui me change de ce que j'ai connu en Californie du Sud.

J'atteins bientôt une petite clairière où deux personnes en robes blanches et masquées attendent déjà. Je ne peux dire qui elles sont, mais ce doit être des premières années comme moi. L'une d'elles est probablement Tanwen, connaissant ma chance. Les deux me jettent un regard nerveux alors que je m'installe dans la clairière à une certaine distance d'elles. Nous restons toutes debout, maladroitement, tandis que d'autres personnes arrivent, jusqu'à ce que nous soyons quatorze au total. Je ne suis pas surprise – sept est un chiffre sacré pour les anges, tout comme six l'est pour les démons.

Des personnes vêtues de robes et de masques dorés émergent soudainement de tous les côtés de la forêt, nous encerclant dans la clairière, et il est difficile de dire combien ils sont. L'un d'entre eux porte une couronne d'or sur son masque, et lorsqu'il parle, sa voix n'est pas identifiable.

— Félicitations. Vous avez été choisis parmi tous les anges de cette école pour éventuellement rejoindre l'Ordre du Trône d'Or, la plus ancienne société secrète de ce monde. Créé il y a trois mille ans, l'Ordre a travaillé dans l'ombre pour guider l'humanité et les anges sur la Terre pendant toute l'histoire. Nous recrutons directement à l'académie, aussi bien parmi les étudiants que parmi les professeurs, et lorsque vous quitterez cette école, vous deviendrez des leaders de la société des anges.

Le chef marque une pause et jette un regard parmi les personnes en robes blanches.

— Cependant, ce n'est pas parce que vous avez reçu une invitation au rassemblement de ce soir que vous avez été acceptés dans l'Ordre. Non, pour le moment vous n'êtes que des initiés, et pour rejoindre l'Ordre vous devrez passer trois tests. Ce n'est qu'alors que vous deviendrez un membre à part entière à la fin de l'année scolaire.

Si cette société secrète remonte aussi loin, alors mes parents m'ont donné une éducation sérieusement déficiente. J'ai commencé à m'en rendre compte la semaine dernière, mais c'est bien pire que je ne le pensais, et il y a tant de choses que j'ignore. Cette histoire de société secrète ressemble encore plus à la philosophie « les anges sont plus saints que toi » que je ne supporte pas, mais je suis presque sûre que mon frère en était membre, et c'est le seul indice que j'ai jusqu'à présent. Ce qui veut dire que je dois passer tous les tests qu'ils vont me faire passer.

— Avant de vous faire passer le premier test, nous voulons parler de nos valeurs fondamentales, poursuit le chef. Nous croyons que les anges sont des êtres supérieurs, et notre but est de contrôler la Terre depuis l'ombre pour guider l'humanité vers un avenir meilleur. Nous croyons que les démons sont mauvais et doivent être éradiqués de la Terre pour protéger l'humanité. Et enfin, nous croyons que la loyauté envers l'Ordre est primordiale, ainsi que la discrétion. Vous ne devez parler de l'Ordre ou de cette réunion à personne, et ce, même si vous n'en devenez pas membre. Si vous enfreignez cette règle, nous le saurons, et il y aura des conséquences.

Oups, je suppose que j'ai déjà enfreint cette règle. Je me demande quelles seront ces terribles conséquences.

La personne à ma droite s'ébroue et doit penser la même chose. Tous les masques dorés se tournent vers lui en même temps, et il se raidit visiblement. Il n'y a rien de plus déconcertant qu'une douzaine de personnes masquées qui vous regardent fixement.

— Trouvez-vous cela amusant ? demande le chef, de sa voix artificielle. L'initié ?

La personne – que je suppose être un homme d'après sa morphologie, mais je peux me tromper – ajuste son masque.

— Non, c'est juste que tout le monde est déjà au courant pour l'Ordre. Les gens parlent. Comme le leader, la voix de cette personne est masquée d'une certaine manière, tout comme son visage.

— Assurez-vous de ne pas être l'un d'entre eux, ordonne le chef. Maintenant, vous vous demandez peut-être pourquoi nous vous avons choisis pour devenir des initiés. Nous vous observons depuis un certain temps, et au moins un de nos membres vous a désigné parce que nous pensons que vous avez les caractéristiques que nous recherchons. Certains d'entre vous viennent d'une famille angélique très respectée, tandis que d'autres ont fait preuve d'une forte haine des démons ou d'une volonté d'aider à guider les humains vers la lumière. Ne vous posez pas de questions. Si vous avez reçu une invitation, alors vous méritez d'être ici – mais gardez à l'esprit que seul un petit nombre d'entre vous parviendra à l'épreuve finale.

— Pour la première épreuve, nous vous demandons de faire preuve de votre plus grande loyauté envers l'Ordre. Pour ce faire, vous devez voler un objet à un professeur, ou même au directeur, si vous l'osez. Veillez à ne pas vous faire prendre, car vous serez probablement suspendu ou renvoyé pour un tel acte. Vous avez un mois pour vous procurer cet objet, après quoi vous recevrez une autre invitation à la prochaine réunion, où vous nous le présenterez. Assurez-vous que ce soit quelque chose de bien, ou nous pourrions rejeter votre offre. Si nous l'acceptons, vous passerez le deuxième test. Bonne chance.

Sur ces derniers mots, les personnes en robe dorée s'enfoncent dans l'obscurité de la forêt et disparaissent, laissant ceux d'entre nous qui portent des robes blanches debout là, maladroits. Nous nous regardons les uns les autres, mais comme nous ne pouvons reconnaître personne, nous ne pouvons pas vraiment évaluer nos concurrents.

Je ne peux pas m'empêcher de me demander qui m'a nommée. Je ne réponds à aucun de leurs critères, et j'ai du mal à croire qu'ils aient invité la demi-humaine à la filiation inconnue. Soit quelqu'un sait qui est mon père, soit j'ai été invitée pour une autre raison. Pour autant que je sache, c'est une farce. Ou peut-être que l'invitation était destinée à quelqu'un d'autre et qu'elle a été déposée dans ma chambre accidentellement.

Quelle qu'en soit la raison, j'en profite. Je n'ai aucun

intérêt à devenir membre de l'Ordre ni à aucune des choses auxquelles ils croient, mais je sens que je suis sur la bonne voie. Mon instinct me dit que cette société secrète est la clé pour trouver Jonah, ce qui signifie que je vais réussir tous les tests qu'ils me feront passer. Allez !

———

Après avoir regagné ma chambre, je suis incapable de dormir, et mon esprit dérive vers la nuit où j'ai rencontré Jonah.

Un bruit à l'extérieur de ma fenêtre m'avait fait sortir de mon lit rapidement. Père venait de partir et Mère venait rarement me voir, sauf parfois en rêve. Quiconque était là ne pouvait pas vouloir dire quelque chose de bon pour moi.

Mes parents d'accueil actuels ne faisaient pas attention à moi, ils n'avaient donc pas remarqué que j'avais caché une batte de baseball sous mon lit. Je l'avais prise et m'étais aplatie contre le mur puis, j'avais jeté un coup d'œil par la fenêtre avec le courage d'une enfant de dix ans qui avait l'habitude de prendre soin d'elle-même, mais qui savait aussi qu'il y avait certainement des monstres dehors qui pouvaient vous attraper.

À ma surprise et à mon soulagement, un garçon dégingandé d'environ mon âge avait collé son visage contre la vitre. J'étais au deuxième étage, mais ses ailes le faisaient planer à mon niveau. Je l'avais regardé fixement pendant une minute, puis j'avais ouvert la fenêtre en levant ma batte, juste au cas où.

— Qui es-tu ?

— Jonah, avait-il répondu, un peu trop fort. Qui es-tu ?

— Shhh ! C'est moi qui pose les questions.

Mes parents adoptifs regardaient un peu trop de séries policières à la télé et ça déteignait sur moi.

— Pourquoi voles-tu autour de ma fenêtre ?

— Je suis venu voir pourquoi mon père te rendait visite, avait répondu le garçon. Je l'ai suivi jusqu'ici.

— Ton père ?

J'avais cligné des yeux et baissé ma batte, puis parlé sans réfléchir.

— C'est mon père aussi.

— Vraiment ?

Le visage de Jonah s'était éclairé.

Oh oh. Je n'étais pas censée parler à qui que ce soit de mes vrais parents. Père m'apprenait à connaître mon peuple, et il m'avait prévenu plusieurs fois que s'ils me trouvaient, ils voudraient me faire du mal, mais j'étais trop excitée à l'idée de rencontrer quelqu'un d'autre comme moi. J'avais ouvert la fenêtre au maximum et fait signe à Jonah de rentrer.

— Tu dois être silencieux.

Je m'étais assise sur mon lit et j'avais posé la batte à côté de moi.

— Je m'appelle Olivia, mais tu peux m'appeler Liv.

Jonah ne s'était pas assis, et avait plutôt vibré d'excitation, ses ailes toujours sorties. Elles étaient d'un blanc étincelant avec des stries argentées, et j'avais vraiment envie de les toucher, mais je savais que ce n'était pas bien.

— Tu es ma sœur ? m'avait-il demandé.

J'avais hoché la tête en me mordant la lèvre. Ses cheveux étaient blond foncé et son sourire éclatant ne ressemblait en rien au mien, alors il était difficile de croire que nous pouvions être apparentés. Ses yeux bleus étaient presque gris, tandis que les miens étaient d'un vert étrange que les gens commentaient généralement lorsqu'ils me rencontraient pour la première fois.

— Comment peux-tu voler ? Je croyais que les anges n'avaient pas d'ailes avant 21 ans.

— J'ai eu les miennes à l'âge de sept ans, avait-il dit en regardant la pièce et en vérifiant tout ce qui s'y trouvait. Il n'y avait pas grand-chose, puisque je n'avais emménagé que depuis quelques semaines. Maman dit que c'est rare, mais ça arrive parfois.

— Qui est ta mère ?

C'était possible ? Y avait-il quelqu'un d'autre comme moi ?

— L'Archange Ariel.

— Oh, m'étais-je exclamé, déçue.

C'était un ange à part entière, et moi... pas.

Tout à coup, Père était apparu dans la pièce dans un éclair de lumière, et Jonah et moi avions tous les deux poussé un cri de surprise. Il nous avait accueillis, l'air sévère et effrayant.

— Jonah, que fais-tu ici ?

Jonah avait levé les yeux vers son père avec défiance.

— Je voulais savoir où tu t'éclipsais parfois. Pourquoi tu ne m'as pas dit que j'avais une sœur ?

— C'était pour la protection d'Olivia. Personne n'est censé savoir pour elle. Même pas toi.

— Tu aurais dû nous le dire.

J'avais ressenti une petite lueur de chaleur dans ma poitrine lorsque Jonah avait pris parti. J'avais un frère. Je n'étais plus totalement seule.

Père s'était pincé le nez en soupirant.

— Tu as peut-être raison. Mais Olivia est plus en sécurité

si personne ne sait rien d'elle. Jonah, je vais devoir demander à Jophiel d'effacer tes souvenirs. Je suis désolé.

— Non ! Nous étions-nous écriés tous les deux.

Je m'étais accrochée à la manche de mon père et j'avais levé les yeux vers lui, au bord des larmes.

— S'il te plaît, Père. Je n'ai personne. Ne m'enlève pas Jonah aussi.

Il m'avait regardé fixement, et pour une fois, son attitude dure avait fondu. Il avait touché ma tête avec douceur, dans un rare geste de tendresse.

— D'accord. Mais vous devez tous les deux me promettre que vous ne parlerez jamais de l'un à l'autre. Cela vaut surtout pour toi, Jonah. Aucun de tes amis ne doit savoir pour Olivia.

— Et si je promets, je peux revenir et rendre visite à Liv ? avait demandé Jonah.

— Oui, quand tu veux, dit notre père.

— Alors je te le promets !

— Moi aussi ! avais-je ajouté.

Père nous avait pris tous les deux dans ses bras, et alors qu'il nous tenait, j'avais ressenti quelque chose de rare... l'appartenance. J'avais une famille. Je n'étais pas seule.

À partir de cette nuit-là, Jonah est venu me rendre visite régulièrement, et nous avons tenu notre promesse. Il se moquait que je sois à moitié démon, car j'étais sa sœur. Il me racontait tout sur le monde des anges, et ses visites étaient le point culminant de ma vie. Puis il a disparu, et je me suis souvenue de ce que cela faisait d'être à nouveau complètement seule au monde – et j'ai juré que je ferais tout pour le retrouver.

23

OLIVIA

Lundi, Bastien, Callan et Marcus font leur entrée dans la cafétéria alors qu'Araceli et moi sortons après le petit-déjeuner. J'essaie de les éviter au mieux, mais ils se plantent sur mon chemin.

Bien sûr.

Marcus me fait un sourire suave, mais il y a comme une lueur de prédation au fond de ses yeux.

— Tu es pressée ?

— Je l'espère, grogne Callan.

C'est celui que j'apprécie le moins parmi les princes, et de loin.

Cette fois, je ne vais pas me cacher d'eux comme une lâche. Je refuse de bouger et je me contente de croiser les bras et de les regarder fixement jusqu'à ce qu'ils se mettent à souffler, obligés de me contourner. Un autre point pour Liv. Pour n'importe qui d'autre, j'aurais poliment esquivé, mais pas pour ces abrutis. Je les veux hors de mon chemin.

Avec un petit sourire, je sors de la cafétéria, avec Araceli qui reste bouche bée à mes côtés.

— C'était génial, dit-elle en jetant un coup d'œil derrière nous, comme si elle craignait qu'ils nous poursuivent. Dès que je les ai vus, je me suis esquivée sans réfléchir, mais tu leur as tenu tête.

Je hausse un peu les épaules.

— Ce n'est pas grave. Je pense juste qu'ils n'ont pas le droit de se pavaner ainsi comme s'ils dirigeaient l'école.

— Toi, car moi, je ne suis pas assez folle pour les défier. Tu es courageuse, ma cop'.

Ma bonne humeur me dure précisément jusqu'à ce que l'on soit à l'heure de l'entraînement au combat, et que je sois confrontée à Tanwen qui va sans doute encore me botter les fesses. Étonnamment, elle ne le fait pas. Pas étonnant, elle est tellement occupée à faire de la lèche à Callan qu'elle en oublie de m'embêter. Je passe le temps à m'entraîner avec Araceli et Darel, tout en recevant de petites collations de leur énergie lubrique, ainsi que de Callan. Parce que même si Tanwen le veut, c'est moi qu'il désire.

Je reste sur mes gardes durant le reste de la journée, mais elle passe sans complications majeures. Marcus et moi nous ignorons dans le cours d'études démoniaques, où le professeur Raziel nous parle encore des déchus. En Histoire Angélique, le professeur Kassiel essaie de faire comme si je n'existais pas et échoue, et je me tortille tout le temps en écoutant sa voix sexy. Pendant qu'il fait son cours, je regarde la barbe de son cou et je rêve d'y passer ma langue. Si je veux réussir ce cours, il faut que je me contrôle. Ensuite, Bastien passe le temps qu'on a ensemble à me questionner sur mon enfance. On dirait plus qu'il cherche des failles dans mon histoire plutôt qu'un moyen de comprendre quel est mon Chœur. La séance ne le rend que plus grognon.

Au dîner, je prends de la pizza et m'assois à notre table

habituelle avec Araceli, Grace et Cyrus. Darel, dont Araceli est déjà à moitié conquise et totalement amoureuse, se joint à nous. C'est agréable d'avoir un groupe d'amis, même si je sais que nos amitiés ne pourront pas durer. Ils ne resteront jamais amis avec moi s'ils découvrent ce que je suis vraiment, ou que je les ai trompés, mais pour l'instant c'est agréable.

— C'est quoi ces flyers que je vois sur le campus pour un match de foot contre les démons ? demandé-je.

— Ça a lieu tous les ans, dit Cyrus. Nous organisons des matchs contre l'école de démons, l'Académie des Enfers, et avec l'école des elfes, l'Académie Éthérée, afin de créer des liens avec eux dans un environnement amical, ou un truc de ce genre.

Darel sourit.

— J'ai entendu dire que c'est pour qu'on puisse se confronter à eux sans réelles conséquences. Se défouler et laisser sortir son agressivité, puisqu'il est illégal de les combattre.

— Alors, il y a aussi une académie pour démons ? Est-ce que ça s'appelle vraiment l'Académie des Enfers ?

— Oui tout à fait, dit Cyrus. Ils ne considèrent pas ça comme une insulte, croyez-le ou non.

— Les jeux sont plutôt amusants, même si personne n'a le droit d'utiliser ses pouvoirs. Pas de vol, pas de lumière brûlante, rien de tout ça. Mais nous pouvons toujours utiliser notre vitesse et notre force supérieure, puisque les supernaturels en sont tous dotés. Cela donne un jeu assez rapide et intense.

Il sourit.

— J'ai été accepté dans l'équipe cette année, alors vous devez tous venir assister aux matchs, annonce Darel.

Araceli se retourne les cheveux et sourit.

— Pour rien au monde nous ne manquerions ça.

Cyrus avale une grosse bouchée de pizza.

— Le premier match se passe ici sur le campus contre les démons. Ensuite, les elfes et les démons ont un match à l'Académie des Enfers, et nous avons un match avec les elfes. À la fin de l'année, les deux équipes gagnantes s'affrontent pour le championnat.

— L'école a aussi d'autres équipes sportives ? demandé-je.

— Non, le sport change chaque année, car nous n'avons pas assez d'élèves pour différentes équipes. L'année dernière, c'était le baseball, et cette année, le football.

Le baseball. Le sport préféré de Jonah. Je suis sûr qu'il jouait dans l'équipe. Je vais devoir chercher qui d'autre y était avec lui et voir s'ils avaient des raisons de lui faire du mal.

Je joue avec ma pizza en essayant d'avoir l'air innocent.

— N'est-ce pas dangereux d'avoir des démons et des elfes sur le campus ?

Grace me fait un sourire de pitié.

— Non, c'est assez sécurisé. Il y a beaucoup de professeurs et de personnes officielles autour pour s'assurer que rien de mal n'arrive. Parfois, une bagarre éclate, mais rien de grave. Inutile de t'inquiéter.

Cyrus lui jette un regard rapide.

— Eh bien, comment dire, Jonah a disparu après le dernier match de championnat contre les elfes, mais c'était probablement juste une coïncidence.

Je lève rapidement les yeux, puis j'enfonce un morceau de pizza dans ma bouche pour cacher ma surprise. Ça, c'est une nouvelle pour moi.

Le visage de Grace se ferme à la mention de mon frère.

— Nous ne savons pas si c'est lié ou non. Les Archanges ont dégagé les elfes de toute implication.

Je ne sais pas grand-chose sur les elfes, mais il me semble qu'il faille que j'en apprenne plus... et que je découvre ce qui s'est passé à ce jeu.

Araceli et moi terminons notre dîner, disons bonne nuit à nos amis, et sortons. Lorsque nous sortons dans l'air frais de la nuit, j'aperçois Marcus adossé au mur, délicieusement sexy dans sa veste en cuir noir, tandis que la brise agite ses cheveux ondulés. Ses yeux sombres accrochent les miens et le désir s'enflamme entre nous, si fort que j'en tremble presque quand il me frappe.

— Te voilà, dit-il en se redressant. J'aimerais te parler. Seul à seul.

Araceli me jette un regard nerveux, mais je lui fais un signe de tête.

— C'est bon. Je te retrouve au dortoir, lui dis-je.

OK. Elle hésite, mais se frotte les bras et s'en va.

— Tu m'attendais ? lui demandé-je lorsque nous nous retrouvons seuls.

— Oui. Il faut qu'on prenne rendez-vous pour travailler sur notre projet d'étude des démons.

— C'est tout ? Je laisse échapper un petit rire. Tu m'as fait peur quand tu as dit que tu voulais que l'on parle en privé.

Il me fait un petit sourire très sexy.

— Je te voulais juste pour moi tout seul.

Je lève les yeux au ciel en pensant à cette phrase mielleuse.

— Je suis libre à 16 heures mercredi. Ça te va ?

— Ça me paraît bien. On se retrouve à la bibliothèque ?

Je hoche la tête.

— À plus.

— On sait tous les deux que tu voulais aussi être seule avec moi, me dit-il d'une voix taquine alors que je m'éloigne.

Je fais semblant de ne pas l'entendre, mais je déteste le fait qu'il ait raison. Je veux qu'il soit seul. Dans mon lit. Sur une table. Sur le sol. Ça n'a pas d'importance, tant que l'on est nus tous les deux. Mais ça n'arrivera pas, alors je ravale mon désir et retourne à mon dortoir... seule.

24

KASSIEL

À minuit, le campus est d'un calme mortel, surtout ici, au bord du lac. Le clair de lune scintille sur l'eau noire qui ondule faiblement au gré du vent, alors je prends une profonde inspiration pour tout absorber. Après une longue journée de classe, cela m'aide à me vider la tête d'avoir un moment seul ici.

— Je n'aurais jamais imaginé te voir sans ton costume.

La voix familière et sensuelle me fait sursauter, et je me retourne pour voir son propriétaire marcher vers moi.

— Olivia.

Elle porte un sweat à capuche noir, qu'elle repousse en s'approchant, puis elle secoue sa magnifique crinière de cheveux noirs.

— Qu'est-ce que tu fais ici ?

— Je pourrais te demander la même chose.

— Je n'arrivais pas à dormir, alors j'ai pensé faire une promenade autour du lac. Je ne m'attendais pas à voir quelqu'un d'autre ici.

— Parfois, je me détends ici après une longue journée de cours.

Je devrais me lever et lui dire bonne nuit pour l'éviter autant que possible, mais je me retrouve enraciné sur le banc où je suis assis. Quelque chose dans son regard est si vulnérable et perdu que je ne peux pas la renvoyer. Je tapote la place à côté de moi sur le banc de pierre.

— Veux-tu t'asseoir avec moi un court instant ?

Elle jette un coup d'œil à sa montre et hoche la tête. Si elle était à moitié humaine comme tout le monde le pensait, elle n'aurait pas été capable de le voir dans le maigre clair de lune. Mais elle ne l'est pas, et elle vient de me le confirmer sans même s'en rendre compte. Attention, ma chère, ou quelqu'un d'autre va bientôt s'en rendre compte aussi.

— Je pense que je peux rester quelques minutes de plus.

Elle se perche sur le bord du banc et fixe l'eau, comme si elle essayait délibérément de ne pas me regarder. Puis ça me frappe... elle a faim. Les Lilims ont toujours faim, surtout les jeunes comme elle. Comme elle n'est qu'à moitié succube, je ne sais pas combien de fois elle a besoin de se nourrir, mais elle doit sentir mon propre désir à son égard, chaque fois que je la regarde, et cela lui rend sans doute la situation encore plus dure.

Je détourne mon regard d'elle et j'essaie de ne pas penser à combien je la désire.

— Comment t'en sors-tu ? Avec ton... régime spécial ?

Son corps se raidit visiblement.

— Je ne vois pas de quoi tu parles.

— Bien sûr que tu l'ignores.

Je me penche, ramasse une pierre et la jette dans le lac. Avec ma force supérieure, elle a sauté jusqu'à l'autre rive, hors de vue.

— Beau lancer.

— Je me suis beaucoup entraîné.

Elle arque un sourcil.

— Quel âge as-tu ? Ou est-ce bizarre de demander ça à un ange ?

Je glousse doucement.

— C'est plutôt considéré comme impoli de demander, parce que plus on est vieux, plus on est puissant, mais ça va. Je n'ai que cent soixante-douze ans.

— Seulement ? demande-t-elle, avec un petit rire.

— Dans le monde surnaturel, je ne suis qu'un bébé.

Elle secoue la tête avec un sourire amusé.

— Et dans le monde humain, c'est assez vieux pour être mon arrière-arrière-grand-père ou quelque chose du genre.

— L'espace-temps est différent pour ceux d'entre nous qui ont une durée de vie immortelle. Les années commencent à défiler, et tu te demandes où elles sont passées. Puis tu lèveras les yeux, et soudain toute la technologie est devenue obsolète, et il faudra tout réapprendre.

— Donc ce que tu dis, c'est que tu es vieux, dit-elle avec un sourire taquin.

Je lui réponds par un sourire.

— Oui, c'est ça, dans un certain sens. Maintenant, dégage de ma pelouse, jeune fille.

— Aucune chance.

Elle penche la tête pour m'étudier, et je suis à nouveau frappé par sa beauté.

— Tu n'as vraiment pas l'air vieux. Surtout en jean et en tee-shirt. Je pensais que tu vivais dans ces costumes.

— Uniquement en public. Comme je te l'ai déjà dit, mon père m'a enseigné que l'habit fait le moine, et c'est difficile de s'en démettre, même après toutes ces années. Mais alors, tu sais à quel point les relations avec les parents peuvent être compliquées, n'est-ce pas ?

C'est une question tendancieuse, qui revient sur ce qu'elle a dit ce soir-là, et en la reposant, elle se crispe à nouveau instantanément.

— Je ne sais pas qui est mon père.

— C'est vrai ? C'est dommage. Peut-être que maintenant que tu es là, il va te réclamer. Et ta mère ?

— Elle est morte.

— Ce n'est pas ce que tu m'as dit au bar cette nuit-là.

— Tu as dû mal comprendre.

Elle regarde l'eau et se lève.

— Il est tard. Je devrais retourner dans ma chambre.

Elle se rabat sur ses mensonges alors. J'espérais qu'elle serait honnête avec moi, mais je comprends mieux que quiconque son besoin de secret. Alors qu'elle commence à s'éloigner, je l'appelle :

— Olivia !

Elle se tourne et me regarde dans l'obscurité, croisant facilement mon regard grâce à son sang de démon.

— Oui ?

— Je ne te dénoncerai pas. Ton secret est en sécurité avec moi, je le jure. Et pas seulement parce que je crains une enquête pour avoir couché avec une étudiante. Donc si jamais tu as besoin de parler... je serai là.

Je ne peux pas expliquer pourquoi, mais je ne l'abandonnerai pas. Pas à moins d'y être forcé.

Ses yeux s'abaissent vers le sol pendant quelques secondes. Puis elle croise à nouveau mon regard et acquiesce sèchement.

— Bonne nuit.

Alors qu'elle s'éloigne, je laisse échapper une longue

inspiration. Se rapprocher d'Olivia est dangereux pour de nombreuses raisons. D'abord, il est interdit à un professeur et à un élève d'avoir une relation. D'autre part, elle pourrait découvrir ce que je suis et me dénoncer moi aussi. Je ne peux pas me permettre d'être démasqué, surtout pas quand je suis plus proche que jamais de mon objectif.

Et la raison la plus dangereuse ? Eh bien, quand elle est près de moi, je me sens si bien, et cela ne m'est plus arrivé depuis plus d'un siècle.

25

OLIVIA

*P*ARS *MAINTENANT AVANT QU'IL NE T'ARRIVE QUELQUE CHOSE*

J'enfouis le papier dans mon sac avant que quelqu'un d'autre ne le voie.

— Trouducs.

Cette note menaçante est la dernière d'une longue série de notes laissées dans mon sac, glissées sous la porte de mon dortoir ou sous les essuie-glaces de ma voiture. J'en ai même trouvé un dans mon sac après avoir fait des courses au magasin de l'école. Tanwen n'était pas loin ce jour-là, donc je suis sûre qu'elle est derrière ces petits mots.

Je viens de terminer ma dernière séance avec Bastien, et après une longue journée de cours, tout ce que je souhaite c'est aller dans ma chambre et me mettre à l'aise, mais ce n'est pas ce qui semble dans les étoiles aujourd'hui. Je m'arrête à la cafétéria pour prendre un café, puis je retourne à la bibliothèque. J'ai quelques minutes d'avance, mais Marcus me devance quand même, il attend déjà dans l'une des salles privées.

— Hey, ma belle. Il se lève quand il me voit et me tend ma chaise. Prête ?

Il a déjà sorti plusieurs livres sur les diablotins, dont je n'ai pas besoin. Mère m'a tout dit sur les autres races de démons, et je ne suis pas sûre de croire que ces livres sont impartiaux de toute façon. D'un autre côté, je pensais aussi tout savoir sur les anges avant de venir à l'Académie Seraphim, et finalement, j'ai beaucoup appris la semaine dernière. Peut-être qu'il y aura quelque chose d'utile dans ces livres après tout.

Marcus en ouvre un.

— D'après ce que j'ai lu jusqu'à présent, les lutins représentent le péché mortel de l'envie et peuvent créer des illusions. Ils se nourrissent de l'attention et de l'admiration, donc ils ont tendance à avoir des emplois comme les acteurs, les musiciens et les magiciens. Cela devrait rendre ce projet plus facile.

— On doit faire une présentation ou juste rendre une copie ? lui demandé-je, en prenant un des livres.

— Nous devons faire un modèle 3D d'un diablotin utilisant ses pouvoirs. Marcus me regarde comme si j'étais censée le savoir.

— C'est une blague.

Un modèle 3D ? En quoi ? Du papier mâché ? Je ne pense pas.

— C'est un peu trop, non ? Et les lutins ressemblent aux humains, ils ont juste le pouvoir de l'illusion.

Marcus éclate de rire.

— On n'a pas besoin de faire un modèle 3D. Il suffit d'écrire un article.

— Oh, je vois...

Je ne peux pas empêcher le sourire qui se répand sur mon

visage lorsqu'il rit. Ses traits, nets et beaux, s'adoucissent au fur et à mesure qu'il ricane.

Il ouvre son cahier et vérifie son écriture désordonnée.

— Nous sommes censés trouver des personnages historiques, religieux et mythologiques qui sont des lutins et écrire un article de dix pages sur eux avant la fin de l'année. On a fait la même chose l'année dernière en études elfiques.

— Ça ne devrait pas être trop difficile. Il y a Loki, Houdini...

Les sourcils de Marcus se sont levés.

— Comment sais-tu que ce sont des diablotins ?

Merde. Ma mère me l'a dit. Je ne suis pas censé savoir ce genre de choses. Pendant une seconde, j'ai oublié. J'ai haussé les épaules et j'ai essayé de la jouer cool.

— Grace me l'a dit. Elle a pris Études des Démons l'année dernière.

— Super. On peut faire des recherches sur ces deux-là. Je pense qu'on a besoin d'une autre personne. Peut-être une femme. Voyons ce que disent ces livres.

Nous passons l'heure suivante à passer au peigne fin les livres que Marcus a apportés, tout en prenant des notes, et en faisant un plan sur ce que nous devons approfondir. Bien que j'aie d'abord cru que Marcus était plutôt du genre sportif et mignon, il est plus intelligent que je ne le pensais.

— Hmm, il nous manque un livre.

Marcus a mélangé les livres sur la table. Celui sur les ténèbres des diablotins, et sur le fait qu'ils soient vus comme les plus innocents des démons, mais dans ce livre on peut y lire les atrocités que certains d'entre eux ont commises. Je sais que je l'ai déjà vu.

— Ça pourrait être utile.

Il claque des doigts.

— Je sais ! Il se trouve dans la bibliothèque privée d'Uriel. J'irai le chercher la prochaine fois que j'y serai avec Bastien, et je l'apporterai la semaine prochaine quand on se retrouvera pour finir les recherches.

— Uriel a sa propre bibliothèque privée ? m'étonné-je en aidant à rassembler les livres sur la table, en gardant ma voix décontractée.

Je dois encore voler quelque chose pour mon premier projet, et il me reste moins d'un mois pour le faire. Je me souviens avoir vu une étagère lorsque j'ai rencontré Uriel auparavant, mais j'étais assez distraite et débordée à ce moment-là.

— Oui, dans son bureau. La plupart du temps, il s'agit d'ouvrages considérés comme dangereux ou ne pouvant pas être lus par les élèves à leur guise. Des trucs de magie noire. De vieux tomes démoniaques.

Nous remettons les livres sur l'étagère, et je regarde les autres livres sur les démons qui sont à proximité. L'un d'entre eux semble intéressant, je le prends sur l'étagère et le feuillette.

— Même heure la semaine prochaine ? me demande Marcus.

— Parfait, dis-je en refermant le livre.

Je vais le feuilleter et le ramener dans ma chambre, parce qu'il y a une section sur les Lilims qui a l'air intéressante. Je sais sûrement tout ce qu'il y a à savoir sur mon espèce, mais vu ce que j'ai découvert sur les anges et les démons, il y a peut-être quelque chose dans ce livre qui pourrait être nouveau.

Il s'appuie sur l'étagère à côté de moi et je sens son odeur. Bois de santal.

— C'était sympa. On devrait sortir plus souvent.

Mon côté succube se réveille et ronronne, et je suis tentée d'enfouir mon visage dans sa poitrine et de le respirer. Je serre le livre contre ma poitrine pour me retenir.

— Je ne pense pas que tes amis approuveraient.

— C'est leur problème. Je veux apprendre à mieux te connaître. Peut-être autour d'un dîner un jour. Qu'en dis-tu ?

— Je pense que c'est une très mauvaise idée.

À ce stade, ma faim a considérablement augmenté et toute cette tension sexuelle avec Marcus n'aide pas du tout.

— On se verra en cours.

Je tourne les talons et commence à sortir. Pourquoi Marcus est-il soudainement si gentil avec moi ? C'est sa nouvelle tactique pour m'inciter à lui faire confiance, puis me décevoir ? J'ai vu beaucoup de drames lycéens sur la chaîne TV CW, je sais comment ça marche. Ou est-ce que je suis trop soupçonneuse ? Peut-être qu'en fait... il m'aime bien ? Mais c'est aussi un problème. Je ne peux pas avoir de petit ami. Les relations à long terme ne sont pas possibles pour un succube. Je suis destinée à être seule pour le reste de mes jours immortels. Se rapprocher l'un de l'autre ne fera que causer des problèmes pour nous deux.

— Liv, il m'appelle.

Je me retourne pour le voir marcher vers moi avec mon agenda dans sa main.

— Tu as oublié ça.

— Merci.

Je tends la main, et Marcus y place l'agenda, ses doigts effleurant les miens. Le désir me traverse, fort et puissant. Je n'ai rien ressenti de tel depuis la nuit avec Kassiel. C'est différent, cependant. Je ne suis pas encore sûre de savoir de quelle manière.

En prenant une profonde respiration, je retire ma main et mets l'agenda dans mon sac. M'éloigner avec mon désir réveillé et ma faim qui me ronge est l'une des choses les plus difficiles que j'ai eu à faire dans la vie.

———

Je retrouve Kassiel au bord du lac cette nuit-là. Je ne sais pas pourquoi je reviens, sauf peut-être parce que je l'ai cru quand il a dit qu'il ne me dénoncerait pas. Il doit avoir compris que je suis à moitié démon et moitié ange, une créature dont l'existence est interdite, mais cela ne semble pas le déranger. C'est un soulagement d'être avec quelqu'un qui sait ce que je suis vraiment. Pour le peu de temps que je passe avec lui, je n'ai pas besoin de faire semblant.

Je m'assieds à côté de lui en silence, ne sachant pas exactement quoi dire. En venant ici, je reconnais que j'ai envie de parler avec lui et qu'il a raison à mon sujet, mais je ne l'admets pas non plus à voix haute. Il y a aussi cette tension tacite entre nous, deux personnes qui ont déjà fait l'amour comme des fous, mais qui ne peuvent pas le refaire... même si nous en crevons d'envie.

— Quel est ton cours préféré ? demande-t-il. Et ne dis pas le mien, j'ai vu tes yeux se voiler quand je parle de choses qui se sont déroulées il y a des milliers d'années.

Je ris et me détends un peu sur le banc.

— Le vol, évidemment. N'est-ce pas le préféré de tous ?

— Bon, à part celui-là.

— Probablement l'étude des démons.

Il rit.

— Parce que tu connais déjà si bien le sujet ?

Eh bien, oui, mais...

— Non, parce que le professeur Raziel est drôle. Il porte des nœuds papillon ridicules.

— C'est vrai. Et je ne l'ai jamais vu porter deux fois le même. Il doit en avoir des dizaines.

— Un pour chaque jour de l'année, peut-être ?

Je me surprends à sourire alors que nous parlons de cours et de professeurs jusqu'à ce que la lune soit haute, et nous ne nous arrêtons que lorsque l'air change et que le ciel se met à bruiner sur nous. Nous rions tous les deux et nous nous levons, tendant nos mains vers les petites gouttes. Pendant que nous sommes assis ici, un orage de printemps s'est formé au-dessus de nous, et pourrait se déchaîner à tout moment.

— Je vais rentrer en volant avant qu'il ne commence à pleuvoir, dit Kassiel en se levant. Je te suggère d'en faire autant.

Je hoche la tête.

— Excellente idée.

— À bientôt, Olivia.

Ses ailes se déploient, aussi noires que la nuit elle-même, et presque identiques aux miennes. Sauf que lorsqu'il me tourne le dos, je remarque que ses plumes ont des pointes argentées brillantes, et lorsqu'il étend ses ailes en grand, c'est comme regarder le ciel nocturne étincelant d'étoiles. Elles sont si belles qu'elles me coupent le souffle lorsqu'il s'élance dans les airs.

Mes propres ailes sont noires et brillantes, si sombres qu'elles ressemblent à de l'encre, et je vole à côté de Kassiel pendant un moment, appréciant l'air frais et humide qui me frôle le visage. Nous nous tournons autour, une danse réservée aux anges, et ma poitrine se serre en voyant à quel

point c'est romantique de voler avec lui. Puis nous nous séparons, moi allant dans les dortoirs et lui dans les logements des
professeurs, et je me rappelle que nous ne pourrons jamais
être deux.

26

OLIVIA

Des semaines se sont écoulées depuis la rentrée des classes et je commence enfin à trouver mes marques à l'Académie Seraphim. Les gens m'évitent encore pour la plupart, mais les brimades ont pratiquement cessé, à l'exception des notes ennuyeuses de Tanwen. Les Princes sont un problème, mais j'ai pris l'habitude de faire face à leurs attitudes hautaines. Marcus et moi nous retrouvons tous les mercredis pour travailler sur notre devoir, et il flirte avec moi sans vergogne tandis que j'essaie de ne pas le laisser user entièrement mon armure. Callan continue de jouer avec moi pendant l'entraînement au combat, et Bastien n'arrive toujours pas à comprendre ce que je suis. Kassiel et moi nous sommes encore rencontrés quelques fois au bord du lac la nuit, et il essaie de me faire avouer ce que je suis avec des questions pointues, que j'esquive toutes. Le dimanche, je vais au cours de yoga sur la pelouse, et même si Tanwen est là aussi, cela m'aide à garder la tête claire et le corps souple. Deux choses importantes quand on est en partie succube.

Parfois, j'oublie presque la raison de ma présence ici.

C'est facile quand les cours sont intéressants et que j'ai de vrais amis avec qui traîner pour changer. Mais hier soir, j'ai trouvé une autre invitation de l'Ordre du Trône d'Or, et j'ai réalisé que la dernière réunion remonte à un mois déjà. Je dois apporter quelque chose à l'épreuve de demain soir, ou je ne réussirai pas ce premier test. Cette société secrète est la seule piste que j'ai, et je ne peux pas la gâcher.

J'ai fait tout ce que j'ai pu pour retrouver Jonah. J'ai regardé une vidéo du match de championnat contre les Elfes l'année dernière, mais c'était si ennuyeux que je me suis presque endormie. Rien de suspect ne s'est produit, et personne n'a vu quelque chose de bizarre cette nuit-là. Une autre impasse. J'ai vérifié les autres membres de l'équipe de baseball, mais aucun d'entre eux n'avait de raison de blesser Jonah. Et jusqu'à présent, ni Grace ni les Princes ne m'ont donné d'autres pistes, même si je me suis rapprochée d'eux et que j'ai essayé de leur poser subtilement des questions sur Jonah.

L'Ordre du Trône d'Or est clairement mon seul espoir de le trouver. Depuis que Marcus m'a parlé de la bibliothèque privée d'Uriel, j'ai observé le directeur en utilisant mon invisibilité Ishim et le collier de ma mère. Il a un horaire strict, ce qui n'est pas bon pour sa sécurité, mais c'est une aubaine pour moi pour aller voler quelque chose dans son bureau. Il doit y avoir forcément quelque chose à voler là-dedans, et j'ai délibérément attendu la minute juste avant sa réunion pour l'emprunter. Je ne veux pas que l'objet volé soit près de moi s'il s'aperçoit qu'il a disparu et qu'il se mette à sa recherche.

Même avec un plan en tête, je suis une boule de nerfs. J'ai séché le cours d'histoire angélique, en me plaignant à Kassiel que j'avais mal à la tête, et il m'a jeté un regard dubitatif, mais a hoché la tête. Il pense probablement que j'ai besoin de me nourrir, ce qui est vrai, mais j'ai survécu grâce à la lumière et à la convoitise que j'ai reçue de lui et des Princes ; du coup, ça va pour le moment. Mais j'aurai besoin de me nourrir très bientôt.

Avec mes crochets de serrures dans ma poche et la lumière pliée autour de moi pour me rendre invisible, je sors de mon dortoir et me dirige vers la maison du directeur. Comme la cloche a sonné et que tout le monde assiste à la quatrième heure de cours, il est facile de se déplacer sans se faire repérer sur le campus. À cette heure de la journée, je sais que la maison sera vide, car les Princes ont cours et Uriel en profite pour se promener sur le campus et rencontrer certains étudiants.

Je monte sur la pointe des pieds sur le perron de la maison d'Uriel, mais des bruits de pas derrière moi me font me figer sur place. Bastien remonte le chemin vers la maison. Tu te moques de moi ? Ils avaient exactement le même emploi du temps pendant un mois, et le jour où j'entre par effraction, il faut que Bastien amène ses fesses ici. Pourquoi n'est-il pas en classe ?

Je me fige, de peur de faire craquer le bois sous mes pieds et qu'il m'entende. Je me place à droite de la porte, et il y a juste assez de place pour que Bastien puisse utiliser sa clé pour déverrouiller et ouvrir la porte. S'il se déplace de quelques centimètres sur la droite, il va me heurter. Je retiens mon souffle.

Alors que j'attends et que j'essaie de ne pas bouger, le poussant silencieusement à entrer, il se raidit et respire profondément. Il regarde tout autour de lui, et une lueur blanche remplit ses yeux. Il doit se douter qu'un Ishim se cache près de lui, mais même sa magie Ofanim n'arrive pas à battre la puissance de mon collier. Il ne voit rien.

— Bizarre.

Il ouvre la porte et entre à grands pas dans la maison sans prendre la peine de s'assurer qu'elle se referme derrière lui. Je me glisse sur ses talons et pousse un soupir de soulagement quand j'y arrive sans que la porte me heurte.

Je commence à me diriger vers le bureau d'Uriel, que j'ai visité lors de mon deuxième jour ici, mais j'ai envie de hurler de frustration quand Bastien va directement vers la pièce où il faut que j'aille. Mais là, c'est ma chance ! Il la déverrouille avec sa propre clé, et ne ferme pas la porte derrière lui. Je me faufile et le regarde s'asseoir au grand bureau d'Uriel et allumer l'ordinateur. Je me glisse derrière son épaule en silence pour regarder ce qu'il fait. L'écran s'allume, montrant les vues de toutes les caméras du campus. Bastien triture les commandes et fait apparaître le parking, puis rembobine toute cette foutue nuit. Mais il ne va pas à toute vitesse, oh, non.

Il va assez lentement pour pouvoir garder un œil sur tout mouvement sur le terrain. S'arrêtant quelques fois quand il croit voir quelque chose, il continue à reculer jusqu'à ce que le soir tombe et que le soleil réapparaisse.

Cela prend une éternité. Il faut que Bastien parte pour que je puisse prendre un livre sur les étagères et me casser de cette maison. Si Bastien est encore là quand son père rentre, je risque de me faire coffrer. Je n'ai toujours pas confiance dans le fait que mon collier fonctionne vraiment avec Uriel, et je n'ai pas envie de le tester à nouveau.

Bastien appuie sur quelques boutons et regarde le direct, balayant les caméras comme s'il cherchait quelque chose.

— Je vais te surprendre quittant le campus à nouveau, Olivia. Ce n'est qu'une question de temps.

Ce trou du cul sournois me cherche. Il sait que je quitte

le campus la nuit. Et merde. Ça veut dire que je vais devoir voler à chacune de mes escapades à partir de maintenant. Je m'améliore, et je peux arriver jusqu'à la ville, mais je n'en ai pas envie. L'idée de planer au-dessus de tous ces arbres me rend nerveuse. Et si je suis trop fatiguée pour rentrer ? Je n'ai jamais parcouru de longues distances avant.

Juste au moment où je pense que nous allons rester ici pour toujours, Bastien se lève et quitte le bureau, verrouillant la porte derrière lui. Heureusement que j'ai apporté mes crochets de serrures.

Chaque chose en son temps. Trouver un livre assez sombre et effrayant pour impressionner l'Ordre du Trône d'Or. Après avoir fouillé la bibliothèque d'Uriel, je trouve ce dont j'ai besoin sur l'étagère du haut : *La Mort Du Démon*, imprimé sur une couverture qui ressemble étrangement à de la peau. Je frissonne et range le livre dans une pochette portée en bandoulière, juste à cet effet.

Un bruit de pas me pousse à me jeter vers la fenêtre, en priant pour qu'elle s'ouvre sans bruit. Uriel doit être de retour de ses réunions. Pas le temps de crocheter les serrures, je dois sortir maintenant.

Je plonge par la fenêtre et je fais une roulade, atterrissant sur mes pieds et courant vers l'avant de la maison et le coin de la rue. Nous l'avons appris à l'entraînement au combat la semaine dernière, et je remercie silencieusement Hilda de nous l'avoir enseigné.

Une fois devant la maison, je me précipite sur le chemin, en priant pour qu'Uriel ne regarde pas par une fenêtre et que Bastien ne soit pas sur le point de surgir de derrière un buisson. Je suis beaucoup plus à l'aise pour me faufiler la nuit, même si ma magie Ishim devrait me protéger, mais je me sens beaucoup mieux quand je suis près de la cafétéria. Je me cache derrière un arbre, jusqu'à ce que je sois sûre que la voie est libre, puis je libère la lumière qui se plie autour de moi, me permettant d'être à nouveau visible.

Quittant la protection de l'arbre, j'entre dans la cafétéria comme je le ferais n'importe quel autre jour de la semaine. Rien d'étrange à voir ici. Juste une fille qui prend de la nourriture avec un livre sombre et dangereux posé sur sa hanche.

27

OLIVIA

La réunion se déroule exactement au même endroit que la dernière fois, je m'y rends donc sans problème, même dans le noir. Cette fois, mon masque et ma robe blanche ne correspondent qu'à ceux de dix autres personnes. Nous restons un certain temps alignés, attendant que la réunion commence. Sans prévenir, les personnages à la robe dorée sortent des arbres et nous entourent.

— Votre nombre a considérablement baissé, dit le chef, nous faisant face, la couronne sur la tête. Mais c'est ce que nous avions prévu.

Une autre silhouette en robe s'avance, avec une carrure plus petite. Une femme, je pense, bien que ce soit difficile à dire dans ces robes et avec les masques qui altèrent la voix. Elle tend la main à la personne à l'extrême gauche.

— Un par un, amenez vos objets volés.

Cette personne s'avance et sort un bracelet de sous sa robe blanche.

— Le bracelet du professeur Hilda.

Le chef acquiesce et la voix mystérieuse parle.

— Nous acceptons votre offre.

La personne en robe blanche se remet à sa place avec un soupir de soulagement. La personne suivante s'avance.

— Un des nœuds papillon du professeur Raziel.

La personne en robe dorée, plus petite, prend le nœud papillon. Une autre en robe dorée s'avance et secoue la tête.

— Ceci n'appartient pas à Raziel. Il n'y a rien de son essence là-dessus.

Le personnage masqué incline la tête.

— Tu as acheté ça dans un magasin en espérant nous tromper, n'est-ce pas ?

— Hum, non, jamais… s'époumone la personne en blanc.

— Cette offrande est inacceptable, dit le chef. Quitte cette clairière et ne parle jamais de ce que tu as vu ici.

— Quoi ? demande l'initié. Vous vous trompez ! Je l'ai pris dans sa chambre, je le jure !

— Tu crois qu'on ne peut pas voir à travers tes mensonges, imbécile ? demande la deuxième silhouette en robe. Quelque chose dans sa façon de parler et de bouger me rappelle Bastien. Est-ce que ça pourrait être lui ?

Des personnes en robes dorées entourent soudainement l'initié, l'attrapent par les bras et le traînent hors de la clairière. Il y a beaucoup de cris, puis tout redevient étrangement silencieux. Après quelques minutes, les personnages masqués retournent à leur place parmi les arbres. Toutes les personnes en blanc sont tendues, maintenant que nous avons tous vu ce qui arrive lorsque notre offrande n'est pas digne de l'Ordre.

Après son départ, la personne suivante s'avance avec un sous-vêtement masculin noir moulant.

— Les sous-vêtements du professeur Kassiel.

Oh, merde. L'idée de Kassiel dans ce boxer me donne envie, mais me tord de jalousie également. Comment cette personne a-t-elle eu ses sous-vêtements ? Est-ce que Kassiel a une relation avec un autre étudiant ? Je repousse rapidement cette idée, car cela ne semble pas être son genre, surtout s'il peut me résister. Cette personne a dû se faufiler dans sa chambre pour les prendre.

— Sont-ils propres ? demande la femme en robe or, l'air presque amusé. J'entends plusieurs grognements et quintes de toux.

— Oui, ils le sont. Et c'était sacrément difficile d'entrer dans les dortoirs des professeurs sans que personne le remarque.

Il y a un long moment de silence, et j'ai peur qu'une autre personne soit escortée vers la sortie, mais ensuite le chef dit :

— Nous acceptons votre offre.

Ils continuent à avancer dans le groupe, jusqu'à ce que ce soit mon tour. Je déglutis, fais un pas en avant et essaie de déloger le livre du sac sous ma robe. Mince alors.

— Décroche-toi, je grogne, mais ma voix est bizarre.

Je fais une pause, puis je réalise que c'est le changement de voix. Reprends-toi, ma fille ! J'arrive à sortir le livre, prête pour la voix étrange cette fois.

— C'est un livre à accès restreint de la bibliothèque privée du proviseur Uriel.

La personne à la robe dorée hésite avant de le prendre.

— *La Mort du Démon.*

Les yeux sombres derrière le masque me sont familiers, mais je n'arrive pas à les situer. Je dois en savoir plus sur ces gens, et un plan se dessine.

— Savez-vous que ce livre est maudit ?

Je retire ma main. Heureusement que je l'ai eu plus tôt dans la journée. Qui sait ce qu'il aurait fait si je l'avais gardé dans mon dortoir pendant des semaines.

— Je l'ignorais.

Le silence s'étend sur la clairière, et je retiens ma respiration, craignant que l'objet maudit soit un problème et qu'ils me traînent hors de la clairière aussi. Mais ensuite, le chef hoche la tête.

— Votre offre est acceptée.

Je pousse un énorme soupir de soulagement en retournant à ma place. J'ai passé le premier test. Je suis un peu plus près de retrouver Jonah.

Ils continuent à faire la queue, renvoyant une personne de plus chez elle, jusqu'à ce que le dernier initié ait fait son offrande.

— Félicitations pour cette première épreuve. Votre prochaine tâche, si vous en êtes capable, sera de pousser un humain à se confesser. Vous devez prouver que vous êtes prêt à aider l'humanité à suivre le chemin que nous avons choisi pour elle, et à agir contre les humains qui commettent le mal. De nombreux humains ont de sombres secrets et ont fait des choses dont ils ne sont pas fiers. Trouvez-en un, convainquez-le de révéler ses secrets, puis dénoncez-les.

— Désolée, mais je suis hors-jeu, dit soudain l'initiée à ma gauche. Voler un objet, bien. Ruiner la vie d'un humain ? Non. Je ne suis pas d'accord avec ça.

— Tu devras le faire si tu veux rejoindre l'Ordre.

— Oui, eh bien non. Ce n'est pas ma came. Merci, mais non merci.

La personne sort de la clairière, tandis que nous restons là stupéfaits. Les personnes en robe dorée chuchotent entre eux, se déplaçant mal à l'aise à cause de la perturbation, mais le leader lève une main pour les faire taire.

— Ce n'est pas grave. Cette personne changera d'avis et

reviendra vers nous. Sinon, c'est qu'elle ne mérite pas d'être dans l'Ordre de toute façon.

Cette tâche me dégoûte aussi, mais je dois la faire et ça ne devrait pas être trop difficile avec mes pouvoirs de succube. Cependant, je suis très impressionnée par cette personne qui a su s'éloigner alors qu'elle ne se sentait pas à sa place. C'est difficile à faire, surtout dans un groupe comme celui-ci.

Le leader recommence à parler.

— Une caméra sera laissée à votre disposition pour enregistrer la confession. La caméra est une relique elfique, tout comme les masques que vous portez. Vous ne pouvez pas la tromper, et il n'y a aucun moyen de tricher à ce test. Soit vous le faites, soit vous ne le faites pas. Une fois la mission accomplie, laissez-la ici, et si nous acceptons votre offre, vous recevrez une invitation à la prochaine réunion.

Sur ce, nous sommes congédiés, et les autres en robes blanches repartent dans la forêt. Je m'éloigne un peu des sept autres personnes, puis je plie la lumière autour de moi pour disparaître. Ensuite, je retourne vers la clairière. Il est temps de découvrir qui sont ces enfoirés.

Les doigts enserrant mon collier, je reviens sur mes pas juste à temps pour apercevoir de l'or à travers les branches. En me précipitant, je rattrape le groupe de silhouettes masquées. Ils marchent à pas feutrés vers le lac et, alors que je pense qu'ils vont sortir des bois et prendre l'air, ils s'arrêtent près d'un rocher. La première personne de la file saisit une branche d'un arbre proche et tire dessus. Le rocher roule sur le côté comme si plusieurs grands hommes le manipulaient, mais personne n'était assez proche pour le toucher.

Pas du tout effrayant...

Une grotte s'est ouverte, et les membres y entrent un par un. Je m'élance vers l'avant, sur les talons de la dernière personne à passer, et j'arrive à peine à entrer. Le rocher ne doit pas me repérer avec mon collier, car il essaie de reculer dès que la personne devant moi entre. Je manque de les percuter en les évitant de justesse, et le rocher se referme derrière moi, me retenant à l'intérieur.

Le tunnel derrière le rocher descend en pente raide. Je ne m'y attendais pas et j'ai failli trébucher et tomber sur le cul. Je me rattrape sur le mur de pierre brute, et continue dans l'obscurité. Le sol se nivelle alors que les murs et le plancher s'humidifient. D'après l'endroit où nous sommes entrés et la distance que nous avons parcourue, je suppose que nous sommes sous le lac maintenant.

Les personnages à la robe dorée entrent dans une grande caverne avec des bancs de pierre ornés disposés en cercle. Il y a un petit espace, menant à un grand trône fait de ce qui semble être de l'or, sculpté de dessins complexes d'anges et de démons en plein combat. Il semble ancien.

Les membres de l'Ordre prennent place sur les bancs de pierre, et la personne avec la couronne se tient devant. Bizarrement, il ou elle ne s'assoit pas sur le trône. N'est-ce pas pour le chef ? Qui d'autre pourrait s'y asseoir ?

— Nous commençons une nouvelle réunion de l'Ordre du Trône d'Or. Quelqu'un a-t-il fait des progrès dans notre mission ?

Silence complet. Je serre mon collier plus fort et fixe les personnages en robe. Qui peuvent-ils être ? Pourquoi n'enlèvent-ils pas leurs masques ? Cela signifie-t-il que même entre eux ils ne savent pas qui ils sont ? En étudiant la taille et la corpulence, je ne peux rien dire. Je ne connais pas assez bien ces gens, même après tout le temps que j'ai passé sur le campus, mais je vais trouver une solution. Je me suis faufilée ici une fois, je peux le refaire.

— Décevant, dit le chef. Notre maître sera très mécontent.

Le maître ? Qui ça peut-il être ? Je meurs d'envie de savoir qui sont ces gens, mais je ne peux rien faire d'autre que de regarder et écouter. Je ne peux même pas bouger, de peur que quelqu'un entende mes pas sur le sol de pierre froide.

L'un des personnages masqués prend la parole.

— L'initiée qui a refusé la deuxième épreuve et qui est partie. C'est elle qu'il nous faut, n'est-ce pas ?

— Oui, c'était elle, dit le chef.

— Comment sommes-nous censés y arriver sans elle ? demande une autre personne.

— Nous allons devoir la convaincre de nous rejoindre après tout, dit le chef. Nous lui rappellerons peut-être le mal dont sont capables les démons et lui montrerons que l'Ordre est le seul moyen de les arrêter.

— Qu'avez-vous en tête ? demande une autre personne.

— J'ai une idée. On va agir lors du match de foot contre les démons.

— Même si on peut l'utiliser, qu'est-ce qui te fait croire qu'on pourra réussir cette fois-ci ? Jonah est toujours porté disparu. S'il a échoué, quel espoir avons-nous, nous autres ?

Mes oreilles se dressent à la mention de mon frère. Je savais que c'était la clé pour le retrouver. Ils doivent savoir où il est !

— Nous devons nous concentrer sur la recherche de Jonah, dit une autre personne masquée. Il est parti depuis trop longtemps maintenant.

— Quelqu'un a-t-il eu de ses nouvelles ? demande un autre. Rien du tout ?

— Non, il n'y a eu aucun contact avec Jonah, malgré tous nos efforts, dit le chef.

— Mais une fois que nous aurons la fille, nous pourrons envoyer une équipe pour le trouver. C'est pourquoi nous devons la convaincre de nous rejoindre, quelle que soit la noirceur de l'acte que cela nécessite.

Je n'aime pas la façon dont le chef parle, et je ne peux m'empêcher de me demander qui est la fille et pourquoi elle est si importante. Comment va-t-elle les aider à trouver Jonah ? J'ai besoin de savoir qui elle est.

— J'enverrai vos instructions quand j'aurai un plan en marche. Soyez prêts à les recevoir. Vous pouvez disposer.

Les personnages masqués se lèvent, et certains d'entre eux commencent à sortir, tandis que d'autres s'agglutinent en groupes et chuchotent entre eux. L'un d'entre eux se dirige vers le chef et parle à voix basse. J'ai vraiment envie d'écouter ce qu'ils disent, mais j'ai aussi peur d'être piégée ici. En plus, j'ai une idée.

Je suis l'une des personnes qui remontent le tunnel et sortent de la grotte, et je les regarde appuyer sur une pierre pour ouvrir le rocher. Je continue à avancer silencieusement derrière eux alors qu'ils se dirigent à travers la forêt sur une certaine distance, avant de faire une pause pour enlever leur robe et leur masque. Je jette une main sur ma bouche pour ne pas lâcher un cri lorsque je découvre l'identité de l'un d'entre eux.

Cyrus.

28

CALLAN

Cela fait deux mois que l'école a commencé, et toujours aucun signe de Jonah. Pire encore, nous n'avons pas tenu notre promesse envers lui. J'ai fait des graffitis sur la porte d'Olivia et je lui ai envoyé des lettres de menaces, mais rien ne fonctionne. Elle n'est pas assez effrayée pour quitter l'école, ce qui signifie que je vais devoir intensifier mes efforts d'une manière ou d'une autre.

Un matin, je suggère au Professeur Hilda que Tanwen devrait être jumelée avec Araceli ce jour-là. Tanwen s'est acharnée sur Liv la semaine dernière, ce qui me convient parfaitement, mais je veux pouvoir m'en prendre à elle maintenant.

— Tu es avec moi aujourd'hui, lui dis-je.

Olivia fait un bond en avant en se retournant pour me faire face, et je ne peux m'empêcher de ricaner. Elle n'a pas réalisé que j'étais derrière elle. Bien. Je suis content d'avoir eu l'effet de surprise. Peut-être va-t-elle continuer à être nerveuse, et je pourrai l'utiliser contre elle.

— As-tu passé un bon week-end, demi-humaine ?

Mon ton est bien cinglant, mais elle ne réagit pas.

— Oui, merci de t'en soucier. Comment s'est passé le tien ?

Sa voix polie est à l'opposé de la mienne et me donne l'impression d'être un gros con. Je n'aime pas vraiment l'intimider, mais je ne peux pas laisser tomber, cependant. Jonah nous tuerait s'il savait que nous n'avons toujours pas trouvé le moyen de la faire partir. Il a été catégorique sur le fait qu'elle devait partir pour sa propre sécurité. Et puisque je ne peux rien faire pour le ramener, je dois le faire pour lui.

Je lui fais signe de me suivre sur l'un des tapis.

— Aujourd'hui, je vais essayer de t'apprendre à parer une attaque par-derrière.

Je fais le geste, et elle reste là, les mains derrière le dos, faisant ressortir ses seins et les rendant encore plus visibles. Si je n'étais pas conscient qu'elle me détestait, je pourrais croire qu'elle essayait d'être séduisante. Comme si elle avait besoin d'essayer. Même dans ces vêtements de gym informes, sa silhouette me fait envie. Ça me démange de mettre mes mains autour de sa taille. Ses courbes sont ce dont tous les humains rêvent. Parfaitement proportionnées, et un corps qui irait comme un gant au mien.

Frustré par la direction que prend mon esprit, j'attaque sans prévenir. Bien sûr, elle n'a pas le temps de m'esquiver. Je l'ai plaquée au sol avant qu'aucun de nous n'ait eu le temps de respirer.

Elle me regarde avec de grands yeux, et je me jette sur elle. Merde. Travailler avec elle n'est pas une bonne idée après tout.

— Les humains ne t'ont rien appris ? Pourquoi ne te retournes-tu pas ?

Elle s'énerve en se levant.

— Je n'étais pas prête, mais je le serai cette fois. On peut réessayer ?

Je rouspète, et me rappelle que je suis censé lui apprendre. Cette fois, j'attaque plus lentement, lui laissant la chance d'utiliser le mouvement que je lui ai montré un peu plus tôt, et elle le dévie facilement. Nous faisons le mouvement plusieurs fois, jusqu'à ce qu'elle le maîtrise. À la fin du cours, je l'ai fait travailler dur et nous transpirons tous les deux, mais je ne suis pas près de me débarrasser d'elle.

Alors qu'elle sort du gymnase et se dirige vers le lac pour le cours de vol, je me frotte les yeux en pleine réflexion. Je n'arrive toujours pas à tenir ma promesse à Jonah, et je peux pratiquement entendre mon père me crier dessus parce que je ne suis pas à la hauteur de mon potentiel. Il me casserait la gueule s'il savait que je n'arrive pas à respecter ma parole envers quelqu'un. En tant que fils de deux Archanges, l'échec n'est pas une option pour moi.

Il est temps de prendre des mesures drastiques. Je ne me réjouis pas de ce que je m'apprête à faire, mais c'est le seul moyen de tenir ma promesse à Jonas. Je me dirige vers le parking, où la vieille Honda déglinguée de Liv est à nouveau garée à côté de mon Audi décapotable. Je vérifie les alentours, mais il n'y a personne, et même si quelqu'un était là, que ferait-il ? Personne n'oserait m'arrêter.

Je rassemble la lumière dans mes paumes, puis je fais exploser le pare-brise d'un tir direct. De minuscules fragments de verre volent partout, recouvrant les sièges de la voiture et l'empêchant de la conduire jusqu'à ce qu'elle l'ait nettoyée. Essaie de faire une de tes excursions nocturnes maintenant.

Mais ce n'est pas suffisant. Elle pourrait prendre ça pour un acte aléatoire de la nature ou autre. J'utilise ma lumière brûlante comme un laser et j'écris en grandes lettres le long du trottoir derrière sa voiture,

TU N'AS PAS TA PLACE ICI. En dessous, j'ajoute, QUITTE L'ÉCOLE MAINTENANT OU PAIES-EN LE PRIX.

Je recule et regarde l'épave de sa voiture. Voilà. Ça devrait la convaincre de quitter l'école. Et alors ma promesse à Jonah sera complète.

29

OLIVIA

Le cours de vol se passe au-dessus du lac aujourd'hui. Si on tombe, on est au mieux trempé, au pire noyé. Il s'est écoulé suffisamment de temps pour qu'il ne faille plus faire semblant d'être mauvaise dans ce jeu-là. Je suis honnête quant à mes capacités médiocres en vol aujourd'hui et j'utilise le cours pour m'améliorer. Je ne suis toujours pas la meilleure, mais je ne tombe pas dans le lac, alors c'est déjà bien.

Dans le cours sur l'étude des démons, nous apprenons à connaître les Lilims, ce qui m'amuse, mais me rend aussi un peu nerveuse à l'idée que quelqu'un dans la classe puisse se rendre compte qu'il y a un succube assis à quelques mètres d'eux. Personne ne le fait, bien sûr.

— Imagine avoir besoin de sexe pour survivre, dit Marcus avec un sourire alors qu'on sort de la classe ensemble. Ça ne me semble pas si horrible.

Je roule les yeux.

— Bien sûr que tu penses ça. Mais ça veut aussi dire que les Lilims ne pourront jamais s'installer avec quelqu'un.

— Non, sauf s'ils avaient un harem ou autre, je suppose.

Marcus remue les sourcils.

— Ne me dis pas que ça ne t'attire pas.

Je secoue la tête, mais je ne peux pas m'empêcher de sourire.

— Mais alors le truc c'est de trouver des gens qui sont d'accord pour te partager avec d'autres.

Marcus sourit et commence à répondre, mais Grace court vers moi.

— Liv ! Ta voiture !

Ma bonne humeur s'envole instantanément.

— Quoi ? Qu'est-ce qu'elle a ?

— Elle a été saccagée. Il faut que tu ailles voir. Je vais aller le signaler au directeur.

— Je viens avec vous, dit Marcus, et nous descendons les marches en courant sur la pelouse.

Je me précipite vers le parking la boule au ventre, et quand j'y arrive, je me fige. Mon pare-brise a été complètement détruit, et de petits morceaux de verre recouvrent tout. Mais ce n'est pas le pire. Non, le pire, c'est le message sur la chaussée.

J'ai les yeux humides et j'ai du mal à retenir mes larmes. Depuis des mois, je suis restée forte même lorsque les gens étaient méchants avec moi, lorsqu'ils me laissaient des notes menaçantes et taguaient la porte de mon dortoir, mais là, c'en est trop. J'ai acheté cette voiture moi-même, en rassemblant assez d'argent pour me la payer, et même si c'est une merde, c'est la mienne. Maintenant, chaque fois que je la verrai, je me souviendrai de ce moment.

TU N'AS PAS À TA PLACE ICI, le message me nargue. Et peut-être qu'il a raison. Je n'ai pas ma place à l'Académie Seraphim. Je ne suis pas un ange, pas comme ces gens le sont. Mais je n'appartiens pas non plus à l'Académie des Enfers. Ma place n'est nulle part.

Pendant une seconde, je suis tentée de dire merde et de partir. Donner aux détracteurs ce qu'ils veulent. Ce serait tellement plus facile de retourner à mon ancienne vie et d'oublier tout ça. Mais je ne peux pas. Je ne le ferai pas.

Pas avant d'avoir trouvé Jonah, en tout cas.

Marcus enroule un bras autour de mes épaules.

— Je suis tellement désolé, Liv.

Je hoche la tête distraitement.

— Qui pourrait faire ça ?

— C'est le travail d'un Erelim. Ce sont les seuls qui peuvent brûler avec une telle lumière.

Mes mains se crispent sur mes côtés. Tanwen. C'est forcément ça. Cette salope va payer.

Marcus prend mon visage dans ses mains et me regarde fixement dans les yeux.

— Ne les écoute pas, dit-il, tu as ta place ici, autant que n'importe lequel d'entre nous.

Ses mots gentils sonnent ma perte, et avant de me rendre compte de quoi que ce soit, je presse mes lèvres contre les siennes. C'était soit ça, soit fondre en larmes, je suppose. Il m'embrasse en retour comme s'il mourait d'envie de vivre ce moment autant que moi, il m'entoure de ses bras et me serre fort. Je glisse mes mains le long de son dos robuste, et pendant une seconde je me sens en sécurité et aimée avec lui, un sentiment si rare et agréable que je ne veux jamais qu'il s'arrête. Mais il le faut. C'est une illusion, parce que tout entre nous est un mensonge, et rien de tout cela ne peut durer.

Je m'éloigne de lui et m'enfuis, le laissant derrière moi, avec ma voiture cassée. Ce faisant, je ressens les séquelles du baiser, pulsant de l'énergie dans mes veines. Marcus est le fils d'un archange, et donc plus fort que la plupart des autres anges, et même un baiser suffit à me donner un coup de fouet et à repousser la faim pendant un moment. Mais maintenant que je l'ai goûté, j'en veux plus.

———

Je laisse tomber le cours sur l'histoire des anges, car je ne peux pas affronter Kassiel avec la luxure qui coule dans mes veines, mais je me calme suffisamment pour retrouver Bastien pour nos cours spéciaux. Je suis distraite, totalement concentrée sur ma voiture qui a été vandalisée et sur le baiser avec Marcus, et il le sait probablement.

Il me retrouve devant la bibliothèque aujourd'hui.

— Puisque rien n'a fonctionné jusqu'à présent pour trouver ton Chœur, nous allons faire quelque chose de différent maintenant. Aujourd'hui, nous allons aller dans la classe des Ishims et les regarder s'entraîner pour voir si tu ressens quelque chose. Puis la prochaine fois, nous irons observer un autre Chœur et ainsi de suite jusqu'à ce que nous trouvions celui auquel tu appartiens.

J'acquiesce, mais mon estomac se tord. Pourquoi fallait-il commencer par le chœur auquel je devrais appartenir ?

Les cours de Chœur ont lieu dans un grand bâtiment de l'autre côté du campus, en retrait de la forêt. Je n'ai jamais été dans ce bâtiment avant, mais il est divisé en quatre sections. Nous prenons un couloir qui mène à la fois aux classes des Ishims, à la zone d'entraînement des Malakims et à l'infirmerie de l'école. Les rares fois où un ange est malade ou blessé, il vient ici et les Malakims le soignent.

Bastien m'emmène dans une pièce qui semble vide, à l'exception d'un homme à la peau, aux yeux et aux cheveux pâles. Il ressemble à un ange décoloré par le soleil.

— C'est le professeur Nariel, il donne les cours d'Ishim, dit Bastien en nous présentant, Olivia ici présente n'a pas encore trouvé son Chœur, et nous voulions observer des Ishims au travail pour voir si elle ressent quelque chose.

— Ravi de vous rencontrer, dit Nariel en me serrant la main, nous nous entraînions juste à cacher des groupes de personnes et d'objets.

Il fait un geste, et soudain une demi-douzaine d'étudiants apparaissent autour de nous, ce qui me fait sursauter. Ils étaient invisibles pendant tout ce temps, et je n'en avais aucune idée. Bastien ne semble pas surpris, mais je parie qu'il a vu à travers leur invisibilité avec sa vue Ofanim. Seul mon collier l'empêche de me voir quand je me faufile.

Grace est l'une des élèves de la classe, et elle me fait un petit signe de la main, le regard compatissant. Je ne connais pas les autres élèves, mais ils me fixent avec des expressions ouvertement curieuses.

— En tant qu'Ishim, nous plions la lumière autour de nous pour devenir invisibles, dit Nariel, ne m'apprenant rien de nouveau. Nous pouvons également étendre ce pouvoir à d'autres objets et personnes, avec de l'entraînement. Les plus forts d'entre nous peuvent cacher des bâtiments entiers.

— Je parie que ça fait de vous de bons espions, dis-je, l'air impressionné.

Et des assassins, j'ajoute mentalement.

— Des espions et des éclaireurs, oui, mais nous faisons bien plus que ça. Nous nous déplaçons dans le monde des humains plus que les autres anges, et nous faisons souvent office de messagers. Certains d'entre nous travaillent également comme des anges gardiens, veillant sur les humains importants pour les influencer et les protéger si nécessaire.

— Waouh. Je n'avais aucune idée que les anges étaient aussi impliqués avec les humains. Comment choisissez-vous les personnes à protéger ?

— Le conseil des archanges nous affecte les humains, dit Nariel.

— Peut-on montrer à Olivia des pouvoirs d'Ishim en action ? demande Bastien.

— Bien sûr. Il fait un geste vers Grace et les autres élèves.

— Continue, Grace.

Grace disparaît dans les airs, puis les autres élèves font de même. Quelques secondes plus tard, les bureaux d'un côté de la salle disparaissent un par un, ainsi que les sacs et les vestes qui y sont accrochés. Bientôt, la classe semble complètement vide, à l'exception de nous trois debout, là.

— Impressionnant, dis-je, ma poitrine se serrant.

Je peux me rendre invisible, ainsi que tout ce que je tiens, mais c'est tout. Je pourrais apprendre tellement plus si j'étais dans cette classe avec les autres de mon espèce. Mais si je révèle mon Chœur, cela me lierait à Père ainsi qu'à Jonas, et je ne peux pas exposer mon lien avec eux. Pour l'instant, je dois rester la fille semi-humaine sans pouvoir et sans Chœur.

Grace apparaît soudainement à mes côtés, bien que je ne l'aie même pas entendue bouger.

— Tu as ressenti quelque chose ?

— Rien. Je regarde Bastien et je hausse les épaules. Désolée.

Mon collier l'empêche de détecter le mensonge dans mes mots.

— Merci pour votre aide, dit-il à Nariel. Alors que nous sortons du bâtiment, Bastien arque un sourcil sur moi.

— Tu n'as vraiment rien ressenti ?

— Non. Tu t'attendais à ce que ce soit le cas ?

Ses yeux froids se rétrécissent sur moi.

— Je testais une théorie. Ne t'inquiète pas, j'en ai beaucoup d'autres. Demain, nous regarderons les Malakims guérir les gens. Ne sois pas en retard.

Alors que je traverse le campus pour me rendre à mon dortoir, un souvenir de Jonah me revient en mémoire. C'était sa deuxième visite après avoir commencé l'Académie Seraphim, et je me rappelle comment il s'est écroulé sur mon lit avec un gros soupir rêveur.

— Qu'est-ce que ça veut dire ? lui avais-je demandé.

Il était sorti de son brouillard avec un sourire idiot sur le visage.

— Hmm ?

— Ton sourire niais.

Je l'avais poussé, pour pouvoir m'asseoir à côté de lui.

— Laisse-moi deviner. Tu as rencontré une fille.

— Comment le sais-tu ?

— Un succube peut dire ces choses, avais-je répondu avec un clin d'œil. Parle-moi d'elle.

— Elle s'appelle Grace. On s'est rencontrés à l'entraînement des Ishims, et elle est juste... la meilleure. Si intelligente et gentille, et elle a les plus beaux grands yeux bruns. Là, laisse-moi te la montrer.

Il avait fait défiler des photos sur son téléphone, et m'en avait montré une. Il portait un uniforme de baseball, sauf que celui-ci avait le logo de l'Académie Seraphim dessus, et il se tenait devant un lac avec son bras autour d'une femme blond fraise avec un joli visage. Ils souriaient tous les deux comme des idiots, et Jonah rayonnait rien qu'en regardant la photo.

— Nous avons commencé à sortir ensemble il y a

quelques semaines et tout est génial. Je pense sérieusement que je pourrais épouser cette fille un jour.

J'avais roulé des yeux et lui avais jeté un oreiller.

— Ne t'emballe pas trop, mon cher. Tu ne la connais pas depuis très longtemps.

— Oui, mais parfois, tu sais juste. On le sait, c'est tout.

Mon frère, le romantique. Il aimait vraiment Grace, et après avoir passé du temps avec elle ces derniers mois, je comprends pourquoi.

Je jure encore de tout faire pour le trouver. Pas seulement pour moi, mais pour la tristesse que je vois encore de temps en temps dans les yeux de Grace.

Mais d'abord... je dois me venger de Tanwen pour avoir détruit ma voiture. Ce soir, je vais me faufiler dans sa chambre pendant qu'elle dîne avec les Valkyries à leur table habituelle. Demain, quand elle ira s'habiller pour l'entraînement au combat, elle découvrira que tous ses vêtements de sport ont été déchirés en lambeaux. C'est le moins qu'elle mérite. Bien sûr, elle peut aller en acheter d'autres au magasin de l'école, mais ça va être compliqué pour elle, et elle saura que je ne vais plus rester les bras croisés et subir les abus. J'en ai fini d'être intimidée et harcelée.

30

OLIVIA

Cela fait maintenant deux semaines que ma voiture a été vandalisée, et ce soir c'est le match de football contre l'Académie des Enfers. Tanwen est habillée en pom-pom girl, parce que bien sûr, c'en est une. Elle doit se douter que c'est moi qui lui ai fait une farce, mais elle ne m'a rien dit à ce sujet. J'attends toujours des représailles, mais tout ce que j'obtiens, ce sont des insultes moqueuses et des passages à tabac réguliers à l'entraînement au combat, bien que je sois devenue meilleure pour me défendre. En de rares occasions, je réussis même à la faire tomber sur le dos.

Nous nous dirigeons vers le terrain derrière le gymnase, et sur le chemin, nous rencontrons Darel vêtu de son uniforme de football. Ces derniers temps, il passe plus de temps dans notre dortoir que dans le sien. Quand il est dans la chambre d'Araceli, la luxure qui s'en dégage est tellement enivrante. Tout ce que je fais, c'est m'asseoir sur le canapé et l'absorber, même si j'ai l'impression d'être une grosse perverse. C'est comme une salade légère, c'est très nourrissant, mais ça ne te rassasie pas longtemps. J'ai besoin d'un autre vrai repas sans délai.

Je souris à leurs mains jointes. Je suis si heureuse qu'Araceli ait trouvé quelqu'un qui l'accepte comme elle est.

Dès que nous passons derrière le gymnase, nous voyons que l'immense terrain qui s'y trouve a été transformé. Des gradins sont alignés de chaque côté et, au premier coup d'œil, il est évident que les visiteurs ne se mêlent pas à l'équipe locale. Il y a facilement sept ou huit cents anges entassés dans les gradins. Peut-être un millier. Du côté des démons, probablement la moitié.

Je tourne en rond, la mâchoire béante. Je n'ai jamais vu autant d'anges et de démons au même endroit.

— Waouh.

— Oui, je suppose que c'est beaucoup si tu n'es jamais venue ici, dit Darel. Mon père m'a emmené voir un tas de trucs quand j'étais petit. Il est ravi que je sois entré dans l'équipe cette année, même s'il a dû manquer ce match. Mais il sera au prochain, et tu pourras le rencontrer.

— Ce serait génial, dit Araceli.

— Je dois y aller. Le match commence bientôt.

Darel embrasse longuement Araceli et je détourne le regard.

Nous lui crions « Bonne chance ! » et il s'en va rejoindre le reste de l'équipe en courant. Le professeur Hilda lui donne quelques ordres et il disparaît dans le gymnase.

— Trouvons un siège, dit Araceli.

Nous prenons des bières et trouvons des sièges juste au moment où l'équipe de football entre sur le terrain sous les acclamations de la foule. Ils n'ont pas encore mis leurs casques, et je vois Callan. Je ne peux pas m'empêcher de regarder son cul dans ce petit pantalon moulant alors qu'il court sur le terrain. Même si je ne supporte pas ce type, je dois admettre qu'il le remplit bien. Miam.

Je regarde la foule et j'aperçois Bastien et Marcus dans le public, et quelques rangées derrière eux, Kassiel est assis avec Nariel et Raziel. Je note mentalement d'éviter de regarder de nouveau de ce côté, au risque de voir ma convoitise s'enflammer à nouveau. Grace et Cyrus nous saluent en passant et s'assoient quelques rangs devant nous. Depuis que j'ai découvert que Cyrus était membre de l'Ordre, je fais très attention à ce que je dis en sa présence, et de celle de Grace aussi, au cas où elle en serait aussi membre.

La foule se calme lorsque les démons sortent. Leurs gradins éclatent en applaudissements, mais ce n'est pas aussi impressionnant que du côté des anges. Je suppose que si nous étions à un match à l'Académie des Enfers, nous serions aussi les moins représentés.

— Il y a des matchs à l'Académie des Enfers aussi ? demandé-je.

J'ai hâte d'y aller. En théorie, j'aurais pu aller à cette académie si j'avais pu leur cacher mon côté angélique. Ça aurait été bien de pouvoir apprendre des deux côtés de mon héritage.

— C'est le cas, et normalement ce match devrait avoir lieu là-bas, mais leur terrain a été inondé ce printemps. Il devrait être de nouveau en état pour leur match contre les Elfes cependant.

— Pourquoi ne pas le tenir à l'école elfique ? L'Académie éthérée, non ?

— Ils ne nous permettent pas d'aller là-bas. Je n'y suis même jamais allé moi-même.

— Oh, c'est dommage.

Le match commence, et nous applaudissons quand Darel fait un touchdown.

— C'est le meilleur de l'équipe, dit Araceli en rêvant. Même meilleur que Callan.

— C'est bien de voir que Callan n'est pas le meilleur dans quelque chose. Les Princes pensent qu'ils sont tellement bons en tout.

— Ils le sont. Dans la plupart des cas. Mais le football demande plus que des compétences naturelles. Il faut de l'entraînement et de l'apprentissage.

Le match de football est serré, mais Callan, grand et rapide, est à la tête de la défense des anges et bloque de nombreuses tentatives des démons pour marquer. Darel est le héros de la soirée, marquant treize touchdowns. Quand les anges gagnent, j'applaudis aussi fort que les autres.

À la fin, les équipes se serrent la main, et même à distance, il est facile de voir la tension. Il n'y a pas de joyeux badinage, pas de véritable esprit sportif. C'est une hostilité à peine voilée entre les deux équipes.

Darel court vers Araceli et je leur souris alors qu'il la soulève de terre pour la serrer dans ses bras. Leur affection l'un pour l'autre est réjouissante, mais elle me donne aussi l'impression d'être la troisième roue du carrosse. Je ne peux pas m'empêcher d'être jalouse d'eux parce qu'ils ont quelque chose que je ne pourrai jamais avoir moi-même.

— Vous venez toutes les deux à la fête après ça ? nous demande-t-il.

— Je ne voudrais pas manquer ça, dit Araceli.

— Cool, je vous retrouve là-bas.

Il lui donne un autre baiser, puis court pour retourner faire la fête avec le reste de son équipe. Mon regard le suit et se pose ensuite sur Callan. Tanwen se tient à côté de lui dans son uniforme de pom-pom girl, serrant son biceps, mais ses yeux sont sur moi. Je lui envoie un baiser, juste parce que je sais que ça va l'ennuyer, et je suis récompensée par une grimace acérée.

— Je pense que je vais retourner dans ma chambre, dis-je à Araceli.

— Tu ne viens pas à la fête ?

— Non, je ne me sens pas d'attaque. Je crois que ce hot-dog n'a pas fait bon ménage avec mon estomac.

— Oh non ! Tu veux que j'essaie de te guérir ?

Je ris.

— Je vais m'en sortir. Sérieusement. Va t'amuser avec Darel.

— D'accord, mais si tu te sens mieux, tu devrais venir.

— Je le ferai.

Je commence à retourner aux dortoirs, mais je suis stoppée par Marcus qui me bloque le passage. Il porte une chemise noire qui épouse ses muscles, ses magnifiques cheveux s'ébouriffent dans le vent, et sa bouche semble délicieusement embrassable. Ça me fait mal de le regarder, parce que je sais à quel point il a bon goût, et ça me prend tout mon pouvoir pour ne pas en prendre plus de lui.

— Liv, dit-il. Tu ne t'es pas montrée pour travailler sur notre projet. C'est quoi le problème ?

Je fixe l'herbe sous mes pieds.

— Je ne pensais pas que nous devions encore nous rencontrer. On en a pratiquement terminé.

— C'est à propos de ce baiser, n'est-ce pas ? demande-t-il. Tu m'as évité depuis lors. Ne le nie pas.

Je soupire.

— Bien, je t'ai évité. Ce baiser n'aurait pas dû avoir lieu.

— Et pourquoi donc ?

Il se rapproche, à une distance dangereuse.

— J'ai trouvé ça assez incroyable, et j'aimerais le refaire à l'occasion.

Mon cœur se serre douloureusement.

— Écoute, Marcus, c'était agréable, mais je ne cherche rien de sérieux pour le moment. Je ne suis pas prête pour un petit ami ou autre chose.

— C'est bien. Je ne veux rien de sérieux non plus. Prenons ça avec légèreté.

Sauf que mon idée de l'occasionnel serait de coucher avec lui et bien d'autres personnes aussi. Pas parce que je le veux, mais parce que je dois le faire pour survivre. D'une certaine manière, même avec sa blague sur le harem, je ne pense pas que Marcus serait d'accord avec un truc de ce genre. D'ailleurs, je ne peux pas lui en parler de toute façon, du moins pas sans révéler mon côté succube, et tout risquer.

— Je ne suis tout simplement pas intéressée, dis-je, avec une nonchalance que je ne ressens pas. Désolée.

Sa mâchoire s'effondre, et je parie que je suis la première fille à l'avoir rejeté. Il n'arrive même pas à formuler une réponse alors que je m'éloigne. Un autre point pour Liv, bien que cela ne me réconforte pas cette fois, de savoir que j'ai mis un autre des Princes à sa place.

———

Je retourne au dortoir, j'enfile mon pyjama et me sers une tasse de café décaféiné, puis je prends mon manuel d'histoire angélique. Nous avons un test demain, et même si Kassiel et moi nous voyons régulièrement, je sais qu'il ne me laissera pas tranquille si je ne réussis pas.

Quelques heures plus tard, notre chambre d'étudiant

s'ouvre soudainement. Araceli est là, visiblement désemparée.

— Tu as vu Darel ?

— Non, je croyais qu'il était avec toi à la fête.

— Il n'est jamais venu ! J'ai attendu, attendu, et il n'est jamais venu !

— C'est bizarre. Peut-être qu'il était fatigué et qu'il s'est évanoui après le match ?

— Non, j'ai vérifié son dortoir et il n'y est pas. Personne ne l'a vu. Il a juste... disparu après le match.

Elle se ronge les ongles, ce qu'elle fait quand elle est nerveuse.

— Tu crois que les démons l'ont enlevé ?

— J'en doute. Pourquoi feraient-ils ça ?

— Je ne sais pas !

Ça me déchire de la voir si bouleversée, et même si je suis sûre qu'il y a une explication simple, je me lève et attrape mon manteau, puis lui lance le sien.

— Viens, partons à sa recherche.

Nous passons le reste de la nuit à ratisser le campus à la recherche de Darel, mais il n'y a aucune trace de lui nulle part. C'est comme s'il avait disparu après le match... comme mon frère.

———

Le corps de Darel est retrouvé le lendemain matin dans la forêt.

En apprenant la nouvelle, Araceli s'effondre contre moi, en criant et en pleurant. Je la tiens dans mes bras alors que son corps tremble, et je pleure avec elle tout en me détestant un peu d'être reconnaissante que ce ne soit pas celui de Jonas qu'ils ont trouvé.

La rumeur se répand que le corps de Darel a été déchiré par ce qui ressemble à des griffes d'animal, et qu'il y avait des marques de crocs dans son cou. Tout indique qu'il s'agit d'une attaque de démons après le match, et ces gens veulent du sang, même si Uriel dit seulement que l'enquête est en cours. Darel était apprécié de tous, sans compter qu'il était la star de l'équipe de football, et sa mort frappe durement tout le monde. Surtout Araceli.

Sa lumière naturelle a diminué, et maintenant elle se cache dans sa chambre la plupart du temps. Je peux l'entendre pleurer à travers les murs. Je lui laisse un peu d'espace, parce qu'il n'y a pas grand-chose d'autre que je puisse faire, et je lui apporte son thé et ses biscuits préférés dès que je peux.

J'ai du mal à croire que des démons aient pu tuer Darel, mais il ne semble pas y avoir d'autre explication non plus.

Deux semaines après que Darel a été retrouvé mort, Araceli émerge et s'assoit à côté de moi sur le canapé.

— Oliva, je dois te dire quelque chose. Quelque chose de secret.

Je pose mon mug préféré et me redresse.

— Vas-y, dis-moi tout.

— Tu m'as demandé une fois s'il y avait une société secrète sur le campus, et je t'ai menti en te disant que non. Mais il y en a une, appelée l'Ordre du Trône d'Or, et c'est un groupe fanatique pro-ange et anti-démon. Ils m'ont invitée à les rejoindre, et au début j'étais excitée parce que j'ai toujours été un paria parmi les anges, et ça faisait du bien d'être désirée et acceptée. Mais ensuite, ils nous ont fait faire des choses avec lesquelles je n'étais pas d'accord. Comme voler un professeur.

— Tu as fait ça ? lui demandé-je.

Même si je savais que c'était la première tâche, j'avais du mal à imaginer Araceli volant quelque chose.

— Oui, j'ai volé les sous-vêtements du professeur Kassiel parce que je pensais que ce serait drôle, bien que je me sois sentie horrible en le faisant. J'ai réussi ce test, mais ensuite ils ont dit que nous devions faire avouer quelque chose à un humain devant une caméra, puis exposer sa confession. J'ai refusé et je suis partie.

Oh, merde. C'est elle qui est partie cette nuit-là – et celle dont ils disaient avoir besoin.

— Depuis, je reçois des notes me disant de revenir, et j'en ai encore reçu une après la mort de Darel. Il est évident que c'était une attaque de démons, mais les autorités ne font rien pour l'instant. L'Ordre dit qu'il peut m'aider à me venger des démons qui l'ont tué, mais seulement si je passe le deuxième test et que je les rejoins. Et je veux vraiment que justice soit faite pour Darel, mais je ne sais pas si je veux à nouveau avoir affaire à l'Ordre.

Elle tourne ses grands et gentils yeux vers moi.

— Qu'est-ce que tu en penses, Liv ?

Je prends ses mains dans les miennes et je les serre.

— Je pense que tu as eu raison de t'éloigner de l'Ordre quand tu l'as fait.

Elle se mord la lèvre.

— Mais devrais-je le rejoindre maintenant ? Pour Darel ?

— Non, je ne pense pas. Il ne le voudrait pas.

— Il ne voudrait pas ?

— Non, il ne le voudrait pas. Uriel veillera à ce que les personnes qui l'ont tué soient traduites en justice, j'en suis sûre. En attendant, tu peux honorer Darel en vivant ta vie au mieux et en restant fidèle à toi-même. C'est ce qu'il aurait voulu.

Elle a jeté ses bras autour de moi.

— Merci, Liv. Je savais que tu comprendrais. Et je suis désolée de t'avoir menti et de ne pas t'avoir parlé de l'Ordre. Je voulais juste te protéger d'eux.

— C'est bon, ne t'inquiète pas.

Je ressens une pointe de culpabilité, sachant combien de fois je lui ai menti, y compris sur ce sujet. Je suis tentée de lui dire que j'étais aussi invitée, mais je m'en abstiens. Cela ne ferait que m'exposer à encore plus de questions, et je ne suis pas encore prête à tout avouer à Araceli. Et puis, c'est mieux pour elle qu'elle ne sache rien de tout cela. Le cœur d'Araceli est si grand et si pur, et je ne peux pas la laisser se laisser corrompre par les ténèbres de l'Ordre. C'est mon travail, et j'ai déjà beaucoup de ténèbres en moi de toute façon.

— Je vais aller faire ton thé préféré, dis-je à Araceli. Tu te détends ici et tu regardes la télé.

Elle renifle.

— Merci.

Alors que je me dirige vers notre mini-cuisine pour faire chauffer de l'eau, mon esprit se remémore la nuit où je me suis faufilée dans la caverne sous le lac.

— Nous devrons la convaincre de nous rejoindre après tout, a dit le chef. Peut-être que nous lui rappellerons le mal dont sont capables des démons, et lui montrerons que l'Ordre est le seul moyen de les arrêter.

— Qu'est-ce que tu as en tête ? a demandé une autre personne.

— J'ai une idée. Nous allons agir lors du match de football contre les démons.

Ma main tremble en serrant la tasse d'Araceli, et je

manque de la faire tomber. L'Ordre pourrait-il être responsable de la mort de Darel ? Feraient-ils vraiment quelque chose d'aussi extrême que de tuer l'un des leurs ? Dieu merci, j'ai éloigné Araceli d'eux. Mais pourquoi ont-ils besoin d'elle ? La seule explication est qu'elle est en partie fée, et ils pensent que cela les aidera à trouver Jonah d'une manière ou d'une autre. Pourrait-elle être la clé ?

J'ai besoin de passer ce prochain test. La caméra est arrivée il y a un moment, mais j'ai repoussé cette tâche parce que je ne voulais pas la faire. Il est temps d'en finir, d'autant plus qu'il ne me reste plus que quelques semaines avant l'échéance. Je le sens dans mes tripes, tout cela est lié, et je me rapproche de la vérité. L'Ordre est la clé de ce mystère, et je ferai tout ce qu'il faut pour le rejoindre.

31

OLIVIA

À peine la nuit tombée, je revérifie le plan et m'envole de mon balcon, utilisant mon collier et mes capacités innées pour quitter le campus sans être détectée. On est presque en été maintenant, et l'air est plus chaud lorsqu'il passe à travers mes plumes noires. Je les étire largement et savoure la sensation du vol. Je n'ai jamais voyagé aussi loin auparavant, mais tous les entraînements de vol ont porté leurs fruits, car ce n'est pas un problème.

L'église est vide quand j'y arrive. Je m'approche de la porte et la pousse, elle est déverrouillée. La grande porte en bois grince lorsque je l'entre-ouvre.

— Bonjour ?

Personne ne répond, alors je m'aventure plus loin dans le sanctuaire. Contrairement à ce que vous avez pu voir dans les films, les démons ne s'enflamment pas dans une église. Heureusement pour moi d'ailleurs.

— Il y a quelqu'un ?

Je lève les yeux vers les magnifiques vitraux tandis que mes pas résonnent contre les murs de pierre. L'église est assez vieille, et pendant une seconde, j'ai l'impression d'être plongée dans un film d'horreur, marchant vers ma perte. J'évacue vite cette pensée de ma tête et me prépare à la suite.

Un petit homme en costume noir sort de l'arrière-boutique.

— Je peux vous aider ?

— Êtes-vous le père Abram ? demandé-je.

— Oui, c'est moi.

Ses yeux parcourent mon corps de haut en bas, et je peux sentir sa convoitise. Ça me donne envie de vomir.

— Puis-je vous parler quelque part en privé ?

— Par ici, me répond-il.

Il me conduit dans un bureau à l'arrière et ferme la porte.

— C'est à quel sujet ?

Je pose la caméra sur le bureau et l'allume. Je n'ai aucune raison de la cacher. Abram lui jette un regard bizarre, mais j'arrive à le distraire en ouvrant mon trench-coat. Dessous, je porte un uniforme d'écolière basique, et avec mes cheveux en nattes, j'ai l'air plus jeune que je ne le suis. Plus proche de l'âge que ce monstre apprécie.

La dernière fois que je suis allée me nourrir, j'ai essayé de faire avouer des gens dans le bar près de l'académie, mais aucun d'entre eux n'avait fait quelque chose d'assez terrible pour justifier de les dénoncer. Puis j'ai rencontré un homme qui était désemparé, pratiquement ivre mort d'avoir bu, parce que sa fille prétendait qu'un prêtre l'avait touchée. Personne d'autre ne la croyait, et j'ai silencieusement juré à cet homme que j'arrangerais les choses pour sa petite fille.

— J'ai besoin de vous poser quelques questions, dis-je en passant mes mains sur ma chemise blanche moulante, qui laisse clairement apparaître mon soutien-gorge rose en dessous. Je laisse mes pouvoirs se déployer, et je suis écœurée par le goût de sa luxure. C'est pourri et ignoble, et j'ai hâte de sortir d'ici.

Il me regarde fixement, sa langue pendant pratiquement de sa bouche tandis qu'il reluque mon corps. Je suis sûre que la caméra a une vue imprenable sur mon cul sous ma courte jupe à carreaux.

Abram est mauvais, tout ce qu'il est, de ses cheveux bruns hirsutes à ses chaussures marron, mais il a le culot de me dire :

— Tu es une pécheresse.

Si seulement il savait.

— En effet, dis-je en tirant sur ma jupe, qui couvre à peine mes cuisses. J'ai besoin de votre aide.

Abram fait un pas en avant, serrant sa ceinture maintenant. La preuve de son désir est bombée contre son pantalon, et je dois dire qu'il n'y a rien de bien impressionnant.

— Je peux t'aider.

— Vous voulez me faire du mal, Abram ?

Faisant glisser mes mains le long de ma taille, je rejette mes cheveux en arrière et gémis.

— Voulez-vous me faire payer pour mes péchés ?

— Oui, je le veux.

— Sauf que je ne suis pas assez jeune pour vous, n'est-ce pas ?

Je ne peux pas me résoudre à le toucher là où il le voudrait, pourtant je tends la main et le touche, et mon pouvoir s'accroche à son désir et le fais sortir.

— Tu feras l'affaire pour ce soir, dit-il en sortant sa queue.

— Vous me désirez, Abram ?

Je glisse une main sous ma jupe, la soulève, révélant davantage mes cuisses nues.

— Alors, dis-moi la vérité. Tu touches les petites filles, n'est-ce pas ?

— Elles en ont besoin, dit-il en caressant sa queue tout en me regardant.

Beurk, il est dégoûtant.

— Quelqu'un doit les punir pour leurs péchés, poursuit-il.

— Et c'est à vous de le faire, bien sûr.

— Je te punirai aussi, petit démon.

Je ris, mais ça sonne faux.

— Oh, je suis tellement plus que ça, Abram.

Ma voix s'abaisse.

— Je suis un ange.

Il tombe à genoux et s'agrippe à mes jambes, son désespoir de m'avoir est si fort qu'il ne peut s'en empêcher.

— Je t'en prie, démon, ange, peu importe ce que tu es. Laisse-moi te punir.

— Donne-moi d'abord le nom des filles.

— Caroline. Melody. Amanda.

Je faillis vomir à chaque confession, mais c'est ce dont j'ai besoin pour la vidéo. Quand il a fini, je le refroidis.

Puis je me penche et enroule mes mains autour du cou de ce monstre. Je veux lui arracher la vie, mais à la place, je lui donne encore plus d'envie. Il se masturbe sans pouvoir s'arrêter, jusqu'à ce que l'orgasme jaillisse de lui. J'avais besoin qu'il jouisse, mais je ne voulais surtout pas baiser ce type. Rien que le toucher pendant une seconde m'a horrifiée.

— Si vous en voulez plus, il va falloir vous lever, remettre votre queue dans votre pantalon et aller directement au commissariat. Leur confesser tout ce que vous m'avez dit ce soir.

Ses yeux plongés dans les miens, mon pouvoir a fait son

travail. Il a les yeux vitreux et est totalement sous mon emprise.

— Faites ça, et je reviendrai vers vous.

Il acquiesce et dès que je le lâche, il se lève d'un bond et court vers la porte en fourrant son sexe dans son pantalon. Je prends mon manteau ainsi que mon appareil photo et je le suis, en déployant mes ailes et en devenant invisible. Il est déjà dans sa voiture et sort du parking. Merde. Je n'ai jamais libéré ma magie comme ça avant – d'habitude, j'essaie de la retenir, pour que les humains ne soient pas blessés par elle. Mais une fois la magie libérée, ça a vraiment marché.

Je suis Abram jusqu'au poste de police, et quand il disparaît à l'intérieur, je me glisse par la fenêtre et rallume la caméra. Pendant qu'elle enregistre, je regarde le prêtre parler à un officier de police derrière un bureau. Son visage passe de l'ennui à la pâleur et à la colère.

Mission terminée.

Je dois rentrer chez moi et prendre une longue douche chaude pour me débarrasser de la sensation de son désir. L'Ordre a intérêt à me laisser entrer après ça – et il y aura aussi un prédateur de moins dans le monde.

32

MARCUS

Pendant le deuxième cours, nous nous dirigeons vers la salle 302. Bastien déverrouille la porte avec la clé qu'il a piquée dans le bureau, et je jette un regard méfiant autour de moi. Il a coupé les caméras des dortoirs, et même s'il y avait quelqu'un, il ne nous arrêterait pas et ne nous interrogerait pas. Pourquoi le feraient-ils ? Nous faisons ce que nous voulons sans aucune conséquence. Olivia est la seule qui s'est permis des remarques.

C'est peut-être pour ça que je n'arrête pas de penser à elle. C'est la seule femme à m'avoir rejeté, et ça fait mal. Je sais qu'elle me désire aussi, mais elle se retient, et ça me rend fou. Pour une fois, je ne sais pas quoi faire pour atteindre mon objectif avec une femme.

Je suis sûr qu'entrer dans sa chambre n'est pas la solution, mais les gars ne m'écoutent jamais pour ces choses-là.

— C'est une très mauvaise idée, dis-je quand même. On ne devrait pas faire ça.

— Rien d'autre n'a semblé fonctionner, dit Callan. Ça fait des mois et elle est toujours là. On n'a pas d'autre choix.

Bastien pousse la porte, Callan le dépasse et entre à grands pas. Je me pince l'arête du nez et je les suis. C'était déjà assez grave quand Callan ne faisait que lui envoyer des notes et était impoli avec elle, mais ensuite il s'en est pris à sa voiture et l'a saccagée. Et maintenant ça.

Mais qui sait, peut-être qu'il a raison. Jonah nous a fait promettre de garder Olivia loin de l'école pour sa propre sécurité, et j'avais une confiance absolue en mon meilleur ami. Elle était évidemment importante pour lui, ce qui la rend importante pour moi. Si c'est comme ça qu'on pourra la garder en sécurité, je suppose qu'on doit le faire. Mais je n'aime pas ça. Pas du tout.

Le salon est propre et sans décoration, à l'exception de quelques coussins douillets qu'elles ont ajoutés, et de quelques œuvres d'art sur les murs avec des éclaboussures de peinture. Des manuels scolaires sont empilés sur la table basse et quelques assiettes sales sont dans l'évier. D'après Bastien, Olivia et sa colocataire Araceli ont toutes les deux cours en ce moment, donc nous savions qu'elles seraient absentes, mais j'ai quand même l'impression d'être un sale type d'être dans leur chambre sans y être invité.

Callan et Bastien ne semblent pas être dérangés plus que ça. Ils repèrent la chambre d'Olivia et se mettent au travail, fermant d'abord ses rideaux pour que personne ne puisse nous voir. Pendant ce temps, je jette un coup d'œil à la porte et me demande si je peux me faufiler dehors.

La chambre d'Olivia est étonnamment neutre. Il n'y a rien sur les murs, et son couvre-lit est d'un gris uni et provient du magasin étudiant. Malgré tout, sa présence est vivement imprégnée dans le tissu et je peux pratiquement la sentir dans l'air. Sachant l'effet qu'elle a sur moi, je ne jette même pas un regard à son lit défait, sauf pour penser que c'est typique qu'elle ne fasse pas son lit.

— Elle est indisciplinée, dit Callan, la voix dégoûtée. Les gens qui ne sont pas carrés dans leur tête ne font jamais leur lit le matin.

Je roule les yeux.

— Je parie que tu fais le tien tous les jours.

— Bien sûr que je le fais. Ça donne le ton de la journée. L'ordre et le contrôle.

D'après ce que Callan nous a dit, je ne serais pas surpris que Michael le lui ait inculqué. Tout le monde pense que l'ancien chef des Archanges était un saint, mais Callan a laissé entendre qu'il avait un autre côté. Un côté sombre.

Bastien fouille dans son bureau et regarde sous son lit, tandis que Callan ouvre les portes du placard et commence à sortir ses vêtements et à les jeter par terre. Je grimace devant cette intrusion majeure dans la vie privée, mais je ne les arrête pas.

Callan me lance un regard noir.

— Pourquoi es-tu venu si tu ne veux pas nous aider ?

— C'est mal de faire cela, murmuré-je. Sérieusement, c'est méchant.

Alors que ces mots sortent de ma bouche, je me dirige vers ses tiroirs et commence à les ouvrir. Le tiroir du haut contient ses culottes et ses soutiens-gorge. Elle aime la lingerie sombre, de la couleur des bijoux, et il n'y a pas une culotte de grand-mère en vue. La dentelle aux couleurs des rubis et des saphirs me tente, mais je ne regarde que le temps de m'assurer qu'il n'y a rien de caché dans le tiroir.

— Putain, m'exclamé-je en claquant le tiroir. Laisse ce tiroir tranquille, préviens-je Callan, mais bien sûr, mes mots le font venir directement et l'ouvrir.

Il aspire une grande quantité d'air.

— C'est...

Il me regarde du coin de l'œil et le ferme à son tour. Ce n'est pas grave. Retire le tiroir et balance-les dans la pièce.

Non. Je ne peux pas faire ça. Si je touche ces trucs à frou-frous, je vais sortir de cette pièce en courant et trouver Olivia immédiatement. À la place, je sors le tiroir suivant, qui contient plusieurs jeans. Je peux gérer ça. Je prends mon temps, je les sors un par un, je les secoue pour les déplier, puis je les jette dans la pièce. Pendant ce temps, Bastien a trouvé l'agenda d'Olivia et l'étudie comme s'il contenait les secrets de l'univers. D'après ce que j'ai vu de la chambre d'Olivia jusqu'à présent, je doute qu'elle contienne quelque chose d'important. Elle est trop prudente. Presque comme si elle savait que quelque chose comme ça pourrait arriver.

Le temps que je vide ses jeans et ses chaussettes, Callan a sorti le reste de son armoire, et Bastien a déchiré toutes les pages de l'agenda et les a éparpillées dans la pièce.

— Aucune trace de robe blanche, dit Callan. Elle ne doit pas être une initiée.

Eh bien, c'est un soulagement. La dernière chose dont nous avons besoin est qu'Olivia soit aussi mêlée à l'Ordre.

Bastien examine attentivement ses chaussures, puis prend l'une de ses paires de talons sexy, ceux qu'elle porte quand elle sort en cachette la nuit. Il appuie sur quelque chose à l'intérieur.

— Voilà, maintenant on va pouvoir la suivre la prochaine fois.

— Qu'est-ce que c'était ? demandé-je.

— Un traceur.

C'est de pis en pis. Je me sens comme le plus grand crétin du monde.

— On peut partir maintenant ?

— Une dernière chose.

Callan prend une tasse, à moitié pleine de café, sur sa table de chevet. Il y a une phrase sur le côté. « Je suis un putain d'ange », lit-il, puis il s'ébroue. Il verse le café sur son lit, puis jette la tasse contre le mur, violemment. Avec fracas, elle se brise en une douzaine de morceaux et tombe sur le sol. Il me regarde avec des yeux durs.

— Maintenant, on peut y aller.

33

OLIVIA

Après le vol, Araceli et moi retournons dans notre chambre pour nous changer et réchauffer des restes pour le déjeuner pendant lequel nous étudierons pour nos prochains cours. Cela fait plus d'un mois que Darel a été tué, et elle va un peu mieux, même si je crains qu'elle ne retrouve jamais sa bonne humeur d'antan.

Quand nous entrons dans le dortoir, la porte de ma chambre est ouverte. C'est bizarre. Je la ferme toujours. Alors que je me tiens dans l'embrasure de la porte, mon cœur se fige et ma mâchoire se décroche. Tout est complètement saccagé. Il y a des vêtements jetés de partout, les pages de mon agenda ont été arrachées et éparpillées, et il y a du café partout sur mon couvre-lit.

— Liv ? m'appelle Aracelli, l'air inquiet. Elle regarde par-dessus mon épaule et halète. Oh mon dieu. Que s'est-il passé ?

Je secoue la tête en regardant la destruction. Je n'ai même pas envie d'entrer dans la pièce, mais je fais un pas en avant. C'était déjà difficilement supportable lorsque ma voiture avait été saccagée, mais maintenant ça. Je suis sûre que c'est une vengeance de Tanwen pour être allée dans sa chambre et avoir sali ses vêtements de sport, mais tout ce qu'elle m'a fait est bien pire que ce que moi je lui ai fait.

— Oh, Liv, ton agenda.

Elle ramasse des morceaux de papier sur le sol et soupire. Les larmes menacent de remplir mes yeux, mais je prends une profonde inspiration et les ravale. Ce ne sont que des choses, et je n'y suis pas tellement attachée. Il n'y a qu'un seul objet auquel je tiens, et je jette un coup d'œil autour de moi pour le trouver. Mon mug de Jonas était sur ma table de chevet. Où est-il ?

Je ramasse des vêtements dans la chambre, puis je repère le mug sur le sol.

En mille morceaux.

Les larmes coulent alors. Rien n'avait d'importance pour moi dans cette pièce, mais cette tasse ? C'était le seul lien avec Jonah que je m'autorisais. Mon bien le plus précieux. Et maintenant, il n'est plus là.

Araceli met son bras autour de moi.

— Je suis tellement désolée qu'on t'ait fait ça.

Mes mains se crispent sur mon côté.

— Ça doit être Tanwen.

— Probablement.

Elle soupire, puis jette mon agenda vide dans la poubelle.

— Viens, je vais t'aider à nettoyer tout ça, et on ira faire du shopping ce week-end.

— Merci, Araceli.

Je ramasse les petits morceaux de mon mug, essuyant mes larmes alors que je dépose les éclats sur mon agenda détruit.

Après qu'elle a quitté la pièce, je ferme la porte, et j'avance le bureau du mur. Derrière, il y a un petit trou que j'ai fait, où je garde mes robes et mon masque de l'Ordre, ainsi qu'une grosse liasse de billets. Heureusement, cela n'a pas été découvert.

————

J e signale l'effraction qui a eu lieu dans ma chambre au directeur Uriel, et il dit qu'il va enquêter, tout comme il a dit la même chose pour ma voiture. Donc, en fait, il ne me sera d'aucune aide. Je vais devoir m'occuper de Tanwen toute seule.

J'ai cinq minutes de retard à mon rendez-vous avec Bastien, et il me lance un regard glacial.

— Tu es en retard.

— Débrouille-toi avec ça, craqué-je. J'en ai tellement marre de me faire emmerder par tout le monde, tu n'as pas idée. Quelqu'un a saccagé ma chambre, et j'étais en train de le signaler à ton père.

— Je vois.

Il fait une pause, et je pense qu'il pourrait dire quelque chose de gentil pour une fois, mais il se met à marcher.

— On va regarder les Malakims travailler aujourd'hui.

— Bien, comme tu voudras.

On se dirige vers l'infirmerie, dans le même bâtiment que les classes d'Ishim. Une femme blonde portant une robe fluide à fleurs nous accueille à la porte.

— Bonjour Bastien. Que puis-je faire pour toi ? Son visage devient inquiet. Es-tu blessé ?

— Pas du tout, Professeur Lydia. Nous espérions observer les Malakims au travail pour voir si cela nous aide à identifier le Chœur d'Olivia.

— Bien sûr. Vous avez de la chance, en fait. Nous avons

eu un incident pendant l'entraînement des Erelims aujourd'hui et nous avons une jeune femme ici qui a besoin d'être soignée.

Nous entrons et je cherche Araceli, mais elle a dû s'entraîner avec les Malakims pendant une autre période. Je repère immédiatement Marcus, et lorsque nos regards se croisent, son front se plisse d'inquiétude. On doit lire sur mon visage que je suis à la fois blessée et énervée.

Il est assis à côté d'un lit, sur lequel est allongée une Valkyrie qui a une année d'avance sur moi et qui s'appelle Gwen. Je ne lui ai jamais parlé, mais elle s'est jointe aux railleries de Tanwen, et je la regarde fixement. C'est difficile de lui en vouloir, car elle se tient le bras et grimace, et je peux voir une brûlure douloureuse le long de son bras.

— Gwen a été brûlée pendant le cours, et bien que son corps soit capable de guérir en quelques jours, ce sera très douloureux jusque-là. Ainsi, Marcus va s'entraîner à guérir et l'aider. Vas-y, mon grand.

Marcus lève ses mains et elles commencent à briller, presque trop pour être regardées. Il les place sur le bras de Gwen et en quelques secondes, la brûlure disparaît, une peau rose et douce se forme à l'endroit où se trouvaient les ampoules.

— C'était incroyable, chuchoté-je.

Je n'ai pas besoin de jouer la comédie. Assister à une guérison instantanée est impressionnant, même si ce n'est pas ce qui me plaît le plus.

— Tu as senti quelque chose ? me demande Marcus.

— Non, désolée.

Bastien laisse échapper un soupir et s'en va, sans doute déçu que je l'aie déjoué une fois de plus. Gwen remercie

Marcus, puis se lève et va parler au professeur Lydia, sans même me jeter un regard.

— Tu vas bien ? demande Marcus, en touchant légèrement mon bras.

Je passe une main dans mes cheveux avec un soupir.

— Oui, juste une journée difficile. Merci.

— Je peux faire quelque chose pour toi ?

— Si tu proposes du sexe, je ne suis pas du tout d'humeur.

— Pas cette fois, mais je suis ouvert à ça aussi.

Il me fait un clin d'œil.

— Nous, les Malakims, pouvons aider à apaiser l'esprit et le corps d'autres façons.

— Je ne sais pas...

— Allez, laisse-moi essayer. Ce sera un bon entraînement pour moi de toute façon.

Il incline la tête vers le professeur Lydia.

— Donne une bonne image de moi devant le patron.

— OK, très bien.

Il pose ses mains sur le haut de mes bras et ferme les yeux. Une lumière chaude m'entoure, et les muscles de mon dos et de mon cou commencent à se détendre. Je n'avais même pas réalisé que j'étais si tendue, mais Marcus m'a fait un massage complet du corps avec sa magie, et je laisse échapper une longue expiration.

— Waouh, c'était...

— Presque aussi bon que le sexe ? demande Marcus avec un sourire.

— Presque, je suis d'accord. Merci, Marcus. Je me sens beaucoup mieux maintenant.

— De rien, Liv.

En sortant de l'infirmerie, mes pas sont beaucoup plus légers, et mon corps est détendu et chaud, comme si je sortais d'un jacuzzi. Je suis toujours contrariée pour ma chambre, mais cela ne me dérange plus autant.

Je trouve Bastien qui m'attend dehors, les bras croisés et une expression aigre sur le visage.

— C'est quoi ton problème ? lui demandé-je.

— Toi. C'est toi mon problème.

Il enfonce un doigt dans ma poitrine, à l'endroit juste au-dessus de mes seins.

— Mon père m'a confié une tâche, mais tu me contre-carres chaque fois. Je sais que tu caches quelque chose. Dis-moi juste ce que c'est, et nous pourrons mettre fin à ce jeu ridicule.

— Désolée, mais tu n'as pas dit s'il te plaît.

Je prends sa main et m'apprête à l'éloigner de moi, mais quand nous nous touchons, la convoitise éclate entre nous. Je déteste l'admettre, mais il est si séduisant quand il est en colère, et j'ai envie de faire fondre le glaçon qui est en lui.

— Tu es impossible, dit-il, mais ensuite il serre sa main autour de la mienne et me tire plus près.

Sa bouche est près de mon oreille et il chuchote :

— Je vais découvrir tes secrets, petit ange. Je te le promets.

— J'aimerais te voir essayer, lui réponds-je.

Et avant même de pouvoir dire un mot, sa bouche se pose sur la mienne, et il me donne un baiser langoureux qui me fait défaillir. Si c'est sa façon de découvrir mes secrets, j'adhère.

Il se retire et me lâche.

— Intéressant, se dit-il en s'éloignant, en se frottant le menton. Très intéressant.

OK, alors. Je suppose que c'était un autre test. Je ne sais pas si je l'ai réussi ou non.

34

OLIVIA

L'été dans les montagnes de Californie du Nord est comme un film hollywoodien. Tout est vert, le ciel est bleu vif et sans nuages, et le lac est parfait pour se baigner après les cours. Mon côté angélique aime tout ce soleil, et le boit avec avidité.

Le samedi, Araceli et moi faisons une excursion d'une journée à Redding pour acheter de nouveaux vêtements. Cette fois, je n'en achète pas de neufs et Araceli se réjouit de trouver avec moi des joyaux dans des magasins d'occasion. Elle n'avait jamais fait de shopping de seconde main auparavant, mais je suis certaine de l'avoir convertie.

Le dimanche, je me rends à mon cours de yoga matinal, et il fait déjà si chaud que j'y arrive toute transpirante. Ces cours de yoga hebdomadaires ont été une véritable bénédiction, sauf que Tanwen y participe aussi.

J'étale mon tapis aussi loin d'elle que possible. Lorsque le cours commence, je me concentre à la place sur l'instructeur qui nous fait prendre des positions compliquées du yoga avancé. Profitant de ce temps pour méditer et profiter de la lumière, je pense à mon frère et à ce que j'ai appris jusqu'à présent.

Il a disparu après le match de championnat contre les Elfes. L'Ordre sait où il est, et s'inquiète qu'il ne soit pas encore revenu. Ils ont besoin d'Araceli pour une raison quelconque, probablement à cause de son sang elfique. Il ne semble pas difficile d'en conclure que mon frère est dans l'éthérée.

J'ai besoin d'en savoir plus... et de découvrir si ma théorie est correcte.

J'ai rendu ma caméra la semaine dernière et j'ai reçu un mot disant que j'avais réussi le deuxième test, et maintenant j'attends la troisième épreuve. Si je la réussis, je serai invitée dans l'Ordre et je pourrai en savoir plus sur ce qui est arrivé à Jonas. Je pourrai alors élaborer un plan pour le retrouver.

Après la classe, j'enroule mon tapis et je me dirige vers le dortoir, pour tomber sur Tanwen.

— Éloigne-toi de moi, lui grogné-je.

Après qu'elle a détruit ma chambre, je n'ai plus aucune patience envers elle.

— Whaouh.

Elle lève ses mains et fait un pas en arrière.

— Hostilité de la part de la demi-humaine.

— Où sont tes amies, Tanwen ? Elles ne supportent pas la chaleur ?

Elle n'est pas si forte sans ses copines Valkyries pour la soutenir.

— Elles préfèrent les exercices plus intenses, mais j'ai appris que la clé pour être une bonne guerrière est la flexibilité.

— Peu importe.

Je ne sais pas pourquoi elle essaie de s'expliquer. Je n'ai

pas envie de l'entendre. En la dépassant, j'ai pris la voie la plus sûre et j'ai écrasé l'envie d'utiliser mes pouvoirs sur elle pour qu'elle me désire tellement qu'elle ne puisse plus penser à personne d'autre.

Je pourrais le faire. Mais je ne le ferai pas. Je suis meilleure que ça.

— Hé, attends.

Tanwen me rattrape.

C'est quoi ton problème aujourd'hui ? me demande-t-elle.

Je la contourne.

— Tu as détruit ma voiture, saccagé ma chambre, et tu me demandes quel est mon problème ? Tu me traites d'hostile ? Tu n'as été qu'hostile envers moi, Tanwen. Je suis désolée pour les vêtements de gym, mais tu es allée trop loin. Je n'y suis pour rien dans les circonstances de ma naissance, et je ne peux pas partir. Ils ont été parfaitement clairs à ce sujet. Alors, dégage, bordel.

Le temps que je finisse, je crie et tout le monde sur la pelouse nous regarde. Après leur avoir lancé un regard furieux, je m'éloigne pour aller prendre une douche et me changer.

— Hé, attends ! m'appelle-t-elle en me suivant.

Je vois que je ne pourrai pas la semer si facilement.

— Quoi ? lui rétorqué-je, en m'arrêtant sur le chemin et en croisant les bras.

— Je n'ai pas saccagé ta chambre.

Elle lève les mains.

— Ou ta voiture. Je te le jure.

— Oui, c'est ça. Et tu ne m'as pas non plus envoyé de lettres de menaces, hein ?

— Je ne l'ai pas fait. Mais j'aurais peut-être dû si c'est toi qui as déchiré mes vêtements de sport. Je veux dire, c'est quoi ce bordel ?

Elle penche la tête et attache sa queue de cheval couleur paille.

Je m'énerve.

— Je n'ai fait ça qu'en représailles de ce que toi, tu m'as fait. Mais j'en ai fini avec cette merde. Sérieusement fini, et toutes les insultes, et tout le reste. Ça s'arrête maintenant.

— Bien, je vais arrêter les insultes. Je ne te déteste pas en tant que personne, Olivia, mais tu n'as pas ta place à l'Académie Seraphim. Je ne suis visiblement pas la seule à le penser si quelqu'un a saccagé ta chambre.

Elle laisse échapper un reniflement hautain.

— Crois-moi, je ne voudrais pas toucher à tes affaires.

Je roule les yeux alors qu'elle s'en va. Quelle salope !

Sauf que... je la crois. Mais si elle ne m'a pas fait tous ces trucs, qui l'a fait ?

———

Je me dirige vers le lac et je respire l'air chaud de la nuit. Même la nuit, le campus est magnifique, et j'écoute le son du chant des grillons. Au lieu de m'asseoir à ma place habituelle sur le banc, je choisis de m'asseoir dans l'herbe fraîche.

Avant même que j'aie le temps de rassembler mes pensées, la voix de Kassiel interrompt ma méditation tranquille.

— Quelle surprise de te rencontrer ici !

— Comment vas-tu ? lui demandé-je, alors qu'il s'assoit à côté de moi sur l'herbe, en étirant ses longues jambes.

— Bien. Et toi, comment vas-tu ? Tu arrives à manger à ta faim ?

Ses yeux brillent au clair de lune, et je ne peux m'empêcher de penser qu'il aimerait pouvoir m'aider à me nourrir.

— Bien sûr. La cafétéria est super.

On sait tous les deux que ce n'est pas ce qu'il veut dire, et il sourit.

— Tu as bien réussi ton dernier examen d'histoire angélique. Bon travail.

— Merci. J'ai un très bon professeur.

Il me regarde du coin de l'œil.

— Peut-être. J'essaie d'enseigner l'histoire d'une manière qui ne dépeint pas les anges ou les démons sous un jour négatif. Penses-tu que je m'en sors ?

Le temps que j'ai passé dans sa classe a été difficile, au mieux. Pas à cause du sujet, mais parce que regarder Kassiel bouger et parler m'a appris à contenir mes pouvoirs de succube. Je réponds donc à sa question par ma propre question.

— Pourquoi fais-tu ça ? Pourquoi ça t'intéresse ?

Il hésite.

— Je... j'ai connu des démons au fil des ans. Ils ne sont pas si différents des anges. La plupart d'entre eux ne sont pas mauvais ou quoi que ce soit, et veulent juste vivre leur vie paisiblement, comme nous le faisons. J'ai appris qu'il est possible pour n'importe qui d'être bon ou mauvais, même les anges. En plus, j'ai vécu pendant ces dernières décennies de la guerre.

Mes sourcils s'élèvent.

— Bien sûr. J'aurais dû m'en rendre compte. C'était comment ?

— C'était horrible. Tant de morts, et pour quoi ? Parce

que les anges et les démons sont ennemis depuis des siècles, et pour aucune autre raison.

Il secoue la tête.

— C'est la meilleure chose qui soit arrivée aux deux races quand Michael et Lucifer ont conclu les Accords Terrestres et ont arrêté la guerre, poursuit-il.

Je peux entendre la profondeur de la douleur dans sa voix, et ça me brise le cœur.

— Tu as perdu quelqu'un, n'est-ce pas ?

— Ma mère.

— Je suis désolée.

Il hoche la tête.

— C'est pourquoi je suis devenu professeur ici. Si je peux apprendre aux jeunes anges ce qui s'est passé, je pourrai empêcher la guerre de recommencer.

— Tu fais du bon travail.

— Je l'espère.

— Je suis aussi contente que la guerre soit finie. Mais je ne peux m'empêcher de regretter de ne pas avoir vu le paradis avant qu'il ne disparaisse. C'était comment ?

— Lumineux.

Je ris.

— Évidemment.

— Pendant la journée, le ciel y était de la couleur de l'aube, quand tout est d'un orange doux et d'un jaune doré. Ça a l'air bizarre, mais c'était magnifique.

— Je peux l'imaginer. Et l'enfer ? Tu y es allé ? Comment était le ciel là-bas ?

— Oui, j'y suis allé.

Il fixe le lac, le visage distant, le regard perdu dans les souvenirs.

— Tu sais, ce moment après le coucher du soleil où le ciel

est d'un indigo profond ? C'est à ça que ressemblait l'enfer pendant la journée. Et la nuit… c'était comme vivre dans l'espace parmi les étoiles.

— Je peux dire que ça a eu un fort impact sur toi.

— Oui, en effet.

Il s'éclaircit la gorge puis reprend.

— Peut-être qu'un jour nous pourrons visiter les deux autres royaumes et nous reconstruire.

— Et l'Éthérée, tu y es aussi allé ?

— Non, je ne peux pas dire que j'y suis allé. Peut-être un jour, cependant.

Kassiel s'allonge sur l'herbe et met ses mains derrière sa tête, ce qui remonte un peu sa chemise pour que je puisse voir son ventre tonique et son sombre sillage heureux. Des pulsions qui n'ont rien à voir avec la faim montent en moi. Des envies auxquelles il est de plus en plus difficile de résister au fur et à mesure que je passe du temps avec mon professeur.

J'ai besoin de me nourrir. Ce soir.

35

OLIVIA

Je finis par retourner au bar où je suis déjà allée de nombreuses fois. Ce n'est pas la panacée, mais je crois que cela fait un mois que je ne suis pas venue ici. J'ai tout fait pour éviter de me nourrir, en survivant simplement grâce à la lumière du soleil et aux petits en-cas de convoitise des gens de l'école, plus les baisers de Bastien et Marcus. Mais ça fait trop longtemps que je n'ai pas pris un vrai repas, et maintenant je suis à l'agonie.

Bien entendu, le bar est vide. Personne à part la barmaid, et j'évite toujours de m'en prendre à elle. Les employés d'endroits comme celui-ci sont la pire option. Si je couche avec elle, je ne pourrai plus jamais la laisser me voir, ou elle en voudra plus. Je ne peux pas lui en donner plus.

Merde.

Je m'assois au bar et lui fais signe de m'apporter une bière. Je suis tellement affamée que je vais peut-être être obligée de séduire la barmaid après tout. Je vais attendre quelques minutes et voir si quelqu'un entre. Peut-être aurai-je de la chance.

En vérifiant mon téléphone, je vois qu'il est plus de deux heures un dimanche soir. Je ne vais pas avoir de bol, je le sens.

Alors que je finis ma bière et que je m'apprête à mettre la pression sur la barmaid, la porte s'ouvre et un beau mec entre. Ce n'est pas une star de cinéma, mais au moins, il a l'air propre, et ne porte pas d'alliance. J'appelle ça une victoire.

— Hey, Chuck, dit la barmaid. Comment ça va ? Tu es toujours avec Louann ?

Il est assis de l'autre côté du bar.

— Non. Elle est partie avec le type de Redding qui nous a vendu la Mustang.

— Pas de chance.

Le téléphone distrait la barmaid, et je prends ça comme mon signal.

— Hey.

Je grimpe sur le siège à côté de Chuck et je fais glisser un doigt le long de son bras.

— Tu veux de la compagnie ?

En l'embaumant de mon désir, je m'assure qu'aucun refus ne soit possible. Sa bouche s'ouvre sur un lent sourire.

— Avec plaisir !

Avec un œil sur la barmaid, je souris à Chuck.

— Retrouve-moi aux toilettes, lui chuchoté-je. Dépêche-toi.

La barmaid nous tourne le dos en parlant dans le combiné, alors je me dépêche de passer avec Chuck juste derrière moi. Dès que nous entrons dans les toilettes, je me jette sur lui. J'ai mis une jupe, mais pas de sous-vêtements justement pour cette raison. Il s'avance, et j'attrape la ceinture de son pantalon. Je ne suis pas intéressée par les baisers ou les caresses, je veux juste en finir le plus vite possible.

Je déteste devoir faire ça avec lui et pas avec un de ceux avec qui je veux être. Après avoir embrassé Marcus et Bastien, je préférerais de loin coucher avec l'un d'eux ce soir. Ou Kassiel. Mais ce n'est pas une option, et j'ai besoin de me nourrir.

Je ne peux pas m'en empêcher. Je dois le faire pour survivre.

Je n'ai pas choisi la vie des Lilims. Ce sont eux qui m'ont choisie.

Avant que je ne puisse commencer, la porte des toilettes s'ouvre. Je repousse Chuck alors qu'un homme colossal entre. C'est le type sexy que j'ai repéré la première fois que je suis venue ici, celui qui a en quelque sorte rejeté mon approche, et il me sourit comme un chat qui vient d'attraper une souris.

— Bonjour, petit succube. On te cherchait.

Il est vraiment grand, et une forte séduction se dégage de lui. Je peux la sentir, même si elle rebondit sur moi. Un incube. Un véritable incube. Oh, merde.

Chuck est pris dans un étourdissement de luxure, ne sachant pas s'il doit me regarder ou regarder le nouveau gars. Je le pousse vers la porte avec ma magie.

— Sors d'ici !

Il sort en courant, et je prends la pose de combat que Callan m'a enseigné et me prépare à me défendre de mon mieux. Je ne peux pas utiliser mes pouvoirs de Lilim contre ce type. Ils ne fonctionneront pas. De même, il ne peut pas utiliser les siens contre moi. Malheureusement, cela ne me sert à rien lorsque deux autres hommes entrent dans les toilettes, et bien que je sois presque sûre qu'ils sont tous les deux des démons, je ne suis pas certaine de leur nature exacte.

L'un d'eux se transforme soudainement en un grand ours

noir. Un métamorphe qui, selon Raziel, représente le péché de la colère. Il a vraiment l'air courroucé en poussant un rugissement terrifiant, et je ne peux m'empêcher de reculer.

L'autre laisse échapper un éclat de ténèbres et se multiplie, jusqu'à ce que je regarde trois versions identiques de lui. Un lutin, comme Marcus et moi en étudions pour notre projet. Il utilise la magie de l'illusion pour faire des copies de lui-même. Je vais devoir trouver l'original pour l'arrêter.

Putain, je ne suis pas du tout dans mon élément ici.

— Viens avec nous, et nous ne te ferons pas de mal, dit l'incube.

Il brandit un grand couteau, ce qui contredit un peu ce qu'il vient de dire. Père et Mère m'ont prévenue que cela arriverait un jour si je me révélais, et maintenant ça arrive. J'ai besoin de sortir d'ici, et vite.

L'incube se précipite sur moi, et j'essaie de le dévier comme Callan me l'a appris. Cela fonctionne et je me tourne pour éviter le couteau, mais alors l'ours se lève et me renverse avec ses pattes géantes. Je heurte le côté des toilettes et trébuche, et les trois diablotins m'attrapent les bras. L'incube s'avance, jouant avec son couteau, et il se penche au-dessus de moi et me renifle lentement. J'ai une peur soudaine qu'il ne m'embrasse. Je n'ai aucune idée du goût que j'ai, mais je ne veux pas prendre le risque qu'il découvre que j'ai le goût d'un ange.

Ils ne doivent pas savoir ce que je suis réellement.

Je me secoue pour me défaire des diablotins, et l'une des mains se pose sur ma peau nue. Je le frappe d'un éclair de puissance, faisant exploser ses émotions et l'étourdissant pendant un instant, ce qui me laisse le champ libre pour tourner sur moi-même et lui mettre un coup de genou dans l'aine. Je choisis le bon, et il hurle et me laisse partir, tandis que ses clones disparaissent. Je m'enfuis, mais l'ours me bloque le passage.

La porte de la salle de bain s'ouvre et j'aperçois trois hommes debout dans l'embrasure de la porte, les ailes déployées, les yeux brillants de lumière, ressemblant à des anges vengeurs sexy.

Les Princes sont venus à ma rescousse.

Je n'arrive pas à croire qu'une femme forte et capable comme moi se sente si soulagée de voir trois princes arriver sur leurs proverbiaux chevaux blancs, mais voilà.

Callan fait sauter l'ours avec un éclair de lumière brûlante, et Marcus et Bastien se précipitent pour combattre l'incube et son couteau. Les toilettes deviennent soudainement complètement obscures, grâce à la magie d'illusion du diablotin, mettant mes garçons dans une position désavantageuse.

Attendez. Pas *mes* garçons. Juste *les* gars.

Tout à coup, le lutin m'attrape et triture ma jupe. Celle sous laquelle je ne porte pas de sous-vêtements. Merde, je l'ai frappé trop fort et maintenant il me veut. J'utilise mes maigres compétences pour le repousser, mais il sort une longue lame. Elle brille d'une obscurité étrange, comme je n'en avais jamais vu auparavant.

— Recule ! hurle Marcus, mais l'ours le renverse et il s'écrase sur une des tables du bar.

Le diablotin se jette sur moi avec sa lame, je m'écarte, mais je ne suis pas assez rapide. Elle me tranche le côté, et je pousse un cri de pure agonie. Bastien m'attrape et me traîne hors du bar, dans l'air frais de la nuit, mais ça ne sert à rien. Mon côté est en feu, et tout ce que je peux faire, c'est m'accrocher à lui et gémir.

— Tu as été frappée par une lame infusée dans l'obscurité, dit Bastien, qui semble bien trop calme alors que je me tords de douleur. Ne t'inquiète pas, Marcus peut te guérir.

Callan et Marcus sortent du bar une éternité plus tard, et je ne les ai jamais vus aussi furieux.

— On s'est occupé d'eux, annonce Marcus.

— Putain de démons, grogne Callan. On doit le signaler.

— Non, vous ne pouvez pas !

On ne doit pas m'interroger sur la raison de ma présence ici. Mais alors que j'essaie de leur faire comprendre cela, une autre vague de douleur me frappe, et je hurle.

— Olivia est blessée, dit Bastien.

— Que s'est-il passé ? Demande Marcus, en se rapprochant pour inspecter la blessure.

Callan s'énerve.

— Elle n'a pas été attentive pendant l'entraînement au combat, voilà ce qui s'est passé.

— Je promets de faire mieux la prochaine fois, parviens-je à sortir, mais je suis si faible.

Le pire, c'est que ma faim devient tellement forte que je ne peux la contenir. Mon corps essaie de se guérir, mais il ne peut pas, car je n'avais déjà plus beaucoup d'énergie. Si je ne sors pas d'ici et ne trouve pas quelqu'un pour me nourrir, je vais faire quelque chose que je vais regretter.

Les mains de Marcus brillent et guérissent ma blessure, la douleur s'estompe un peu, mais ce n'est pas suffisant. J'ai attendu trop longtemps pour me nourrir, espérant que le baiser de Bastien suffirait à me faire passer le cap, mais j'avais tort. Je ferme les yeux et j'essaie de tenir mon côté succube à distance.

— Elle est guérie, dit Marcus.

— Il y a toujours quelque chose qui ne tourne pas rond. Essaie encore.

C'est Callan.

— Quoi que ce soit, ma magie ne peut rien faire de plus.

— S'il te plaît, me surprends-je à supplier.

— De quoi as-tu besoin ? demande Bastien.

Les mains tendres et masculines de Marcus effleurent ma joue.

— Dis-moi, Liv. Comment puis-je t'aider ?

Mes yeux s'ouvrent soudainement, et j'attrape le visage de Marcus pour l'embrasser fort. Je ne peux pas m'en empêcher, la faim est trop intense, et mon côté succube a pris le dessus. J'aspire la luxure qui jaillit de lui alors qu'on s'embrasse, et c'est tellement délicieux, mais ce n'est pas encore suffisant. La chose que je désire le plus c'est d'écarter mes jambes et de le laisser s'installer entre elles.

— Ses yeux sont noirs, dit Bastien.

Au fond de moi, je sais que c'est mal. Vraiment mal, putain. Mais je ne peux pas m'empêcher de me frotter contre Marcus comme un putain de chat. J'attrape son jean et l'ouvre, essayant d'atteindre son membre à l'intérieur.

— Waouh, maintenant, dit-il. Je suis d'accord pour tout ça, mais on devrait peut-être attendre d'aller dans un endroit plus privé.

— Je ne peux pas attendre, arrivé-je à lui répondre. Besoin. Maintenant.

Bastien m'attrape soudain et m'embrasse, ce qui suffit à me calmer un peu. Mais il m'en faut plus, beaucoup plus, tellement plus. Je donne un coup de poing contre son torse, et il me pousse vers Callan, qui recule à la vue de mes yeux noirs.

— Embrasse-la ! Crie Bastien.

— Quoi ? demande Callan, interloqué.

— Fais-le !

Je saisis le visage de Callan et le tire vers le mien. Je suis un peu plus forte qu'avant, mais s'il se débat, je ne pourrai pas me nourrir de lui.

Callan résiste d'abord, puis il ne peut plus s'en empêcher, il pose une main sur mon dos et m'embrasse fort. J'aspire toute l'énergie sexuelle de Callan à travers ce baiser brutal, et il est si puissant que son énergie me remplit juste assez pour me soulager.

Quand nous avons terminé, ma tête s'éclaircit un peu et je ne me sens plus aussi faible. J'ai encore faim et je vais devoir me nourrir bientôt, mais je vais peut-être pouvoir tenir quelques nuits de plus avant que les choses ne se dégradent à nouveau.

Bastien jette un regard vers le bar.

— Il faut qu'on sorte d'ici. Je suis sûr qu'ils ont appelé la police des humains.

— Elle est trop faible pour voler, dit Marcus.

Callan grogne, l'air énervé, mais il me prend dans ses bras. Je m'accroche à lui alors qu'il s'envole, ses puissantes ailes blanches et or battant l'air de la nuit. J'enroule mon visage dans son cou, je respire son parfum épicé. Je n'ai jamais pensé que je serais reconnaissante envers les Princes de m'avoir espionnée, mais sans eux, je serais avec les démons maintenant... et je n'ai aucune idée de ce qu'ils auraient fait de moi.

— Je suis désolée, murmuré-je contre le cou épais de Callan.

Je sais qu'il ne m'aurait jamais embrassée si Bastien ne l'y avait pas obligé. Il ne répond pas, ou s'il le fait, je ne l'entends pas avec le bruit du vent qui siffle dans mes oreilles alors qu'il vole. Mais il resserre sa prise.

Je somnole pendant le vol, et ne me réveille que lorsque

Callan me couche sur le canapé. Ils m'ont emmenée dans leur salon privé dans le clocher, et je me sentirais honorée si je n'étais pas aussi fatiguée. Callan recule, je m'assois et je presse une main sur mon côté. Cette lame m'a vraiment marquée.

Alors que les trois hommes me fixent, je réalise ce que j'ai fait, et mon estomac se noue.

Bastien parvient à prendre la parole en premier.

— Tu es un succube.

36

BASTIEN

Les yeux d'Olivia ne sont plus noirs désormais, mais je peux y voir la vérité, et je n'ai même pas besoin de mes pouvoirs d'Ofanim pour cela.

— Oui, répond-elle à ma déclaration. Un demi-succube, en tout cas.

Callan s'éloigne d'elle et jure dans son souffle.

— Tu es un démon. Putain.

J'ai toujours su qu'il y avait quelque chose de suspect chez elle, mais je pensais ressentir plus de satisfaction en découvrant la vérité.

— Comment est-ce possible ?

Elle soupire.

— Mon père est un ange, ma mère est un succube.

— Mais les relations démon-ange sont interdites, balance Marcus.

— C'est pourquoi je me suis cachée toute ma vie. Mes parents m'ont dit que si un jour quelqu'un découvrait ma véritable nature, je serais en danger.

— Pourquoi es-tu venue à l'Académie Seraphim alors ? lui

demandé-je.

Elle hésite.

— J'en avais assez de me cacher. Je voulais apprendre à utiliser mes pouvoirs, et ça semblait plus sûr ici qu'à l'Académie des Enfers.

J'ai l'impression qu'elle ne nous dit pas tout, mais je n'ai pas fini mon interrogatoire. Elle m'a trompé pendant des mois, et ça n'aurait pas dû être possible. J'ai besoin de savoir comment on en est arrivés là.

— Comment as-tu pu me cacher ton côté succube ?

Elle touche la pierre aigue-marine à son cou.

— Ma mère m'a donné ce collier. Il me permet de mentir sans être détectée et de cacher la vérité à n'importe qui. Même à un archange.

— Ça ressemble à une relique elfique.

Je me frotte le menton. Cela expliquerait beaucoup de choses. Qu'est-ce que je verrais dans son aura si on enlevait cette foutue chose ? Maintenant, il faut que je le découvre.

— Allez-vous me dénoncer ?

De sa place recroquevillée sur le canapé, avec ses yeux écarquillés et ses cheveux noirs ébouriffés, elle a l'air plus vulnérable que jamais et effrayée. Elle est terrifiée à l'idée que nous sachions la vérité sur elle.

— Non, bien sûr que non, dit rapidement Marcus en couvrant Olivia d'une couverture.

Callan secoue la tête et fait les cent pas devant la fenêtre.

— Nous devrions. On devrait vraiment.

Je n'en suis pas si sûr. J'ai du mal à croire que mon père ne sache pas, ou du moins ne soupçonne pas, la véritable identité d'Olivia.

— Une dernière question. Comment connais-tu Jonah ?

— Jonah... dit-elle lentement, en inclinant la tête. Le

garçon qui a disparu l'année dernière ? Comment pourrais-je le connaître ?

— Tu mens.

Mes lèvres se pincent en une ligne serrée. Un nouveau secret à découvrir. Je dois admettre que je suis assez content que le jeu ne soit pas terminé. J'aime jouer avec elle. Enfin, un adversaire de taille.

— Désolée, je ne suis pas sûre de ce dont vous parlez, dit-elle.

— Enlève ton collier et redis-moi ça, me fâché-je.

Marcus tend les mains pour nous séparer.

— Bon, ça suffit. Liv a traversé beaucoup d'épreuves et elle peut à peine s'asseoir. Elle a besoin de se reposer, pas de subir un interrogatoire par trois types soupçonneux.

Je m'énerve et croise les bras.

— Si nous voulons la protéger, nous devons connaître la vérité.

— Je n'ai pas besoin de votre protection, murmure-t-elle.

Callan grogne.

— Apparemment, si. Ces démons ce soir voulaient quand même bien t'emmener quelque part.

— Ils savaient que j'étais un succube.

Elle regarde dans le vide.

— Comment m'avez-vous trouvée ?

— Bastien a mis un traceur dans tes chaussures, dit Marcus, d'un ton coupable.

Elle se redresse à ce moment-là.

— Il a quoi ?

Je hausse les épaules.

— On savait que tu faisais le mur et on voulait savoir pourquoi. Tu devrais me remercier de l'avoir fait. C'est la seule raison pour laquelle tu es ici et pas avec les démons.

Elle ferme les yeux et remonte la couverture jusqu'à son cou, mais ne répond pas.

— On doit signaler l'attaque à Uriel, dit Callan.

— Vous ne pouvez pas, dit rapidement Olivia. Si vous le faites, il y aura trop de questions, et beaucoup d'autres personnes découvriront ce que je suis.

— Les Archanges doivent savoir, insiste Callan. D'abord Darel, maintenant ça... les démons deviennent plus audacieux. Nous devons nous préparer à la bataille.

— Bien, mais ne déclenchons pas une guerre tout de suite, dit Marcus en roulant des yeux.

— Je suis d'accord, nous devrions garder les événements de ce soir pour nous pour le moment, dis-je.

Callan secoue la tête.

— Vous faites tous une erreur. Olivia est un démon. Elle est l'une des leurs. Et cela ne vous dérange pas ?

— Elle ne peut pas changer ce qu'elle est, dit Marcus.

— Et merde, je me casse d'ici.

Callan ouvre la porte du balcon et s'élance avant même que ses ailes ne se soient complètement déployées. Marcus lui court après, ses ailes de bronze battant contre la nuit.

Je me pince le front. Quelqu'un doit s'occuper de ces deux-là.

— Je reviens tout de suite.

Je vole jusqu'au sommet du clocher, où Marcus et Callan se disputent. Callan fait les cent pas sur le vieux toit, l'air énervé.

— C'est un démon.

— À demi seulement, lui rappelle Marcus.

— Une sacrée moitié.

Les mains de Callan commencent à briller. Il rassemble une boule de lumière brûlante digne d'un Erelim et si on ne calme pas un peu les choses, il va libérer ce pouvoir sur quelque chose. Ou quelqu'un.

Je n'essaie pas de me mettre devant lui ou de le calmer. Il doit se contrôler, et je ne peux pas faire grand-chose pour l'aider. Marcus bien plus idiot que moi s'avance vers Callan. En tant que Malakim, il peut calmer Callan, mais c'est quand même risqué quand il est dans un tel état. Il pourrait exploser au lieu de se calmer.

— Callan, dit Marcus.

— Quoi ? rugit-il.

— Elle est à moitié ange, aussi.

Marcus laisse l'info imprégner Callan pendant une seconde avant de poursuivre.

— Pense à ce que ça veut dire. Elle est censée être impossible. Interdite.

La poitrine de Callan se soulève quand les mots de Marcus brisent la rage qui obscurcit son esprit.

— C'est une abomination.

— C'est une femme.

Marcus ajoute de la lumière à ses mots, juste assez pour avoir un effet légèrement calmant sur Callan. Et moi, mais je m'en débarrasse facilement.

— C'est une personne. Elle a des sentiments comme nous.

Je me tiens sur le côté et j'attends. Je suis aussi inutile que Marcus contre Callan au combat. Nous sommes tous les deux bien entraînés et pouvons nous défendre dans un combat. L'un contre l'autre, l'un de nous deux aurait une bonne chance. Mais Callan est un Erelim, et c'est le fils de Michael. C'est un guerrier, né et entraîné. C'est dans son ADN. Certains humains sont doués pour la musique. D'autres sont bons en maths. Callan est très bon en combat.

La seule chose que nous pouvons faire est de travailler ensemble pour le retenir s'il perd la tête.

Callan regarde fixement le ciel sombre tandis que sa poitrine se soulève. Marcus le calme, mais pas assez. Callan a plus de raisons que quiconque de haïr les démons, puisqu'ils ont tué son père et son demi-frère. Découvrir qu'Olivia est en partie démoniaque l'a secoué, fortement.

— Dis-moi quelque chose que tu sais sur Olivia, dis-je.

— C'est un démon.

Je roule les yeux.

— Quelque chose qui n'a rien à voir avec le fait qu'elle soit un démon.

Il soupire, et ses mains lumineuses s'éteignent à nouveau. Il se calme, et je fais un signe de tête à Marcus. Il coupe le flux de magie pour voir comment Callan se débrouille seul. C'est toujours mieux pour lui de pouvoir reprendre le contrôle par lui-même. Cela l'aidera à apprendre à la maîtriser à l'avenir.

En aspirant une profonde inspiration, Callan parvient à dire :

— C'est une incroyable combattante.

Marcus sourit.

— En effet. C'est sûr. Elle est aussi trop têtue.

— Et secrète, ajouté-je. Mais je peux comprendre pourquoi maintenant.

— Nous ne te demandons pas de l'accepter.

Marcus s'avance à nouveau, se mettant à portée des poings de Callan.

— Tu n'as pas à être son ami. Mais ne la dénonce pas non plus.

Callan me regarde.

— Qu'est-ce que tu en penses ?

Je me frotte la nuque et me renfrogne.

— Je pense qu'il est probable que mon père soit déjà au courant. Il voulait probablement que je le découvre par moi-même pour me tester. Test que j'ai raté.

La lueur de Callan disparaît, et il pose sa grande main sur mon épaule.

— Ne sois pas trop dur avec toi-même. Elle a passé sa vie à tromper les gens.

— Pourquoi l'as-tu ramenée ? Marcus demande.

— Elle avait besoin d'aide, dit-il, comme si cela expliquait tout.

— Jonah devait connaître la vérité sur elle, dis-je. C'est pourquoi il voulait la garder loin de l'école. Il avait peur que si elle venait ici, quelqu'un découvre ce qu'elle était vraiment.

— Oui, il a dit que c'était pour sa sécurité, ajoute Marcus. Maintenant, nous savons pourquoi. Mais comment se connaissent-ils ?

— C'est ce que nous devons découvrir, mais elle joue l'in-nocente. J'arriverai à lui faire avouer un jour ou l'autre.

— Jonah veut manifestement qu'elle soit en sécurité, dit Marcus. Cela signifie que nous devrions la garder ici et la protéger.

— Je ne suis pas d'accord, dit Callan. Jonah nous a fait promettre de l'emmener loin de l'école. Nous devons tenir notre promesse, d'autant plus maintenant que nous sommes conscients du danger qu'elle court.

Marcus montre du doigt le fameux bar.

— Elle est en danger là-bas aussi ! Tu as vu ces démons ce soir.

— Alors nous allons trouver un endroit sûr pour la cacher, dit Callan. Nous avons assez d'argent à nous trois pour qu'elle ait une belle vie sans être dans le besoin, au moins jusqu'au retour de Jonas.

— Je ne pense pas qu'elle sera d'accord avec ça, je dis. La meilleure chose que nous puissions faire pour l'instant est de la garder près de nous et d'essayer de découvrir ce qu'elle cache d'autre. Ensuite, nous pourrons décider de la marche à suivre.

— Bien, dit Callan. Je fais confiance à ton jugement. Mais nous ne pouvons pas non plus oublier notre promesse à Jonas.

— Nous ne l'oublierons pas.

— Je vais la ramener à sa chambre, dit Marcus, ses ailes se déployant. Peut-être que j'arriverai à la soulager un peu plus aussi.

Je lève un sourcil vers lui.

— Tu sais ce dont elle a besoin pour guérir ?

Il me fait un sourire arrogant.

— Si c'est ce qu'elle veut de moi, je serai plus qu'heureux de la contenter.

Il ne comprend pas du tout la gravité de la situation. Un coup comme ça entre deux portes ne va pas suffire.

— De ce que je sais des Lilims, elle était vraiment affamée ce soir. Elle ne s'est probablement pas assez nourrie les rares fois où elle a fait l'école buissonnière. Elle aura besoin de se nourrir plus souvent ou elle continuera de s'affaiblir.

— Se nourrir ? demande Callan. Genre avec le sexe ?

— Exactement.

— Je vais m'en occuper, dit Marcus.

Je secoue la tête.

— Une seule personne ne suffira pas. Je vais devoir coucher avec elle aussi.

La mâchoire de Marcus s'effondre.

— Toi ?

J'agite la main avec dédain.

— Ne t'inquiète pas. Je ne le ferai que par nécessité pour la garder en bonne santé et en sécurité, dans le cadre de notre promesse à Jonas. Je n'ai aucun sentiment pour elle, c'est complètement absurde.

Marcus se détend un peu et rit.

— Bien sûr que tu n'en as pas. Tu es aussi froid que la glace. Le sexe avec Olivia sera comme une transaction commerciale pour toi.

Sa désinvolture m'agace, d'autant plus que je me souviens de mon baiser avec Olivia. J'ai vraiment ressenti quelque chose à ce moment-là, même si je ne l'admettais jamais.

— Ce serait encore mieux si tous les trois nous lui fournissions de quoi se repaître.

Je regarde Callan avec insistance.

— Les succubes doivent se nourrir de plusieurs personnes au risque de blesser leur proie s'ils se remplissent que d'une personne.

— Pas question, grogne-t-il. Je ne toucherai pas un démon.

— Bien, Marcus et moi allons nous en occuper. On est bien plus forts que les humains, et on pourra s'en occuper plus tard si ça devient un problème.

— En supposant qu'elle soit d'accord avec cet arrangement, dit Marcus.

Je repense à la sensation de ses lèvres sur les miennes et à la façon dont son corps s'est moulé contre moi. Je sais qu'elle a embrassé Marcus aussi, je l'ai vu à la caméra. D'une certaine manière, je ne pense pas que cela lui posera un quelconque problème.

— Elle le sera.

37

OLIVIA

Alors que les garçons sont partis discuter de mon sort je ne sais où, je me traîne hors du canapé et me ressaisis. Je suis encore faible et affamée, mais je ne vais pas rester assise ici à attendre mon jugement.

Je sors mes ailes noires et brillantes, et je m'élance du clocher. Je suis encore couverte du sang de la lame de ce démon, et la seule chose que je veux, c'est prendre une bonne douche chaude. Puis je commencerai à préparer mon sac. Juste au cas où j'aurais besoin de m'enfuir rapidement.

Lorsque Marcus arrive sur mon balcon, je ne porte qu'une robe de chambre et je me brosse les cheveux. Je le laisse entrer avec précaution.

— Que s'est-il passé ? demandé-je.

— Nous avons décidé de ne parler de toi à personne, dit Marcus.

Mes épaules s'affaissent de soulagement.

— Merci.

— Nous avons également décidé que nous devions t'aider

avec ton problème de succube. Enfin, Bastien et moi le ferons. Callan n'est pas fan de l'idée.

Je lève les sourcils.

— C'est vrai ?

— Tant que tu es d'accord avec ça.

Il tend la main et caresse ma joue.

- Je comprends pourquoi tu m'as repoussé après notre baiser. Mais tu n'auras plus à le faire.

Je prends sa main et la serre.

— Alors tu sais que je ne peux pas non plus avoir une vraie relation. On peut faire l'amour, mais c'est tout ce que ça peut être.

— Je prendrai tout ce que tu me laisseras obtenir de toi.

Ses mains entourent ma taille et il me tire contre sa poitrine dure. Sa bouche trouve la mienne, et son baiser me rend instantanément plus forte. Je l'attrape par le col et le rapproche de moi, tandis que ses lèvres et sa langue font des choses folles avec les miennes.

Mais ensuite, j'ai une idée, et je me recule pour lever les yeux vers lui.

— Tu es d'accord pour me partager avec Bastien ?

Son pouce passe le long de ma lèvre tandis qu'il me regarde.

— Je n'aime pas l'idée, mais de ce que j'ai appris en classe des études sur les démons, tu dois te nourrir de plusieurs personnes, non ?

— Je le fais. Si tu étais humain, je ne pourrais me nourrir de toi qu'une seule fois sans te tuer, mais je peux me nourrir plusieurs fois de surnaturels sans trop les épuiser.

Enfin, c'est ce qu'on m'a dit. Je n'ai jamais testé cette théorie.

— C'est là que nous intervenons. Bastien et moi sommes

les fils d'Archanges. Nous sommes plus forts que la plupart des surnaturels. À nous deux, on saura te satisfaire.

Il me fait un sourire aguicheur qui me donne envie de lui arracher ses vêtements immédiatement.

— En plus, je préfère que tu te nourrisses de nous plutôt que d'inconnus.

Je n'arrive pas à croire qu'ils soient tous les deux d'accord sur le sujet, mais je suis tellement affamée et soulagée que je ne peux pas me permettre de dire non. Peut-être bien que ces deux-là pourraient me rassasier sans problème. On ne le saura jamais si on n'essaie pas, de toute façon.

Ses lèvres descendent jusqu'à mon cou.

— Nous allons bien prendre soin de toi. Je te le promets.

Dans ses bras forts et protecteurs, j'ai envie de croire à ce fantasme, ne serait-ce que pour quelques minutes. Il attrape l'attache de ma robe de chambre et tire lentement dessus, laissant le tissu éponge qui recouvre mon corps nu s'ouvrir. Ses yeux sombres me scannent de haut en bas avec un plaisir évident, et la luxure qui émane de lui est si forte que mon côté succube s'emballe.

— Putain, tu es magnifique.

Il attrape sa chemise et la soulève, puis la jette sur le côté. Je me lèche les lèvres à la vue de ses pectoraux musclés, comme une sorte de bête vorace. Il sourit à ma réaction.

— Bastien a dit que tu t'es affamée.

— Je ne voulais pas me faire prendre.

— Alors ce soir, tu vas avoir droit à un repas en cinq services. Il ouvre son jean et le fait glisser sans hésiter. Son boxer noir ensuite, et nous sommes tous les deux nus comme des vers. La taille et la forme de la queue de Marcus sont la perfection absolue. J'en ai touché tellement dans ma vie, et la sienne est l'une des plus belles que j'ai vues. Longue, épaisse et délicieuse.

Je fais un pas en avant et pose mes mains sur sa poitrine, incapable de m'arrêter. Je presse mon visage dans son cou et le respire.

— Marcus, j'ai envie de toi maintenant, s'il te plaît. Je ne peux plus retenir ma faim.

— Prends tout ce que tu désires.

Je le pousse sur le lit et monte sur ses genoux, ne perdant pas de temps pour m'enfouir sur son érection. Je crie quand il me remplit, et il est comme un paradis en moi. Son énergie sexuelle me frappe comme un éclair. Il grogne et saisit mes fesses pour me tirer plus près, mais il me laisse mener le jeu. En faisant onduler mes hanches, je le chevauche vite et fort, en nous positionnant de façon à ce que le bout de sa queue frappe mon point stratégique chaque fois que j'appuie dessus. Cela fait si longtemps que je n'ai pas couché avec quelqu'un que j'aime vraiment – depuis Kassiel en fait – et c'est incroyable comme c'est différent. On pourrait penser qu'après avoir couché avec tant de personnes, on s'en lasse, mais c'est comme si je faisais l'amour pour la première fois… sauf que c'est avec quelqu'un qui sait exactement ce qu'il fait.

J'arrive à la plénitude très vite et je crie lorsque j'atteins le point de rupture, sa puissance jaillissant. Je m'effondre sur son torse nu alors qu'il se soulève. Il se déplace pour m'embrasser, mais s'arrête juste avant que nos lèvres se rencontrent.

— Whaouh. Tes yeux.

Je me recule et je mets mes mains sur eux.

— Je suis désolée.

— Non, non.

Il enlève mes mains de mon visage.

- Ne sois pas désolée.

Il embrasse mes paupières avec le plus doux des contacts, effleurant ses lèvres contre elles, légères comme des plumes. Je respire et ouvre les yeux.

— Ils ne te dérangent pas ?

Marcus saisit mes hanches.

— Au contraire. Ils sont plutôt sexy.

Je ne peux pas m'empêcher de rire.

— Oh, donc tu es fétichiste des démons.

— On dirait bien. Il sourit. Ou peut-être que j'ai juste un faible pour le démon Olivia.

— Merci. Je me sens beaucoup mieux maintenant. Se nourrir de toi est... intense.

L'énergie de Marcus est assez forte pour que je puisse passer des semaines sans me nourrir à nouveau, comme lorsque j'ai couché avec Kassiel. Leur énergie a un goût différent, cependant. Peut-être parce que Marcus est un Malakim et que Kassiel est... En fait, je ne suis pas sûre de quel chœur Kassiel fait partie, mais c'est peut-être la raison. Marcus et Kassiel sont les deux seuls anges dont je me suis nourrie, mais il semblerait que je vais bientôt goûter Bastien, alors je pourrai voir s'il existe une différence. Je doute d'avoir une autre chance avec Kassiel, malheureusement.

— Nous n'avons pas encore fini.

Marcus sourit et me soulève, puis me tourne et plante mon dos sur le lit. Il n'a pas encore joui, et je suis prête à ce qu'il me pénètre à nouveau pour que nous soyons comblés tous les deux, mais il a autre chose en tête.

— Comme je l'ai dit, ça va être un repas à cinq plats. C'est l'heure du deuxième service.

— Qu'est-ce que... commencé-je, mais ensuite il écarte mes jambes et plonge sa tête en leur milieu. Sa langue commence à me faire des choses pécheresses, des choses que j'ai rarement faites auparavant. En général, je vais directement au sexe pour en finir le plus vite possible, et je n'ai pas le temps pour les préliminaires. De plus, la plupart des hommes que je drague n'en ont rien à faire de s'assurer que je sois satisfaite. Marcus, par contre, c'est un homme, un vrai, qui sait ce qu'il fait et qui aime s'assurer que sa femme est très satisfaite. Alors que sa bouche et sa langue m'amènent à de nouveaux sommets, je comprends pourquoi il est si populaire auprès des dames du campus.

Je crie et j'enfonce mes mains dans ses cheveux alors qu'il fait de la magie sur mon clitoris, puis il glisse deux doigts en moi et me fait jouir encore une fois. Deux orgasmes en une nuit ? Je suis une fille chanceuse.

Mais il n'a pas encore terminé.

Je suis étourdie par le plaisir quand il relève la tête et me sourit.

— Tu as un goût délicieux. Je pourrais parcourir ton corps de haut en bas toute la nuit.

— Je ne vais certainement pas t'en empêcher, dis-je en riant. Mais je pense qu'il est temps que tu jouisses aussi.

— Ah vraiment ? demande-t-il en remontant lentement le long de mon corps.

Je hoche la tête.

— Pour me nourrir pleinement, j'ai besoin que tu aies un orgasme aussi.

Ses yeux brillent de désir alors que sa queue frôle mon entrée.

— Eh bien, je ne peux pas te laisser inassouvie, n'est-ce pas ?

Il est encore imbibé de mon plaisir, son entrée est rapide et dure. J'en ai le souffle coupé quand son membre me remplit, et puis il impose un rythme implacable en plongeant et replongeant en moi. C'est exactement ce dont j'ai besoin, et je me cambre pour répondre à chacune de ses poussées. Il me prend la bouche pendant qu'il me pénètre fort, et c'est à la fois intime et sale. J'en savoure chaque seconde.

Un nouvel orgasme se développe, et nous jouissons ensemble, criant en même temps qu'il enfonce son sexe en moi plus fort qu'avant. Il se soulève sur ses bras et me regarde, sous lui, alors que nous respirons tous les deux lourdement.

— Putain, c'était bon. Mais on a encore deux rounds à faire, alors je vais m'assurer que tu es bien assouvie.

Je ris.

— On devrait faire une pause, non ?

— Pas question.

Il se retire de moi, me retourne, et me pénètre par-derrière, la queue déjà dure à nouveau.

— Une endurance d'ange, bébé. Je peux tenir toute la nuit.

Et il le fait. Nous avons fini par avoir plus de cinq services, jusqu'à ce que je sois si pleine que j'ai l'impression d'avoir mangé un repas de Thanksgiving et que j'en doive déboutonner mon jean. Je le mets finalement dehors juste avant l'aube pour que nous puissions tous les deux dormir un peu, mais c'est difficile. Je veux qu'il reste. C'est nouveau.

À part ce moment avec Kassiel, je n'ai jamais eu autant envie de me retourner et de faire un câlin à quelqu'un. Mais je dois refouler cette envie, et ça me perturbe. Ce n'est pas une relation. Je ne peux pas en avoir une. C'est juste du sexe. Une très, très bonne partie de sexe.

En espérant que ce soit régulier.

38

OLIVIA

Un coup à la porte me réveille.

— Tu descends pour le petit-déjeuner, Liv ? me demande Araceli en ouvrant ma porte et claquant des doigts alors que je me redresse. Hey. Tu as faim ?

— Oui, bafouillé-je. Suis affamée.

Et j'ai soif. Bien que physiquement, je me sente comme si je pouvais voler d'ici à New York. L'énergie sexuelle de Marcus crépite en moi, et je ne me suis jamais sentie aussi... puissante. Je suis encore plus excitée à l'idée de me nourrir de Bastien, quand viendra le moment.

J'utilise la salle de bain et passe un peigne dans mes cheveux avant de mettre ma tenue de sport et de sortir pour rejoindre Araceli. Pas le temps de prendre une douche.

La cafétéria est bondée. Nous subissons une de ces vagues de chaleur californiennes, et même à 8 heures du matin, il fait déjà très chaud, même pour un ange. Tout le monde veut s'asseoir dans la cafétéria fraîche et climatisée au lieu de manger dehors. Il ne reste qu'une seule table de libre dans toute la pièce, alors nous prenons notre nourriture et nous nous précipitons vers elle, posant nos fesses avant que quelqu'un d'autre puisse la réclamer. Quelques secondes plus tard, trois plateaux sont posés en face de nous.

Mon instinct me dit ce que mes yeux n'ont pas encore vu. Je les lève. Et bien sûr, je vois trois magnifiques anges planant au-dessus de moi. Marcus me fait un sourire complice, ses cheveux noirs encore en désordre depuis la veille, tandis que Bastien me fixe avec des yeux un peu moins froids, mais toujours aussi inqui-siteurs. Et Callan ? Il me regarde fixement, comme s'il voulait enrouler ses grandes mains autour de mon cou et le serrer.

— Merde, souffle Araceli. Désolée, on peut manger ailleurs.

Elle commence à se lever, mais je secoue la tête et fixe les princes.

— Je ne me souviens pas vous avoir invité à vous asseoir avec nous. De plus, je pensais que vous ne mangiez jamais ici.

— Ce sont les trois dernières chaises de tout le campus, comme tu peux le constater.

Bastien s'assied en premier, à ma droite, Marcus de l'autre côté de moi, et Callan en face, à côté d'Araceli, qui s'éloigne subtilement de lui.

— Nous voulions voir comment tu allais ce matin, dit Marcus, avec une lueur coquine dans l'œil. Tu te sens bien reposée ?

— Je vais bien, merci.

— Tu as l'air en meilleure forme, dit Bastien.

Araceli nous regarde l'air confus.

— J'ai croisé les garçons hier après avoir eu un accrochage avec Tanwen, lui expliqué-je. Ce n'était rien.

— D'accord, dit-elle lentement, mais je ne pense pas qu'elle gobe mon mensonge.

L'atmosphère qui règne pendant le reste du petit-déjeuner est très inconfortable. Marcus n'arrête pas de me faire des sourires et de me toucher légèrement le bras ou la main, Bastien me regarde comme si j'étais la chose la plus fascinante qu'il ait jamais vue, et Callan jette sa nourriture dans la bouche en me regardant fixement tout le temps.

— Bon, aussi amusant que ce soit, c'est l'heure d'aller en cours.

Je me lève et je prends mon plateau. Araceli pousse un soupir de soulagement et me suit.

— Je suppose que nous te verrons là-bas, Callan.

Il grogne alors que nous nous éloignons. J'ai l'impression qu'il ne me laissera pas de répit lors de l'entraînement au combat aujourd'hui. Et Tanwen ? Je ne sais pas non plus où nous en sommes après notre conversation.

Dès que nous sommes dehors, nous transpirons instantanément sous la chaleur, Araceli se retourne vers moi.

— C'était quoi cette histoire ?

Je hausse les épaules.

— Je ne sais pas. C'est bizarre qu'ils se soient assis avec nous.

— Sans blague. Et Marcus te mangeait du regard. En plus, la nuit dernière, j'ai entendu des bruits venant de ta chambre et sa voix. Vous êtes ensemble maintenant ?

— Non, pas du tout.

— Mais vous avez carrément baisé.

J'hésite. Elle est ma colocataire, et les murs ne sont pas épais. J'ai entendu tout ce qu'elle et Darel ont fait ensemble, ça, c'est sûr.

— Oui, c'est vrai.

— Alors pourquoi ne sortez-vous pas ensemble ? Marcus

est sexy et gentil, pour un prince en tout cas, et visiblement tu l'intéresses.

— C'est... compliqué. Je ne cherche pas quelque chose de sérieux pour le moment. C'est juste un « sex-friend ».

Araceli grogne.

— Un sex-friend. Oui bien sûr.

— Sérieusement.

— OK, Liv. Crois ce que tu veux.

Elle met son sac sur son épaule et commence à descendre le chemin.

— Allons-y.

Nous nous dirigeons vers l'entraînement au combat, qui est le cours le moins apprécié par Araceli depuis la mort de Darel. Pendant longtemps, elle l'a complètement séché, mais Hilda est venue dans notre chambre et lui a parlé, et elle a accepté d'y retourner. Je pense que ça l'a aidée à évacuer son chagrin et sa colère... et ce, généralement sur moi. Je suis devenue sa partenaire régulière, ce qui m'a au moins sauvée de maints passages à tabac de Tanwen.

Tanwen et l'une des autres Valkyries s'entraînent, et elle me fait un petit signe de tête lorsque je me déplace vers le tapis. Je suppose que nous sommes en trêve maintenant.

— Olivia, tu es avec Callan aujourd'hui, m'annonce le Professeur Hilda. Nous devons te mettre à niveau.

Callan se dispute avec Hilda à voix basse, mais elle secoue la tête. Il se renfrogne, avant de se diriger vers moi.

— Jusqu'à ce que tu sois capable de montrer au moins un minimum de capacité à te défendre, nous allons travailler ensemble.

— Je ne me suis pas trop mal débrouillée l'autre soir, dis-je à voix basse.

— Tu as été poignardée. Par une arme infusée de l'obscurité des enfers. Comment ça « pas trop mal » ?

Je m'énerve.

— C'est quoi une arme à infusion noire de toute façon ?

— C'est une arme faite par les elfes pour blesser les anges. Il y en a aussi qui sont infusées de lumière et qui font des dégâts supplémentaires aux démons.

— Super, marmonné-je. Je suis probablement sensible aux deux.

Callan me regarde lentement de haut en bas, comme s'il essayait de décider quoi faire de moi. Il est hors de question que je lui facilite la tâche, alors j'incline une hanche et je respire profondément pour que mes seins poussent très légèrement contre ma chemise.

— Tu vois quelque chose qui te plaît ?

Je mets une pincée de magnétisme dans ma voix, une bonne touche quand on séduit quelqu'un ouvertement. L'astuce est d'être séduisante sans que la cible réalise que vous essayez de l'exciter. Ça doit sembler naturel et sans effort. Je pourrais juste lui envoyer un peu de ma magie de succube, mais où serait le plaisir dans tout ça ?

— Tu n'es pas mon type, grogne-t-il.

Menteur, menteur, pantalon en feu.

Le désir émanant de Callan est suffisant pour réveiller mon côté succube. Même en sachant que je suis en partie démon, il me désire toujours – seulement, il ne veut pas l'admettre.

— Mets tes mains ici, dit Callan, en soulevant mes bras au niveau du coude. Ses doigts sur ma peau font jaillir des éclairs de feu le long de mon corps, ce qui rend très difficile de tenir mes bras exactement là où il les veut. Il est tout aussi affecté par la situation, car il lâche mes bras aussi vite qu'il le peut.

— Maintenant, quand je bouge vers toi, mets tes bras ici.

En me montrant la meilleure façon de dévier son attaque, j'essaie d'être attentive. Ce n'est pas tâche facile.

On fait les mouvements plusieurs fois au ralenti, jusqu'à ce que Callan dise :

— Cette fois, je viens vers toi à toute vitesse. Tu es prête ?

— Je ne pense pas que les méchants me préviendraient de leur attaque.

Il saisit mon sous-entendu et se précipite sur moi. En lançant mes mains en l'air au bon moment, je suis stupéfaite de le voir se retourner par-dessus mon épaule alors que je me tords et m'enroule.

— Beau travail, dit Callan.

Puis il réalise qu'il me félicite, et son visage s'assombrit.

- Il était temps.

Se levant d'un bond plus vite que je ne peux le suivre des yeux, il remet ses vêtements en place et fonce sur moi sans prévenir cette fois. Je l'évite, attrape son bras et me retourne, le faisant basculer à nouveau. J'aurais aimé apprendre ce mouvement avant de combattre les démons l'autre nuit. Un éclair de fierté traverse son visage, juste une seconde, puis il redevient dur. J'entends des applaudissements dans le gymnase et je détourne mon regard de Callan pour voir le professeur Hilda et Araceli applaudir. Même Tanwen me fait un petit signe de tête.

— Bon travail, appelle Hilda à travers le gymnase. Entraîne-toi pendant le reste du cours.

Je me tourne triomphalement vers Callan qui me fixe d'un regard impassible, mais les émotions qui se dégagent de lui trahissent ses pensées. Il pense à me faire des choses qui n'incluent pas que je le fasse basculer par-dessus mes épaules. Il se précipite à nouveau sur moi sans prévenir, et cette fois je ne bouge pas assez vite.

Je touche le sol et je lève les yeux vers lui sans aucun souffle dans mes poumons. Il me surplombe, mortel et beau, et je grimace.

— Tu voulais juste me mettre sur le dos, n'est-ce pas ?

Il grogne et se détache rapidement de moi.

— Non, je m'attendais à ce que tu te battes avec moi. Je suppose que j'aurais dû me douter que tu en serais incapable.

Peu importe. J'ai quand même réussi à le retourner par deux fois, même s'il m'a eu la troisième fois. Pendant le reste du cours, il m'a eue deux fois de plus, mais je l'ai encore basculé trois fois. Et même si vers la fin, j'étais de plus en plus épuisée, je suis triomphante, si l'on compte les points ! Si ces démons s'en prennent encore à moi, j'ai un autre moyen pour me défendre, grâce à Callan. Il s'avère que c'est un assez bon professeur, quand il ne se conduit pas comme un connard. Peut-être qu'il va continuer sur cette lancée.

— Merci pour ton aide.

— C'est mon travail.

Il me fixe d'un regard dur.

- Tu en as visiblement bien besoin pour arriver à te défendre convenablement.

Je roule les yeux et je sors. Ah ben non, c'est toujours un connard.

39

OLIVIA

Dès que les Princes me portent de l'intérêt, toute l'école le remarque. Les chuchotements et les regards bizarres cessent, et tous deviennent très gentils avec moi et Araceli. D'un coup, les parias deviennent les étudiantes cool du campus, et pour cela il ne nous faut que deux types surprotecteurs qui me suivent H24. Ils nous invitent même toutes les deux à monter dans le clocher, et je me retrouve à étudier là-haut dès que je le peux.

Alors que l'été laisse place à l'automne, le match de football contre les Elfes arrive, mais Araceli n'est pas prête à y aller après ce qui est arrivé à Darel. J'y échappe pour lui tenir compagnie et regarder des films en mangeant des pizzas, même si je meurs d'envie de voir un elfe de sang pur en personne. Un elfe pourrait être la clé pour retrouver mon frère, mais ce n'est pas comme si je pouvais simplement aller en voir un et lui demander s'il l'a vu. Je doute fort que j'apprenne quoi que ce soit, et Araceli est plus importante.

C'est quand même dommage que je ne puisse pas regarder Callan courir dans ce pantalon moulant. J'attends toujours des nouvelles de l'Ordre du Trône d'Or au sujet de la prochaine réunion, mais jusqu'à présent ils sont restés silencieux. J'ai hâte de confirmer ma théorie sur Jonah, ou de découvrir un ou deux autres membres de l'Ordre, mais pour l'instant, je ne peux qu'attendre.

Nous regardons le dernier X-men sur le canapé quand Mystique prend la forme d'un politicien, et je souris et me tourne vers Araceli pour lui parler de mon frère. Puis je me souviens qu'elle ne sait pas qu'il est mon frère, et le mentionner maintenant ne semble pas être le meilleur moment. Pas quand elle met le volume de la télé de plus en plus fort pour couvrir les acclamations du match à l'extérieur.

Mais mon esprit vagabonde, et je ne peux m'empêcher de me rappeler la dernière fois que je l'ai vu.

Toc, toc, toc.

Jonah volait devant ma fenêtre, comme il l'avait fait la première fois que nous nous étions rencontrés, sauf qu'il était beaucoup plus grand maintenant. J'avais ouvert la fenêtre et ri.

— Que fais-tu ici ?

— Je suis venu te voir, évidemment.

— Tu es trop grand pour passer par la fenêtre. Passe par la porte d'entrée comme une personne normale.

— Oh, d'accord.

Il s'était rendu invisible en flottant vers le sol. J'avais attendu quelques minutes, puis il avait frappé à la porte de mon appartement. Je m'étais jetée à son cou incapable de m'en empêcher. Je ne l'avais pas revu depuis des mois, pas depuis qu'il m'avait parlé de Grace. Il passait tout son temps à l'Académie Seraphim désormais.

— Eh bien, dit-il, surpris par ma rare démonstration d'affection. Tu m'as manqué aussi.

— Désolée, ça a été une dure journée.

— Dure ? Comment ça ?

— Oh, les trucs habituels. Des gens bizarres au bar. Et tout ce que j'ai eu, c'est une carte de Mère et un mot de Père disant qu'il viendrait bientôt m'apprendre à utiliser mes pouvoirs angéliques.

— Désolé, mais je suis là maintenant, alors que la fête commence.

Il portait un sac à provisions marron, et il en sortit une bouteille de champagne.

— Joyeux anniversaire, Liv !

Je me suis mis à rire.

— Merci !

— As-tu déjà eu tes ailes ?

— Non, pas encore.

— Je suis sûr que tu les auras bientôt. J'ai entendu dire que la plupart ne les ont pas avant deux semaines. Hé, j'ai quelque chose pour toi.

Il avait fouillé dans le sac et m'avait tendu un mug rose sur lequel était écrit « Je suis un putain d'ange ».

— Ce n'est pas grand-chose, mais j'ai pensé que c'était parfait pour toi !

J'avais serré le mug en souriant.

— Waouh, Père va détester ça.

— C'est exactement pour cette raison que je l'ai acheté. Avec une grande boîte de ton café préféré.

— Je l'adore. Merci.

Je l'avais encore une fois serré fort dans mes bras. Il avait débouché le champagne, on s'était assis sur mon lit et on avait trinqué à mon 21e anniversaire. Puis je lui avais posé des questions sur l'école et il m'avait mise au courant de certaines choses, comme le fait qu'il voyait toujours Grace, et qu'il avait étudié les elfes.

— Il y a quelque chose que je dois te montrer aussi, avait-il dit en s'asseyant. Regarde ce truc que j'ai appris à faire.

Alors que je regardais, sa peau semblait scintiller et s'unir avec la lumière, puis son apparence avait peu à peu changé, jusqu'à ce qu'il ressemble exactement à Père. J'avais eu un sursaut de surprise.

— Quoi… comment ? C'est un pouvoir Ishim ? Père n'en a jamais parlé.

— Non, me répond-il, et même sa voix ressemblait à celle de notre père.

Ça m'avait donné la chair de poule.

— Tu sais que Père a des pouvoirs spéciaux parce que c'est un Archange ? Il s'avère que j'en ai un aussi, je peux changer mon apparence comme je veux. C'est plus facile de copier quelqu'un que j'ai déjà vu et entendu, mais j'expérimente encore la chose.

— Waouh, c'est incroyable. Est-ce que les autres le savent ?

— Seulement Grace et mes amis.

— Fais attention. Avec un tel pouvoir, tout le monde voudra que tu sois leur espion.

— Ne t'inquiète pas pour moi.

Il avait fait une pause pendant une seconde, puis froncé les sourcils.

- Bien qu'il se passe quelque chose à l'école.

— Qu'est-ce que tu veux dire ?

Son visage s'était assombri, chose inhabituelle chez lui.

— Je ne suis pas sûr, mais je pense que c'est bien que tu n'ailles pas dans cette école.

— Pourquoi donc ?

— Ils ne sont pas franchement fans des démons là-bas, pour commencer.

Il avait regardé au loin, et je pouvais voir que quelque chose le troublait, mais ensuite il s'était tourné vers moi et avait souri.

— Mais je m'inquiète sans doute pour rien. Buvons un peu plus de champagne.

Il devait parler de l'Ordre à ce moment-là. Il savait que cela n'augurait rien de bon, et était content que je ne sois pas présente à l'école pour y être impliquée.

On est presque à mon 22e anniversaire maintenant, et tout ce que je souhaite c'est le retrouver. Je suis proche, je peux le sentir.

———

— Tu as de nouveau faim, n'est-ce pas ? me demande Bastien.

Cela fait des semaines que je n'ai pas fait l'amour avec Marcus, et même s'il a laissé entendre à plusieurs reprises qu'il voulait recommencer, je refuse toujours. Pas parce que je ne veux pas de lui, mais parce que j'ai peur de ce qui pourrait lui arriver si nous faisons l'amour une deuxième fois. Je n'ai jamais tenté l'expérience auparavant, et même si je pense qu'il s'en sortira, je ne veux pas lui faire de mal.

— Comment peux-tu le savoir ? lui demandé-je.

Nous sommes dans une de nos sessions de bibliothèque de l'après-midi, bien que depuis qu'il a découvert ma vraie nature, il a renoncé à découvrir mon Chœur et me questionne plus sur mon côté succube. Ce type est implacable, et je dois faire très attention à ce que je dis en sa présence, surtout depuis qu'il n'arrête pas de parler de Jonas.

— Tu es plus distraite que d'habitude et ton regard est un peu sauvage. Sans compter que tu n'arrêtes pas de regarder mon cou comme si tu voulais le mordre.

— Je ne suis pas ce genre de démon.

Mais il a raison, et je déteste qu'il puisse lire en moi comme dans un livre ouvert. Et puis, personne ne m'a jamais étudiée d'aussi près que Bastien. C'est une sorte d'honneur d'avoir quelqu'un qui se concentre autant sur moi. Il est à la limite de l'obsession.

— Non, mais les vampires et les Lilims partagent de nombreuses similitudes. La faim, par exemple.

Il se lève et commence à fermer les stores, même si la bibliothèque est plutôt vide.

— Tu as besoin de te nourrir.

— Mais Marcus...

— Pas sur Marcus.

Il finit de descendre les stores, et se déplace pour s'asseoir sur le bord de la table en face de moi, me forçant à lever les yeux vers lui.

— Sur moi.

Je déglutis. Je ne peux pas dire que je ne suis pas tentée, surtout après notre baiser, et Marcus a dit qu'il était d'accord, mais j'hésite encore.

— Tu es sûr ?

Il commence à déboutonner sa chemise lentement, et je me délecte de chaque centimètre de peau qu'il révèle.

— Oui. Mais ne prends pas ça pour autre chose que ce que c'est – un arrangement commercial. Je n'ai pas de sentiments pour toi. Je ne veux pas sortir avec toi. C'est juste du sexe, et je le fais seulement parce que ça doit être fait. Compris ?

Mes yeux se ferment sur lui.

— Je suis d'accord. Je ne ressens rien pour toi non plus.

— Excellent. Allons-y alors.

Je ne peux pas m'en empêcher. Je tends la main et la fais glisser le long de son torse, appréciant les muscles puissants qui s'y trouvent. Il n'est pas aussi grand que Callan ou débordant de sex-appeal naturel comme Marcus, mais sa mâchoire pointue demande à s'en délecter. Alors, je le fais. Dans notre salle de bibliothèque privée, je mordille la mâchoire de Bastien et j'ai du mal à contenir mon désir lorsqu'il fait le tour du bureau et me soulève par les fesses. Enroulant mes jambes autour de lui, je presse ma bouche contre la sienne. Il m'embrasse goulûment, comme l'autre fois, et il est tellement expert avec sa langue que je me demande ce qu'il pourrait faire d'autre avec.

Il me fait asseoir sur le bureau, ses doigts s'enfonçant dans mes fesses alors qu'il se tient devant le bureau. Pressant son aine contre la mienne, il grimace, provoquant une délicieuse friction. Ce n'est pas assez et trop lent. Je suis soudain affamée de son corps, et je ne suis pas sûre que ce soit juste une faim de succube.

— Plus. Maintenant.

Le repoussant dans une démonstration de force qui le surprend, à en juger par son regard, j'attrape la boucle de sa ceinture et l'ouvre. J'ai de l'expérience dans le déshabillage d'un homme, et je sors son sexe en quelques secondes. J'en ai l'eau à la bouche. J'ai envie de la goûter, mais je pense que cela pourrait rompre la partie « juste du sexe » de notre arrangement.

Mais Bastien ne se contente pas de me laisser faire, il me pousse vers le bas. Mon dos heurte le bureau avec un coup sec, puis il m'arrache mes chaussures plates et fait descendre mon jean le long de mes jambes. Ma culotte glisse ensuite, puis il me traîne le long du bureau jusqu'à ce que mes fesses soient au bord de celui-ci, et il m'écarte largement les cuisses. Ses doigts glissent entre mes jambes, et il me trouve toute mouillée. Un sourire malicieux passe sur ses lèvres lorsqu'il sent à quel point je suis chaude pour lui, et j'en ai assez de son regard arrogant. Ou peut-être que ça m'excite encore plus, je ne suis pas sûre. Quoi qu'il en soit, je m'avance plus et attrape son érection, la positionnant de sorte que mon sexe humide glisse sur sa longueur avec facilité. Il me remplit complètement, assez grand pour me donner un peu plus de largesse, ce qui est délicieux.

Je suis allongée sur le bureau et il se tient au-dessus de moi, me regardant de son regard impénétrable. La première fois qu'il bouge en moi, je suis haletante. Bastien est excellent dans tout ce qu'il fait, et je peux déjà dire qu'il ne va pas me décevoir dans ce domaine non plus. Il se retire de moi presque complètement jusqu'à la base de son sexe, puis glisse à nouveau avec une telle douceur que j'en gémis. Il me touche au plus profond avec une précision d'expert, et je suis tentée de le toucher, mais je m'accroche au bureau à la place. J'ai toujours ma chemise, son pantalon noir pend toujours de ses fesses, et tout dans cette rencontre indique qu'il s'agit juste de tirer un coup, à l'exception de la sensation incroyable que cela me procure.

Il commence à bouger de plus en plus vite et de plus en plus fort, s'enfonçant en moi encore et encore, et je ne peux pas m'empêcher d'émettre des sons. Je me demande si des bibliothécaires ou d'autres étudiants vont nous entendre, et je décide que je n'en ai que faire pour l'instant.

Je pense qu'il va me faire jouir sans me toucher du tout, mais ses doigts plongent entre nous pour trouver mon clitoris. Avec le doigté d'un maître, il m'emmène vers de nouveaux sommets, même s'il me remplit déjà. De son autre main, il se glisse sous ma chemise et commence à me pincer les tétons, comme s'il ne pouvait s'en empêcher.

Je ne peux pas m'en empêcher non plus, et j'enroule mes jambes autour de Bastien pour me nourrir de lui. Avec ses doigts et son membre qui me caressent, je hurle mon orgasme, et une seconde plus tard, c'est à son tour. Ses yeux se ferment et son visage change, perdant son extérieur froid pendant une seconde, alors qu'il pulse en moi. En partageant son orgasme avec le mien, je me nourris du dernier petit bout d'énergie sexuelle qu'il a et cela nous achève tous les deux.

À peine fini, il se retire de moi et se détourne, replaçant son sexe dans son pantalon.

— J'espère que cela te rassasiera pendant un moment.

Il est de nouveau détaché. C'était rapide. Pendant ce temps, je suis toujours haletante sur le bureau, mes jambes nues pendent au bord du bureau, avec ma chemise remontée sur mes seins. Je réussis à m'asseoir et à lisser mes cheveux au moins.

— Oui. Merci.

Il reboutonne sa chemise, sans me regarder. Je me demande pourquoi. A-t-il peur que je voie un soupçon d'émotion dans ses yeux froids ? Ou bien de ressentir quelque chose en me regardant ?

— Je t'en prie.

Il sort de la pièce sans un mot de plus, et je dois ramasser mes vêtements toute seule. Il a beau essayer de ne pas être affecté, je peux dire que je commence à faire fondre sa carapace dure et froide.

40

KASSIEL

Cela fait une heure que j'attends sur le banc qu'Olivia arrive. Cela fait un moment qu'elle ne m'a pas rendu visite au bord du lac, et je commençais à penser qu'elle ne viendrait plus. Quand elle s'assoit enfin à côté de moi, je suis soulagé. Je la vois tous les jours de la semaine en classe, mais c'est différent, car nous n'y avons pas vraiment d'interaction. J'en suis venu à apprécier ces conversations tranquilles que nous avons ici, et je me suis senti presque vide lorsqu'elle a manqué quelques-unes d'entre elles. S'il n'y avait pas ce déséquilibre de pouvoir entre nous, je pourrais même nous considérer comme amis maintenant.

— Je ne t'ai pas vue ici depuis un moment, dis-je en l'étudiant de près.

— Désolée, j'ai été assez occupée.

— J'ai cru comprendre.

Pour une fois, elle ressemble à un succube rassasié. Ses cheveux sont plus brillants, ses lèvres plus pulpeuses, ses yeux plus scintillants. Même ses seins semblent plus fermes. Olivia est toujours belle, mais maintenant elle est carrément éblouissante... et je suis soudain envahi par l'envie de savoir qu'elle est comme ça parce qu'elle s'est nourrie régulièrement sur d'autres élèves.

— Tu as passé beaucoup de temps avec les Princes.

Ses sourcils s'élèvent.

— Tu es au courant ?

J'ai un petit sourire en coin.

— Oui, nous, les professeurs, remarquons ces choses, et Hilda et Raziel adorent les ragots. C'est bon de te voir en meilleure santé. Je craignais que tu ne te nourrisses pas assez avant, dis-je en prenant une voix plus sérieuse.

J'attends qu'elle nie les faits, mais elle laisse échapper une longue inspiration, et je sens qu'elle en a fini avec ce jeu.

— Merci. Ça a été un défi de se nourrir depuis que je suis arrivée ici, mais ça va mieux maintenant.

Je soupire, sachant qu'elle a passé des mois à se battre pendant que je ne faisais rien. Je me sens comme un vrai con, mais je ne pouvais pas risquer de me faire prendre.

— J'aurais aimé pouvoir t'aider avec ce souci.

Elle écarquille les yeux devant moi.

— Tu aurais aimé ?

Je ne peux pas m'empêcher de tendre le bras et de toucher sa joue, en caressant sa peau douce.

— Je n'ai jamais cessé de te désirer depuis cette nuit. Si ce n'était pas interdit, tu viendrais encore dans mon lit. De nombreuses fois.

Elle presse sa main contre la mienne, la portant à son visage.

— Ça me plairait.

Je déglutis et retire ma main avant de la basculer sur l'herbe et de m'occuper d'elle.

— Peut-être une fois que tu auras fini l'école. Il ne reste

que deux ans. Ce n'est rien pour des gens comme nous qui ont une telle espérance de vie.

Elle acquiesce, son visage est déçu.

— Peut-être.

Nous nous asseyons à nouveau dans un silence gênant alors que nous luttons contre la tension sexuelle entre nous, jusqu'à ce qu'elle demande :

— Ça veut dire que je peux coucher avec un ange plusieurs fois sans le blesser ?

— Oui, bien sûr. Tu n'es pas le premier succube avec qui j'ai été.

— Vraiment ?

Maintenant, elle semble intriguée.

— Je suis sur cette terre depuis bien longtemps, dis-je rapidement, en espérant qu'elle ne creuse pas plus loin. De plus, les Princes seront très forts puisqu'ils ont du sang d'Archange. Ils ne seront pas aussi affaiblis quand tu prendras leur énergie.

— C'est bon à savoir.

— Savent-ils ce que tu es ? l'interrogé-je.

— Oui, ils l'ont découvert.

— Tu es sûre que tu peux leur faire confiance ?

— Non, pas vraiment. Je ne suis pas sûre de pouvoir te faire confiance non plus, d'ailleurs.

— C'est probablement une bonne chose. Mais... sois prudente. Si on apprend ce que tu es, les anges et les démons voudront te contrôler. Ou ils voudront te tuer.

Elle déglutit et acquiesce.

— Je vais essayer.

Je me rapproche et serre sa main.

— Je ferai tout ce que je peux pour te protéger aussi. Je te le jure.

Elle me fait un sourire à m'en couper le souffle.

— Merci, Kassiel. Pouvoir te parler de tout ça m'a vraiment beaucoup aidée. Je suis contente que tu sois entré dans mon bar il y a un an.

— Moi aussi.

Je lui caresse les cheveux doucement, juste une fois, puis je me lève. Je suis si près de l'embrasser, il faut que je m'éloigne d'elle. Résister à un succube en plein pouvoir est difficile, surtout un que j'aime autant qu'Olivia.

— Je dois y aller. Bonne chance pour ton examen demain.

Elle gémit.

— Ne m'en parle pas !

Avec un flash de mes ailes noires et argentées, je me retrouve dans les airs, et je vole jusqu'à ma chambre. Comme les dortoirs des étudiants, elle possède un balcon pour que je puisse y atterrir et entrer sans avoir à passer par le reste du bâtiment. J'ai délibérément laissé la porte déverrouillée, puisque je savais que je reviendrais ici.

Mais quand j'entre, je vois que j'ai eu de la visite pendant mon absence, et une enveloppe en ivoire m'attend sur mon lit. À l'intérieur se trouve une invitation à la troisième épreuve pour entrer dans l'Ordre du Trône d'Or. Ce sera pendant la mi-temps du match de championnat de football contre les démons, que j'avais prévu de manquer de toute façon.

Enfin. Père attendait des nouvelles de ma mission d'infiltration de l'Ordre du Trône d'Or, et cela faisait des lustres que je n'avais rien à rapporter. Maintenant, tout ce que j'ai à faire est de passer cette troisième épreuve, et je serai accepté. Je pourrai alors découvrir ce qu'ils préparent vraiment... et voir s'ils représentent une menace.

41

OLIVIA

C'est difficile à croire, mais l'année scolaire est presque terminée. C'est aussi le 13 novembre, et c'est mon anniversaire. Je n'avais pas prévu d'en faire toute une histoire, puisque cela me rappelle surtout que cela fait un an que je n'ai pas vu Jonas, mais Araceli s'est acharnée. C'est la première fois qu'elle est excitée par quelque chose depuis la mort de Darel, alors j'ai cédé. Et quand Marcus a su que c'était mon anniversaire, c'est devenu un truc.

Pratiquement la moitié de l'école a été invitée au clocher ce soir. Je pense que les gens sont plus excités de voir le repaire des Princes que de fêter mon anniversaire, mais cela ne me dérange pas. Mes anniversaires se résument généralement à Jonah et moi, alors c'est un changement agréable d'être entouré d'amis.

— Vous voilà ! s'exclame Cyrus, alors que lui et Grace se frayent un chemin à travers la foule jusqu'à moi.

— Je ne t'ai pas vu depuis des lustres. Est-ce que tu nous évites, ou les Princes ont-ils monopolisé tout ton temps ? interroge Grace.

— Aucun des deux, mens-je.

Je les évite totalement depuis que j'ai découvert que Cyrus était dans l'Ordre, et je parierais de l'argent que Grace fait de même.

— J'ai juste été occupée à étudier pour les examens. J'ai commencé si ignorante par rapport à tous les autres, et je veux être sûre de bien faire.

— Tu vas bien t'en sortir, dit Grace. Tiens, on t'a pris un petit quelque chose pour ta prochaine année à la Seraphim Academy.

Elle me tend un petit sac cadeau, et je fouille à l'intérieur jusqu'à ce que je trouve un joli agenda quotidien neuf pour l'année prochaine, rose et noir, avec des bords argentés.

— Merci, je vais vraiment l'utiliser.

D'autant plus que le précédent a été détruit avec ma chambre. Attendez... est-ce qu'ils pourraient être au courant de ça ? L'Ordre était-il derrière tout ça ? Peut-être un autre test, ou une tentative de découvrir si je suis loyale... Je ne sais pas. Mais maintenant, je suis encore plus suspicieuse envers Grace et Cyrus.

— On ouvre déjà les cadeaux ? demande Araceli, rebondissant vers nous avec son habituelle lumière intérieure. Ouvre le mien ensuite !

Elle me tend une petite boîte enveloppée d'or, et je lui fais un grand sourire avant de l'ouvrir. À l'intérieur se trouve un bracelet à breloques en argent avec des ailes d'ange. Ma gorge se serre devant ce beau cadeau, et une fois de plus, je me sens mal de l'avoir trompée. Je vais lui dire à la fin de l'année scolaire. Je le fais.

— Je l'adore.

Je lui fais un gros câlin.

— Merci.

— Ce n'est rien pour la meilleure colocataire du monde.

— Cet honneur te revient de droit, dis-je, alors que la culpabilité s'accumule encore plus. Tu m'as organisé cette fête et tout.

— Non, j'ai eu l'idée de la fête. Les Princes ont fait tout ça.

Elle me donne un coup de coude.

— Tu devrais aller danser avec Marcus.

Je jette un coup d'œil vers lui, il est appuyé contre le mur et boit une bière, tandis que d'autres viennent lui parler, comme s'il faisait la cour à toutes ses admiratrices. Je déteste l'admettre, mais je suis devenue l'un d'entre eux. Marcus est assez génial, une fois que vous passez outre son côté arrogant.

Les autres princes sont une autre histoire. Bastien et Callan se tiennent dans un autre coin, regardant fixement quiconque ose s'approcher. Callan me déteste toujours, plus que jamais maintenant, mais il est étrangement protecteur envers moi aussi et a travaillé dur pour s'assurer que je puisse me défendre durant l'entraînement au combat. Ma situation avec Bastien est encore plus confuse. Il ne me déteste pas, mais il ne semble pas non plus m'apprécier beaucoup, même s'il veut aussi m'aider à sa façon. Mais le sexe est bon, il y a au moins ça.

Je me dirige vers Marcus quand il est seul, et il sourit en me voyant, puis passe un bras autour de ma taille.

— Tu t'amuses ? demande-t-il en me rapprochant.

— Bien sûr, réponds-je.

Les grandes fêtes ne sont pas vraiment mon truc, mais c'était gentil de la part de Marcus de faire ça pour moi.

— Hum. Tu veux sortir d'ici, n'est-ce pas ?

— Peut-être, dis-je en riant. Suis-je si évidente ?

— Viens, allons dans ma chambre. J'ai un cadeau pour toi là-bas.

— Il est dans ton pantalon ? demandé-je en haussant un sourcil.

Il me fait un sourire malicieux.

— Ce n'est pas de ça que je parle, mais tu peux aussi l'avoir.

On s'envole du balcon ensemble, et certaines personnes de la fête nous applaudissent. Je suppose que ce n'est pas un secret que je couche avec Marcus maintenant. Je parie que les gens seraient surpris s'ils savaient que je me tape aussi Bastien.

Marcus atterrit sur son balcon avec un bruit sourd, et je m'installe à côté de lui. Nous nous glissons à l'intérieur de son dortoir, et je me souviens du moment où je me suis introduit dans cet endroit pour enquêter au début de l'année scolaire. Je jette un coup d'œil rapide à la porte de Jonas, puis je détourne le regard.

Marcus me tend une boîte emballée dans du papier recouvert de ballons, et je l'ouvre. À l'intérieur, il y a une tasse à café avec un petit diable dessiné dessus et les mots « *Coffee friend* ». Je le regarde fixement, me demandant s'il connaissait ma tasse d'ange d'une manière ou d'une autre, mais il n'a jamais visité ma chambre avant qu'elle ne soit détruite. Est-ce une coïncidence qu'il m'ait offert un cadeau aussi similaire à celui de Jonah ? Ou était-il impliqué dans la destruction de ma chambre ?

— Je n'ai jamais rencontré quelqu'un qui aime le café comme toi, alors j'ai trouvé ça drôle, dit-il en se frottant l'arrière du cou. Si c'est trop fort, je peux t'offrir autre chose.

Il a l'air si sincère que je pose le mug et l'embrasse.

— C'est parfait. Merci.

Le câlin se transforme en baiser, et Marcus est affamé lorsqu'il presse ses lèvres contre les miennes. Nous ne nous sommes pas embrassés comme ça depuis la fois où nous avons fait l'amour, et même si je n'ai pas encore besoin de me nourrir, je ne peux m'empêcher de me délecter de ce qu'il me donne. Marcus dégage un sex-appeal que même une nonne ne pourrait refuser, et pour une succube comme moi, c'est comme un bonbon.

« Je n'ai pas besoin de me nourrir ce soir », lui dis-je, lui offrant une porte de sortie.

« Bien, rétorque Marcus, en retirant sa chemise. Alors ce sera juste pour le plaisir.

Du sexe pour le plaisir ? C'est un concept nouveau pour moi. Je le faisais pour vivre, et parfois j'aimais ça, mais le faire juste parce que... c'est nouveau. Je ne me plains pas pour autant. De plus, je suis rassurée sur le fait que Marcus ira bien après ma discussion avec Kassiel.

Je tends la main et la passe sur la poitrine ciselée de Marcus. Il n'est pas aussi énorme que Callan, mais il est quand même plus musclé que la plupart des garçons avec qui je suis allée, et j'ai envie de le lécher partout. Merde.

Je porte une petite robe fluide avec des bretelles spaghetti et un cardigan. Pendant que Marcus et moi nous embrassons, le cardigan tombe par terre, puis il pousse mes bretelles spaghetti de mes épaules. Sa bouche y va ensuite, déposant des baisers sur la peau nue, tandis qu'il tire ma robe vers le bas et révèle mes seins. La robe tombe, et j'ouvre son jean en même temps, puis le descends.

Ses mains s'enroulent autour de moi, me tirent vers lui et pressent mes seins nus contre sa poitrine alors qu'il s'approche pour un autre baiser. Il tire sur nos hanches ensemble, et le désir fait rage en moi, puissant et impérieux.

Et pour une fois, ce n'est pas mon côté succube qui a faim de sexe.

Marcus s'avance, nous rapprochant de son lit, et je le suis de plein gré. Il me laisse tomber en arrière, et fait glisser ma culotte le long de mes jambes pour que je puisse l'enlever.

Je glisse sur le lit, j'écarte les jambes et je fais glisser mes mains sur mon ventre et autour de mon sexe. J'arque le dos et gémis. Je suis tellement excitée que mon contact suffit à me rendre trempée.

La forte inspiration de Marcus me pousse à le regarder. Il a son boxer à moitié descendu sur ses jambes, mais il est figé, les yeux rivés sur mes mains qui tournent autour de mon pubis.

— Ouvre-toi, ordonne-t-il.

Je souris et fais ce qu'il dit, heureuse de le taquiner de cette façon. Ce n'est pas vraiment une taquinerie, parce qu'il se débarrasse de son boxer et tombe sur moi, fourrant son visage entre mes jambes.

Écartant mes lèvres pour lui donner le meilleur accès, je crie lorsqu'il aspire mon clitoris dans sa bouche. Mon premier orgasme s'abat sur moi rapidement, me transformant en un gémissement désordonné. Alors que je reviens à la réalité, Marcus glisse deux doigts à l'intérieur, touchant le point parfait comme s'il l'avait fait des centaines de fois juste pour moi. Au lieu de s'estomper, l'orgasme continue, comme si j'étais sur une planche de surf, profitant de chaque centi-mètre de la vague.

Il se sert de ses dents pour exercer une pression plus forte sur mon nerf sensible tandis qu'il caresse sans relâche le point en moi qui me rend folle. En gémissant, voire en criant, le même orgasme se construit à nouveau, de plus en plus haut. Je suis presque certaine qu'à ce stade, je crie et grogne, mais je ne peux pas en être sûre. J'ai perdu tout sens des convenances. Non pas que j'en avais tant que ça au départ, mais quand même.

La bouche et les doigts de Marcus me laissent en plein milieu de mon plaisir insensé, mais son érection s'enfonce en moi avec une force qui me fait grimper sur le lit. Il rejette mes jambes en arrière, mettant ses mains sur l'arrière de mes genoux pour plier mon corps en deux. Cela signifie que son membre continue de frapper cet endroit, cet endroit incroyable, envoyé du ciel, chaque fois qu'il me pénètre.

Son rythme incessant fait que mon orgasme continue, et chaque fois qu'il s'enfonce, les bruits que je fais sont tronqués alors que mon souffle me quitte précipitamment. Je passe mes mains au-dessus de ma tête, saisissant la tête de lit en bois. Si je ne m'accroche pas, je vais glisser sur le lit jusqu'à ce que ma tête rebondisse dessus.

Il n'a pas fini. Son rythme féroce continue d'entraîner ce qui doit être le plus long orgasme de ma vie. Ce n'est pas le plus intense, mais je ne suis pas sûre que ça s'arrête un jour. Il est sur le point de jouir, car ses poussées deviennent plus sauvages et plus erratiques tandis que la tête de lit cogne contre le mur.

Il termine avec un grognement et un murmure de mon nom, avant de s'effondrer sur moi. En prenant soin de ne pas m'étouffer, il se redresse sur ses coudes et sourit.

— Joyeux anniversaire, Liv.

— C'était... waouh.

Je n'ai jamais complimenté un homme sur sa performance dans ma vie. C'est une nuit de premières. Je ne suis pas sûr de ce que je ressens à ce sujet.

— Maintenant, lâche-moi.

Il part d'un petit rire et dépose un baiser sur ma joue avant de se redresser. « Tu veux passer la nuit ici ?

— Tu sais que je ne peux pas.

Il caresse ma cuisse d'une manière taquine.

— Je ne vois pas pourquoi tu ne pourrais pas.

Merde, il s'attache beaucoup trop à moi. Il va penser qu'on sort vraiment ensemble, et les choses vont devenir... compliquées.

— Je dois y aller, dis-je en me levant et en ramassant ma culotte sur le sol.

Il soupire, mais hoche la tête.

— Fais-moi savoir quand tu auras besoin de le refaire.

— On verra. Je ne veux pas te surmener.

Il me fait un sourire.

— L'endurance d'un ange, tu te souviens ?

Je ramasse ma robe et la passe sur ma tête. Ce n'est pas son endurance qui m'inquiète, mais son cœur. Comment savoir s'il tient vraiment à moi ou si c'est un effet secondaire de mes pouvoirs de succube ? Les anges peuvent-ils résister à l'attrait ? Il y a tant de choses que je ne sais toujours pas. Où est Mère quand j'ai besoin d'elle ?

Quand je sors sur le balcon, Marcus attrape ma main et essaie de m'arrêter.

— Reste.

— Je ne peux pas.

Il presse un baiser désespéré contre mes lèvres, ce qui ne fait que confirmer que je dois partir.

— C'est bizarre que tu partes.

— Non. Ce serait bizarre si je restais.

Je me retire et me jette du balcon, le laissant derrière moi.

OLIVIA

Le jour du match de championnat de football contre les démons arrive, et je me prépare à ce qui va suivre. Après ma dernière discussion avec Kassiel, je suis rentrée au dortoir pour y trouver une invitation à la troisième épreuve, et je suis nerveuse à l'idée du prochain « défi » qui nous sera demandé. Ça ne sera sans doute pas une partie facile. Mais en même temps, je suis également excitée. Jonah a disparu après ce jeu l'année dernière, et je suis si près du but. Je dois juste passer ce dernier test.

Quand j'arrive sur le terrain, je vois qu'il est deux fois plus rempli que lors du précédent match auquel j'ai assisté. Araceli a choisi de rester derrière encore une fois, et j'en suis heureuse. Il va se passer quelque chose ce soir, l'air froid est électrisé par la tension qu'il règne. Je frissonne et remonte mon sweat à capuche sur ma tête.

Grace se place à côté de moi.

— C'est excitant, n'est-ce pas ?

Je hoche la tête.

— Je n'ai jamais vu autant d'anges.

Elle sourit en regardant à travers le terrain.

— Imagine la puissance réunie dans ce seul stade.

Je tourne mon attention vers l'autre côté des gradins. Des démons de toutes formes et de toutes tailles, dont l'apparence n'est pas vraiment différente de celle des anges, remplissent les gradins.

— Il y a trois fois plus de démons qu'avant.

— C'est normal pour le match de championnat. Cyrus nous a réservé des sièges à l'avant.

On se fraye un chemin dans les tribunes, en zigzaguant parmi les gens. Je repère un visage familier dans la foule et la mâchoire m'en tombe. Je dois rapidement me ressaisir, car mon père me heurte accidentellement à dessein.

— Excusez-moi, dit-il en posant une main sur mon bras pour me stabiliser.

— Pas de problème.

Je le regarde du coin de l'œil, car il marche dans la même direction que moi, ce qui semble être une coïncidence.

— Tu vas bien ? demande-t-il dans son souffle.

— Aussi bien que possible, murmuré-je.

— Tu as dit quelque chose ?

Grace se tourne vers moi alors qu'elle marche devant moi.

— Juste que je voudrais un verre.

Elle glousse.

— Je vais nous en chercher. Trouve Cyrus. Il est par là.

Je hoche la tête, et elle s'en va, me laissant debout à côté de mon père.

— Tu as hâte de voir le match ?

Il ne me regarde pas quand il me parle, et je ne réponds pas.

— Mon fils était dans l'équipe l'an dernier.

— Oh ? Mais pas cette année ?

Je fais semblant d'être intéressée par l'histoire de l'étranger.

— Malheureusement, non.

Sa voix est lourde de chagrin. Il me regarde pour la première fois.

— Tu as l'air en forme, dit-il à voix basse, en bonne santé.

Il me fait signe de le suivre, et nous passons derrière les toilettes provisoires qui ont été installées. Une vague de magie se dégage de lui, et il plie la lumière autour de nous deux pour nous rendre invisibles, ainsi que tout ce que nous disons.

— Est-ce que tu manges assez ?

— Tu t'inquiètes de ça maintenant ? Où étais-tu le reste de l'année ?

— Je cherchais Jonas. Ne t'inquiète pas, j'avais des gens qui gardaient un œil sur toi ici, donc je savais que tu étais en sécurité.

Ils ne font pas du très bon travail, puisqu'ils ne semblent pas être au courant des démons qui m'attaquent.

— Y a-t-il eu des progrès avec Jonah ?

Il se renfrogne.

— Non. Le Conseil des archanges a officiellement classé l'affaire.

Cette nouvelle que personne de la hiérarchie ne recherche plus mon frère me rend furieuse. Comment peut-il les laisser arrêter de chercher ? Jonah est son seul fils et son seul enfant légitime.

— C'est une bonne chose que je sois toujours à sa recherche alors.

— Tu as trouvé quelque chose ?

— Je ne sais pas encore. Je pense qu'il pourrait être à l'Éthérée.

Le père secoue la tête.

— J'ai déjà parlé avec la Haute Cour des Elfes, et personne ne l'a vu.

— Cela ne veut pas dire qu'il n'y est pas. S'il y a quelqu'un qui peut se cacher d'eux, c'est bien Jonah.

– Peut-être. Il n'a pas l'air convaincu. Tu devrais déjà abandonner cette chasse, Olivia. Ça va seulement t'attirer des ennuis.

— Je n'abandonnerai pas tant que je n'aurai pas trouvé Jonah.

Il se pince l'arête du nez.

— Pourquoi continues-tu avec cette folie ? Essaies-tu de me punir ?

— J'essaie simplement de retrouver mon frère.

— Nous savons tous les deux que ça n'arrivera pas, et que tu ne feras que t'attirer des ennuis dans la manœuvre. À la fin de l'année scolaire, il vaut mieux que tu quittes cet endroit et que tu n'y reviennes jamais.

Waouh. Je ne peux même pas lui répondre. Il ne croit pas du tout en moi. Qu'est-ce que ça doit être que d'avoir un parent fier de vous ?

Je ne le saurai jamais.

— Je dois partir. Ne me suis pas.

En me détournant de lui, je contourne les toilettes mobiles et me fais remarquer en laissant sa magie derrière moi. Il n'a pas intérêt à me suivre. Je vais foutre en l'air toute l'opération. Je suis tellement en colère.

Je m'assois entre Grace et Cyrus.

— Désolée, problèmes d'estomac, expliqué-je.

— Besoin d'un Malakim ?

— Nah, ça va aller.

Je prends la bière que Grace m'a offerte alors que les

équipes se précipitent sur le terrain. Mes yeux se concentrent immédiatement sur Callan et son cul impressionnant.

— En plus, le match va commencer.

———

À la mi-temps, j'utilise la même excuse à propos de mon estomac, et je dis à Grace et Cyrus que je retourne dans ma chambre pour qu'Araceli me soigne. C'est facile de les convaincre, et je suis sûre que c'est parce qu'ils ont aussi besoin de s'éclipser. Je fais semblant de retourner à mon dortoir, mais je deviens invisible et me glisse dans les bois. Je sors ma robe et mon masque de mon sac et les enfile, avant de redevenir visible et de me diriger vers le lieu de rendez-vous. Nous ne sommes que cinq en robes blanches ce soir. Je suppose que deux personnes ont soit échoué à la dernière épreuve, soit décidé de ne pas y aller, comme Araceli. Je me demande combien il en restera après l'épreuve de ce soir, quelle qu'elle soit. Je déglutis difficilement pendant que nous attendons.

Qu'a dû faire Jonah pour devenir lui-même un membre ? Je suis presque heureuse de ne pas le savoir. Les initiés à la robe dorée apparaissent, mais ils semblent moins nombreux que la dernière fois. Je parie que certains d'entre eux sont encore au match de football.

— Suivez-nous, dit le chef couronné, de sa voix brouillée.

Ils marchent dans la même direction que lorsque je les ai suivis la dernière fois. Quand ils s'arrêtent près du rocher, l'un d'eux se tourne vers nous et tend à chacun un bandeau.

— Mettez-le par-dessus votre masque. Nous saurons si vous trichez pour regarder au travers.

L'un d'entre eux doit être un Ofanim. Peut-être Cyrus. Je

suis contente de porter le collier, même si je n'ai pas besoin de regarder. Je sais où nous allons. Juste pour être sûre, je mets le bandeau correctement, tandis que les autres initiés font de même. Puis on nous dit d'attendre, et j'entends le rocher bouger. Si je ne savais pas déjà ce que c'est, je ne saurais pas quoi faire. Quelqu'un prend mon bras et me conduit dans le long couloir, et d'après ses ongles qui s'enfoncent dans ma peau, je suppose que cette main est féminine. Les initiés sont tous conduits vers la caverne principale, puis nous nous arrêtons. J'attends qu'ils nous enlèvent le bandeau, mais ils ne le font pas.

— Toutes nos félicitations pour avoir atteint la troisième épreuve, dit le chef. Vous allez tous être emmenés dans une autre pièce, un par un, où on vous donnera votre tâche. Si vous échouez, vous serez escortés hors d'ici. Si vous réussissez, vous serez initiés à l'Ordre à la fin de l'année. Ne nous décevez pas.

— Vous d'abord, dit quelqu'un à ma gauche.

J'entends le bruit d'un mouvement, alors que la personne à côté de moi est emmenée. Le reste d'entre nous doit attendre, les yeux toujours bandés. Après environ cinq minutes, nous entendons des cris étouffés.

Mon estomac se tord. Je ne sais pas si c'est l'autre initié qui crie, ou quelqu'un d'autre. C'est quoi cette troisième épreuve ? Pour la première fois, je me demande si je serais vraiment capable de le faire ou pas.

Un par un, les autres initiés sont conduits dans cette autre chambre, et on entend d'autres bruits terribles. À un moment, je crois entendre un bruit de forage. C'est alors qu'un des autres initiés se retourne et essaie de s'enfuir, puis crie :

— Laissez-moi sortir !

La personne est escortée hors de la grotte, il n'en reste plus que quatre.

Je suis la dernière à être envoyée à l'intérieur. Lorsque la porte se referme sur moi avec un lourd bruit sourd, mon bandeau est enlevé par un initié à la robe dorée. Derrière lui se trouve un homme attaché à une chaise au milieu de la pièce. Il est couvert de sang et sa tête s'affaisse en avant. Il lui manque quelques doigts, et je recule instantanément.

— Que se passe-t-il ? demandé-je, en réprimant mes cris à l'intérieur de moi-même.

— Ce démon est une abomination, dit la personne à la robe dorée.

— Qui est-il ? Qu'a-t-il fait ?

— Il n'est personne. Une personne sans importance qui regarde les jeux. Est-ce primordial ? C'est un démon. Tu vas le torturer jusqu'à ce qu'il te donne des informations utiles à l'Ordre. Si tu reviens sans infos, tu ne seras pas initiée à l'Ordre.

Le démon est bâillonné et parvient à nous regarder de ses yeux furieux. Merde. Que faire ? Je ne peux tout de même pas torturer quelqu'un ! Je suis une personne pacifique, et je veux bien m'améliorer en tant que guerrière, mais certainement pas en tant que tortionnaire. En plus, le pauvre gars a l'air d'avoir déjà assez souffert.

— Nous viendrons vous chercher lorsque votre temps sera écoulé, dit la personne à la robe dorée, puis elle quitte la pièce en claquant la porte.

De l'autre côté de la petite pièce se trouve une table avec un candélabre et une myriade d'instruments de torture. Je m'approche et les examine, surtout pour me donner le temps de réfléchir, et je vois toutes sortes de terribles objets tordus et pointus, dont beaucoup sont déjà couverts de sang. Y compris la perceuse. Je détourne les yeux pour m'empêcher d'étouffer.

Je regarde autour de la pièce, à la recherche d'une caméra ou d'un appareil d'enregistrement, mais je ne vois rien, et je ne pense pas que les murs de pierre humides puissent camoufler quoi que ce soit. Je sors mon téléphone portable et j'utilise la lampe de poche pour m'en assurer. C'est à peu près la seule utilité qu'il a ici, pas de réception du tout.

J'envisage d'utiliser mes pouvoirs de succube afin que ce type me confesse quelque chose, mais je ne suis pas sûre que cela fonctionnerait sur ce démon. Impossible de dire ce qu'il est en le regardant. Comme les anges, les démons ressemblent tous à des humains, jusqu'à ce qu'ils utilisent leurs pouvoirs.

Prenant ma décision, je m'agenouille devant lui et chuchote, juste au cas où quelqu'un écouterait d'une manière ou d'une autre.

— Je vais vous faire sortir d'ici. Je vous le promets. Mais ce sera donnant-donnant.

Il essaie de parler par-dessus son bâillon, alors je le retire avec précaution.

— Conneries, dit-il. Vous essayez juste de me piéger.

— Pas du tout, je vous le promets.

— Pourquoi m'aideriez-vous ?

— Parce que je suis comme vous.

J'espérais ne pas en arriver là, mais c'est le seul moyen pour qu'il me fasse confiance. J'enlève mon masque, puis je me penche et touche son bras. Ce faisant, je laisse mon pouvoir émerger et faire ressortir son désir pour moi. C'était là, juste un tout petit peu, et c'est suffisant pour l'activer et le nourrir. Alors que je le fais, mes yeux deviennent noirs. Il sursaute quand il les voit.

— Un succube ! Comment est-ce possible ? chuchote-t-il.

— Je suis en train d'infiltrer l'école pour découvrir ce qu'ils font aux démons ici. Je vous aiderai comme je peux, mais je suis en mission directe avec Lucifer, et je ne peux pas griller ma couverture.

— Non, j'ai entendu cette ruse avant ce soir. Je ne tomberai pas dans le panneau.

— Vous... quoi ?

— Le truc d'espionner pour Lucifer.

Il roule les yeux.

— Le gars avant vous a dit la même chose.

Whoa. C'est... inattendu. Y a-t-il un autre démon infiltré dans l'école ?

Je commence à m'énerver.

— Bien, ne me croyez pas. Je vais devoir vous torturer, je suppose.

Il m'étudie pendant un long moment, puis acquiesce.

— Je vous crois. Libérez-moi, et je vous dirai ce que vous voulez savoir. Des choses bien juteuses, des choses que je n'ai même pas dites à vos congénères qui sont venus avant vous.

J'hésite. Ça pourrait être un piège, mais je ne peux pas non plus laisser ce démon rester ici. Je suis sûre à 99 % qu'ils le tueront quand j'en aurai fini avec lui.

— D'accord, mais on doit faire croire que vous m'avez maîtrisée et que vous vous êtes échappé.

— Je suis un vampire. Ce ne sera pas un problème.

C'est une mauvaise idée, j'en suis sûre, mais quel autre choix ai-je ? Je vérifie les liens qui le retiennent, et je remarque qu'ils sont imprégnés de lumière. Pas étonnant qu'il n'ait pas pu s'échapper. Je trouve un couteau sur la table de torture qui brille quand je le ramasse, et j'espère que ça va marcher. Et s'il me cherche, je peux toujours le poignarder avec. Je sais de première main ce que ces armes imprégnées peuvent faire.

Je cisaille à travers les cordes, et alors le vampire surgit et m'attrape. J'utilise le mouvement que Callan m'a appris et le renverse par-dessus mon épaule, le faisant tomber au sol.

Je pointe le couteau sur lui.

— Les informations. Maintenant.

Il me sourit, et ses crocs sont sortis. Cet enfoiré allait me mordre.

— Je vais vous dévoiler un vrai secret : vous êtes le succube que tout le monde recherche.

— Pourquoi ?

Et comment ? J'avais été si prudente.

— Il y a des rumeurs sur un succube inconnu dans la région depuis des mois. On a dit à beaucoup d'entre nous d'être à l'affût ce soir. Les Archidémons veulent qu'on vous ramène vivante.

Il sourit encore plus.

— Il y a une belle prime sur votre tête, et j'ai bien l'intention de la toucher.

Comme si j'avais le temps pour cette merde. Sérieusement.

Je baisse la dague lumineuse vers son cou.

— Désolée, mais je suis vraiment en mission ici, et je ne peux pas vous laisser tout gâcher. Maintenant, donnez-moi quelque chose d'utile, et peut-être que je vous laisserai quand même partir.

— C'est tout ce que je sais, désolé. Tout ce que j'ai dit aux autres n'était que mensonges.

Il rit, et c'est un rire fou, du coup je me sens à nouveau mal pour le gars. Ils ont vraiment joué avec lui.

Je recule.

— Allez-y. Sortez d'ici. Mais je ne viens pas avec vous.

Il se lève et se jette sur moi.

Tant pis si j'ai été gentille et essayé de l'aider. Je l'esquive et je roule, puis je me relève et je m'élance, en utilisant d'autres mouvements de l'entraînement au combat. Le vampire pousse un cri à glacer le sang lorsque la dague le transperce, et il recule en trébuchant, se tenant le ventre. Il montre ses crocs et me donne un coup de poing dans le visage, si fort qu'il me fait voler. Saleté de force surnaturelle.

Je heurte durement le côté de la grotte et je tombe au sol. J'ai toujours la dague serrée dans ma main. Tout me fait mal, mais je vais encore taillader cet enfoiré s'il s'approche de moi. Mais au lieu de cela, il ouvre la porte et se précipite dehors, si vite que mes yeux ont du mal à le suivre. Je n'ai aucune idée de la manière dont il va sortir de la grotte, mais ce n'est plus mon problème. Il est tout seul.

Tout me fait mal, mais je parviens à ramper vers l'avant, à saisir mon masque et à le remettre sur mon visage. C'est le chaos à l'extérieur de la pièce et on entend beaucoup de cris alors que le vampire s'échappe. Je reste longtemps assise là, hébétée, et quand le calme revient, quelqu'un en robe dorée court vers moi.

— Tout va bien ?

— Je me suis déjà sentie mieux, dis-je, avec l'étrange voix étouffée de mon masque. S'est-il échappé ?

L'autre personne hoche la tête.

— C'est ce qu'on dirait. Que s'est-il passé ?

— Je le torturais, mais il m'a maîtrisée. Je touche ma tête, qui bat la chamade. Il m'a jeté à travers la pièce.

— Tu as appris quelque chose avant que ça n'arrive ?

Merde. J'ai besoin de quelque chose. Je décide que la vérité est la meilleure option.

— Oui, j'ai appris quelque chose, il y a un démon sur le campus qui infiltre l'école, annoncé-je en utilisant le mur pour m'aider à me relever, bien que chaque mouvement me fasse mal, et que la faim monte en réponse tandis que mon corps tente de se guérir.

— Quoi ? demande l'autre personne, choquée.

— C'est vrai. Je lui ai fait croire que j'allais l'aider à s'échapper, et en échange, il m'a dit ça. Mais ensuite, il s'est vraiment échappé. J'ai quand même réussi à le blesser avec cette dague.

— Bon travail. Cela va le ralentir, et nous devrions être en mesure de le trouver. As-tu besoin d'un guérisseur pour soigner tes blessures ?

— Non, je vais bien, merci.

— Alors, remets ton bandeau, et je vais te faire sortir d'ici.

Je fais ce qu'on me dit, et quand le bras m'attrape à nouveau, je sens les mêmes ongles féminins. On me conduit hors de la grotte et dans la forêt, et je me demande si le vampire s'est enfui. C'était un con, mais j'espère qu'il l'a fait. Sinon, je suis presque sûre qu'on le retrouvera mort demain.

— Tu t'es bien débrouillée ce soir, me chuchote la personne à la robe dorée. Tu recevras bientôt une invitation à l'initiation.

Le bras me relâche, et quand j'enlève le bandeau, elle a disparu et je me retrouve seule dans la forêt.

Je l'ai fait. J'ai passé leur test final. Et je l'ai fait sans perdre mon âme.

OLIVIA

Les démons sont sortis vainqueurs du match de football, et moi j'attends toujours d'entendre parler d'un vampire mort ou torturé, mais il semblerait que l'Ordre et les démons veuillent garder le silence. Je suis paranoïaque à l'idée que les démons sachent que je suis ici, et par conséquent je regarde constamment par-dessus mon épaule ces dernières semaines. De plus, les examens finaux approchent, et je suis tellement occupée à étudier que je n'ai heureusement pas trop le temps de m'inquiéter. À un moment donné de l'année scolaire, j'ai cessé d'être ici uniquement pour Jonah et j'ai commencé à être ici pour moi, et je veux désespérément réussir mes examens.

La nuit avant notre dernier jour d'école, je reçois ma dernière invitation à l'Ordre du Trône d'Or. À minuit, je dois me rendre au point de rencontre habituel, où je serai initiée à l'Ordre. Enfin.

Lorsque j'arrive au lieu désigné, tous les membres en robe d'or sont là. Je pense qu'ils sont tous là, en tout cas. Je me demande lequel est Cyrus, et si Grace et les Princes sont parmi eux aussi.

— Initiés, avancez, dit le chef portant la couronne.

Je fais deux pas en avant avec trois autres personnes. Qui sont-elles ? Peut-être Tanwen ? À part ça, je n'en ai aucune idée. Tout ce que je sais, c'est que je suis contente qu'Araceli ne soit pas l'une d'entre elles. Je me suis assurée qu'elle était endormie dans sa chambre avant de partir.

— Seuls quatre d'entre vous ont été assez forts et loyaux pour passer les trois épreuves et devenir membres à part entière de l'Ordre. Pour votre initiation, nous demandons un dernier test de bravoure, de loyauté et de foi.

Bien sûr. J'aurais dû savoir que ce ne serait pas juste un simple : « voici ta robe dorée, maintenant nous allons te dévoiler tous nos secrets. » Non, ils devaient nous faire faire une dernière chose.

On nous emmène au lac, près de l'endroit où j'ai rencontré Kassiel toutes ces nuits, et puis on s'arrête. Une figure s'avance et place un médaillon plaqué or autour de nos cous respectifs. Une fois que nous en portons tous un, ils se retirent. Je regarde le mien. C'est un trône d'or avec un soleil en arrière-plan.

— Vous porterez cela autour du cou et vous vous laisserez couler dans le lac, dit le chef. Quand vous sortirez, vous renaîtrez en tant que membre de l'Ordre.

Non, ça n'a pas l'air amusant du tout.

Soudain, quelqu'un m'attrape par le bras, et on me fait voler au-dessus du lac... puis on me laisse tomber en plein milieu. Les autres initiés touchent l'eau à une courte distance, et tandis que je tombe, j'essaie de déployer mes ailes, mais je n'y arrive pas. Le médaillon doit l'empêcher. J'aspire autant d'air que possible avant de plonger dans l'eau. Je bats des pieds, mais ma robe m'empêche de nager, et le médaillon semble devenir plus lourd, m'entraînant vers le bas, vers le bas, vers le bas, dans les profondeurs obscures. Grâce à mon côté démoniaque, je vois mieux que les anges, mais cela ne m'aide pas vraiment ici.

Mes pieds touchent le sol et je regarde autour de moi à la recherche de quelque chose pour m'aider, mais il n'y a que l'obscurité. Chaque fois que j'essaie de nager vers le haut, le médaillon m'entraîne vers le bas, et la robe ne fait que m'entraver. Je me bats, je lutte et j'essaie de faire tout ce que je peux pour remonter à la surface, mais sans résultat. Aucune de mes capacités de démon ou d'ange ne peut m'aider. Je ne distingue aucun des autres initiés, et je me demande s'ils vivent la même chose que moi, ou si c'est une sorte de tour spécial qui m'est réservé.

Je ne peux plus retenir mon souffle. La panique s'installe. Je vais mourir ici, et Jonah sera perdu pour toujours.

C'est un test de bravoure et de foi, je me souviens soudain. Suis-je assez courageuse pour mourir ? Pour Jonah, oui. Et ma foi me dit que je le retrouverai, même maintenant. Je laisse mes membres se relâcher et je lâche un dernier souffle d'air. Cela ne sonnera pas la fin, j'en suis sûre.

Au moment où je crois avoir fait une erreur, mon médaillon se met à briller d'une douce lumière. Je glisse soudain vers la surface, comme propulsée par un moteur puissant, et ma tête perce la surface. Je tousse et inspire une énorme bouffée d'air, puis des bras m'attrapent et me ramènent sur la rive. On me laisse tomber sur l'herbe, où je me tourne sur le côté et recrache une tonne d'eau, puis j'essaie de me rappeler comment respirer.

Les autres initiés sont allongés à côté de moi, toussant autant que moi. Nous portons encore tous nos masques.

Encore la magie des médaillons ? D'autres membres de l'Ordre s'approchent et enlèvent les médaillons de nos cous, puis le chef se tient devant nous.

— Vous avez été réincarnés, et êtes désormais membres de l'Ordre du Trône d'Or. Bienvenue, frères et sœurs.

Les membres en robe d'or nous aident à nous lever et nous tapent dans le dos. Ma tête est encore embrumée par la quasi-noyade, mais sous mon masque, un grand sourire se dessine sur mon visage.

On nous emmène autour du lac jusqu'au rocher et on nous montre comment l'ouvrir, puis on nous conduit à l'intérieur de la grotte jusqu'à la grande caverne au fond. Les quatre d'entre nous qui ont réussi se tiennent dans leurs robes blanches trempées au centre de la pièce, tandis que les autres membres forment un demi-cercle derrière nous. On me donne un paquet de robes dorées et un masque assorti.

— Maintenant que vous êtes membres, nous allons passer en revue certaines choses, poursuit le chef. Tout d'abord, vous devez toujours porter vos robes et vos masques lors des réunions. Vous ne devez pas connaître l'identité des autres membres, et ce, jusqu'à ce que vous soyez diplômés, et ils ne doivent pas vous connaître non plus. Les seules exceptions concernent quelques-uns d'entre nous qui avons été choisis pour connaître vos identités.

Sauf que je sais déjà que Cyrus est un membre, et j'ai des soupçons sur quelques autres. Je prévois de continuer à fouiller pour en découvrir d'autres l'année prochaine aussi — surtout s'ils ont quelque chose à voir avec la disparition de Jonah.

— Maintenant que vous avez prouvé votre loyauté et votre dévouement à nos causes, nous allons vous révéler le véritable objectif de l'Ordre et vous donner votre première mission à accomplir pendant les vacances d'hiver. Nous cherchons le Bâton de l'Éternité.

Le Bâton de l'Éternité ? Le truc que Michael et Lucifer ont utilisé pour fermer le Paradis et l'Enfer ? Pourquoi l'Ordre le voudrait-il ?

Le leader répond à ma question sans même que je la pose.

— Une fois que nous aurons trouvé le Bâton, nous prévoyons de l'utiliser pour retourner au Paradis afin de le reconstruire, et d'enfermer les démons en Enfer pour de bon.

Oh, merde. Ça ne présage rien de bon pour moi. Ou pour Mère. Ils peuvent vraiment faire ça ? Espérons que Michael et Lucifer ont caché ce truc à un endroit où personne ne puisse jamais le trouver.

Le leader continue.

— Ces dernières années, nous avons cherché le Bâton, en vain. Nous avons des raisons de croire qu'il est à l'Ethérée, mais les personnes que nous avons envoyées pour le trouver ne sont jamais revenues.

Ça doit être ce qui est arrivé à Jonah ! Je suis pratiquement en train de faire des bonds tellement je suis excitée par cette information. Je savais que je trouverais la vérité une fois que je serais membre... sauf que cela n'a aucun sens. Jonah a dû aller en Ethérée pour chercher le Bâton, et il aurait été capable de se faufiler dans ce royaume mieux que quiconque avec ses compétences de métamorphe. Mais pourquoi voudrait-il le Bâton ? L'Ordre est opposé à tout ce en quoi mon frère croyait. Comme Kassiel, Jonah croyait que nous devions faire la paix avec les démons, sans doute en partie à cause de moi. Il n'aurait jamais voulu trouver le Bâton de l'Éternité et l'utiliser pour chasser tous les démons de la Terre.

Et que lui est-il arrivé une fois à l'Éthérée ? A-t-il trouvé le Bâton ? Ou quelque chose s'est-il horriblement mal passé ?

— Votre mission est d'en apprendre le plus possible sur le Bâton pendant vos vacances d'hiver, y compris où il pourrait être caché. Faites-le sans attirer l'attention autour de vous. Revenez au prochain trimestre avec des informations utiles, et l'Ordre récompensera vos services. Rappelez-vous, lorsque vous serez diplômé de l'Académie Seraphim, nous vous aiderons à trouver des postes importants et puissants dans la communauté. Quel que soit votre rêve, nous pourrons faire en sorte que vous le réalisiez.

Il écarte les bras.

— Vous pouvez y aller.

Nous sortons de la grotte avec des robes dorées dans les bras, et alors que l'air froid de la nuit frappe mes cheveux humides, je me sens renaître... et plus déterminée que jamais à trouver mon frère.

Je n'ai aucune idée de comment aller à l'Ethérée, mais je trouverai bien un moyen.

Je suppose que je suivrai des cours elfiques l'année prochaine.

Les examens finaux commencent demain matin. Mon premier examen sera l'entraînement au combat, où nous devons combattre Callan un par un, en utilisant tous les mouvements que nous avons appris au cours de l'année. Il est évident qu'il y va doucement avec nous, parce qu'aucun d'entre nous ne pourrait le battre dans un vrai combat, pas même Tanwen, mais il nous lance quand même des défis.

Araceli s'en sort très bien, bien qu'elle ait manqué une

bonne partie des cours à l'entraînement au combat, et Tanwen, bien sûr, nous bat tous à plate couture. Cette fille est formidable, je le reconnais.

Je suis la dernière à passer.

Les yeux de Callan se rétrécissent lorsque je m'installe sur le tapis en face de lui. Je ne pense pas qu'il sera coulant avec moi, mais il m'a aussi donné beaucoup de bons conseils ces derniers mois. Il se précipite sur moi, et je réussis à m'écarter de son chemin. Cependant, il revient à la charge et rien ne sert de lutter contre lui, il est bien trop fort. Je passe ma jambe sous lui, le faisant tomber, puis je lui envoie mon coude. Il laisse échapper un grand ouf, avant de rouler hors de mon chemin. Puis, de nouveau sur pied et ce presque instantanément, et il me jette à travers le tapis. Il est sur moi une seconde plus tard, me plaquant au sol, et quand je le regarde dans les yeux, je vois qu'il est aussi excité que moi. Heureusement, il m'a appris à m'en sortir, et j'arrive à lever mon genou pour qu'il me lâche. Je me retourne sur le dos et lui donne un coup de pied dans son si beau visage, sachant qu'il guérira vite de toute façon, et alors qu'il est assommé, je lui en donne un autre dans la poitrine. Il s'écroule, et je gagne.

Hilda a laissé échapper un petit claquement de mains.

— Beau travail, Olivia.

Callan se relève d'un bond, puis se baisse pour m'aider à me relever. Il n'a pas l'air d'avoir mal, même si toute la classe l'a combattu. Le sang d'archange, c'est génial, sérieusement. Je me demande ce que ça ferait de se nourrir de lui. Avec deux parents archanges, je parie qu'il est encore plus puissant que Marcus et Bastien. Miam.

— Bon travail cette année, dit Hilda. Vous avez tous beaucoup progressé. On se voit l'année prochaine.

Nous sortons tous du gymnase, et Araceli et moi épongeons notre sueur, avant de nous préparer à aller passer notre examen de vol, qui se déroule près du lac. Ce devrait être facile après tous les vols que j'ai effectués cette année, bien qu'on attende de nous quelques manœuvres fantaisistes comme des vrilles et des flips. Ces trucs me faisaient peur avant, mais plus maintenant.

— Olivia, dit Callan.

Il me fait signe de le suivre.

— Je te rattrape, dis-je à Araceli.

Il me conduit de l'autre côté du gymnase, où nous nous retrouvons un peu à l'écart des autres. Puis il se retourne vers moi, et me coince contre le mur.

— Tu ne peux pas revenir l'année prochaine.

— Et pourquoi donc ?

— Tu n'es pas en sécurité ici.

— Je n'ai aucun problème, dis-je en essayant de m'éloigner, mais il me pousse à nouveau contre le mur.

— Tu es un démon, grogne-t-il.

– Demi, je lui rappelle.

— Tu n'as rien à faire ici.

Pas encore cette excuse de merde.

— Oh que si ! Je suis aussi à moitié ange, bon sang.

— Je vais te cacher dans un endroit sûr, où aucun ange ou démon ne pourra te trouver. C'est le seul moyen de te protéger.

— Non merci, ça ira !

Il place sa main de chaque côté de ma tête, me plaquant contre le mur.

— Pourquoi es-tu si bornée ?

Je le regarde fixement dans les yeux, le défiant.

— Et toi, pourquoi résistes-tu, alors que tu sais que tu meurs d'envie de me prendre ?

La rage traverse son visage.

— Tu ne sais pas de quoi tu parles.

— Ah non ? plaisanté-je. N'oublie pas que je peux sentir ton désir. Je le sens chaque fois qu'on se bat. Chaque fois que tu me regardes. Et surtout maintenant.

J'enroule mes bras autour de son cou et me presse contre lui.

- Laisse-toi aller, et cela nous facilitera les choses pour tous les deux.

— Le désir que j'éprouve n'est là que parce que tu utilises tes pouvoirs de succube sur moi.

Il m'écarte les bras et me pousse contre le mur. Son visage est tellement en colère, je pense qu'il va exploser.

— Je ne pourrai jamais désirer un démon !

Mais il écrase sa bouche contre la mienne, canalisant toute cette rage en un baiser si intense qu'il m'est impossible de l'arrêter. Il me plaque contre le mur, m'embrasse brutalement, et ça m'excite à un tel point que j'en suis tout de suite mouillée et affamée. Il s'avère que j'aime quand c'est un peu brutal, venant de Callan en tout cas. Je ne peux qu'imaginer à quel point il sera un dominateur au lit, et si ce baiser est un aperçu, alors son énergie va me remplir pendant des siècles.

Je ne me suis pas nourrie après le match de football, mais mon corps a guéri de toute façon, ça m'a juste laissée assez affamée. Maintenant, je me sers d'une partie de son énergie à travers le baiser, et mes yeux deviennent noirs alors qu'il dévore ma bouche comme s'il avait au moins aussi faim de sexe que moi.

Il se recule et aperçoit mes yeux, ce qui le met encore plus en colère. Il s'éloigne en titubant.

— Reste loin de moi, démon.

Il s'en va en marchant tandis que je reste là, étourdie par son pouvoir. Son baiser était assez fort pour apaiser ma faim, pour le moment en tout cas, mais j'ai aussi l'impression de n'avoir eu que quelques bouchées d'un repas que je voulais savourer jusqu'à la dernière miette.

Rester loin de lui ? C'est lui qui m'a coincé et qui m'a embrassé ! Cet homme a du culot.

Je roule les yeux et me ressaisis, puis me dirige vers le cours d'envol où je vais passer mon prochain examen.

44

CALLAN

Avec le goût d'Olivia encore sur mes lèvres, je me dirige vers le clocher et commence à faire les cent pas à mon endroit habituel. J'ai beau avoir tenté de ne plus penser à elle ces dernières semaines, son visage séduisant ne cesse de me hanter. Chaque fois que l'on se dispute, j'ai envie de la plaquer au sol et d'écarter ses jambes pour que ma queue s'y faufile. Et alors que je viens de l'embrasser, il m'a fallu user de tout mon pouvoir pour ne pas la baiser contre le mur.

Pourquoi est-ce que je la désire autant, putain ? Le fils de Michel et Jophiel ne peut pas vouloir d'une demi-démone. Mon père va sortir de sa tombe et me pourchasser si je me mets avec Olivia. Et ma mère ? Elle me renierait probablement si elle le découvrait. Surtout depuis que son premier fils, mon demi-frère Ekariel, a été tué par des démons alors qu'il n'était encore qu'un enfant. Ça s'est passé avant ma naissance, mais quand même. Entre sa mort et celle de mon père, j'ai suffisamment de raisons de haïr les démons.

Alors pourquoi ne puis-je pas arrêter de la convoiter ainsi ?

En plus, il y a la promesse que j'ai faite à Jonah. Je sais maintenant qu'il voulait l'éloigner de cette école pour la protéger, parce que ce serait trop dangereux si quelqu'un découvrait sa véritable nature. J'ai échoué jusqu'à présent à la faire partir, mais je peux m'assurer qu'elle ne revienne pas l'année prochaine.

C'est ma dernière chance... et je vais devoir être radical.

J'envoie un texto à Bastien pour qu'il me retrouve chez Uriel, et il arrive quinze minutes plus tard.

— C'est à quel sujet ? me demande-t-il en repliant ses ailes.

— J'ai besoin de récupérer une vidéo d'une des caméras de sécurité.

Il arque un sourcil.

— Pourquoi ?

— Parce que j'en ai besoin, tout simplement.

Bastien me regarde d'un air renfrogné, mais ici c'est moi le patron, et il ne me questionne pas davantage. Heureusement, Uriel est parti, et Bastien me laisse entrer dans le bureau et va directement voir les images des caméras de sécurité.

— À quelle heure ?

— Il y a une vingtaine de minutes, devant le gymnase.

Il y trouve les images de moi et Olivia là-bas, et nous regardons comment je l'embrasse et comment ses yeux deviennent noirs. Même sur les images granuleuses en noir et blanc, il est évident de comprendre ce qu'elle est.

— Tu l'as embrassée ?

— Tais-toi, lui dis-je. Je peux avoir ça sur une clé USB ?

— Bien sûr. Qu'est-ce que tu comptes en faire ?

Il me regarde du coin de l'œil en transférant la vidéo.

— Ce que j'aurais dû faire il y a des semaines. Il est temps que la vérité éclate sur Olivia. En tant qu'Ofanim, je pensais que tu serais d'accord avec ça.

Et je prends la clé USB.

— C'est une mauvaise idée, dit Bastien avec un profond froncement de sourcils.

Je l'ignore et quitte la maison d'Uriel, la clé USB dans ma poche, ainsi que la photo d'Olivia que Jonah m'a donnée il y a un an. Je ne veux pas faire ça, mais j'ai donné ma parole à Jonah et la parole du fils de Michael ne peut être brisée. C'est la raison pour laquelle je le fais. Pas parce qu'elle va me faire perdre la tête si je dois passer une autre année avec elle sur le campus. En plus, c'est pour sa protection. Je vais m'assurer qu'elle ait un endroit sûr où aller, où aucun démon ou ange ne pourra l'atteindre.

Mais à la fin de la journée, je ferai en sorte qu'Olivia ne puisse plus jamais revenir à la Seraphim Academy.

45

OLIVIA

J'ai réussi à passer le reste de mes examens, et je pense m'en être bien sortie, même en Histoire Angélique, mon cours le plus difficile. Kassiel m'a fait un petit sourire en sortant, donc j'espère m'être pas trop mal débrouillée dans ce cours, mais je n'en serai sûre que lorsque je recevrai mes notes par e-mail dans quelques semaines.

Une fois les examens terminés, nous aurons une dernière réunion avec le directeur Uriel, puis l'année scolaire sera officiellement terminée. Nous sommes à la fin du mois de novembre et je n'ai pas encore réfléchi à ce que je souhaite faire pendant ces vacances que l'Académie Seraphim prend pendant l'hiver, car la plupart des familles d'anges préfèrent aller dans un endroit chaud pendant les mois les plus froids. Araceli et sa famille prévoient de passer les vacances aux Bahamas. Et moi... je ne suis encore sûre de rien. Rester ici peut-être, et continuer à essayer de trouver Jonah. Je suis presque sûre qu'il est à l'Ethérée à la recherche du Bâton, mais je ne comprends pas pourquoi il ferait une telle chose, ou encore la raison pour laquelle il n'est pas encore revenu.

Je me dirige vers l'auditorium, où tout le monde est en ébullition avec cette excitation de fin d'année et dit au revoir à tous ses amis. Je vois Grace et Cyrus et leur fais un petit signe de la main, puis je commence à me diriger vers eux. Je me méfie toujours d'eux, mais ils sont aussi mes amis.

Alors que je marche dans l'allée vers eux, Callan fait son apparition et je m'arrête dans mon élan. Il a un regard déterminé, ses yeux sont plus durs jamais, et soudainement je me sens nerveuse, sans savoir pourquoi. Qu'est-ce qu'il fait là-haut ?

Il parle dans le microphone.

— Élèves de l'Académie Seraphim, avant de rentrer chez vous, vous devez savoir la vérité sur l'une de nos élèves ici. La demi-humaine Olivia Monroe n'est pas ce qu'elle semble être.

Oh putain.

— Olivia, qu'est-ce qui se passe ? me demande Araceli, apparaissant à mes côtés, tandis que toute l'école chuchote et se tourne pour me fixer.

Je serre mon collier et secoue la tête.

— Je ne sais pas.

La voix de Callan résonne dans le microphone.

— La vérité, c'est qu'elle n'est pas à moitié humaine, mais à moitié démon. Un succube, pour être précis. Elle nous a menti pendant tout ce temps.

Et voilà. Callan me dénonce. Ma pire peur se réalise maintenant au moment où j'avais l'impression d'enfin m'intégrer. Pourquoi ferait-il ça maintenant ?

Un souffle monte dans le public, et je commence à reculer lentement, pour essayer de m'échapper. Araceli, béni soit son cœur, crie sur la scène :

— C'est toi le menteur !

— J'ai des preuves, dit Callan.

Il se retourne, et une vidéo commence à être diffusée en noir et blanc. Il n'y a pas de son, et l'angle est bizarre, coupant tout sauf mes épaules et le haut, mais on y voit clairement mon baiser avec Callan à l'extérieur du gymnase. Avec mes yeux noirs quand il s'éloigne de moi.

C'est donc pour ça qu'il m'a embrassé. Il avait prévu depuis le début de parler de moi à tout le monde, même s'il avait promis de ne pas le faire. Je me sens nauséeuse, sale, et utilisée. Mon estomac se tord, et j'ai à la fois envie de frapper quelque chose et de fondre en larmes, mais surtout j'ai envie de fuir loin et de ne plus jamais le revoir. Marcus et Bastien faisaient-ils partie de ce plan ? Je ne les vois nulle part, mais ils doivent être au courant. Les Princes ne font jamais rien seuls, après tout, et ça ne fait qu'empirer les choses. J'avais confiance en eux, même en Callan, et je pensais qu'ils se souciaient vraiment de moi. Ces dernières semaines, ils étaient devenus mes amis. Peut-être même plus.

Maintenant, ils m'ont trahie.

La mâchoire d'Araceli tombe, et elle se tourne vers moi avec des yeux éberlués.

— Quoi... ?

Elle ne veut pas le croire, mais je ne peux plus lui mentir. Je lui dis.

— Je suis vraiment désolée, lui dis-je, puis je m'enfuis de l'auditorium aussi vite que possible, tandis que le reste de la salle est en proie au chaos.

Je vole jusqu'à ma chambre et commence à prendre mes affaires et à les jeter dans un sac, y compris l'argent de ma cachette secrète. Les démons savent ce que je suis. Les anges savent ce que je suis. Tout le monde sait ce que je suis, putain. Il faut que je parte d'ici, que je me cache, vite, mais où puis-je aller ? Il n'y a aucun endroit sûr pour moi, à cause de Callan. Il me faudrait peut-être demander de l'aide à mes parents. Merde. Je ne pense pas pouvoir supporter d'annoncer à mon père que non seulement je n'ai pas réussi à trouver Jonah, mais qu'il avait raison depuis le début concernant ma venue dans cette académie. Je suis exactement ce qu'il pense que je suis, une erreur. Et Mère ? Je ne suis même pas sûre de savoir comment la joindre, ni où elle est. Je suis seule, complètement et totalement seule, tout comme je l'étais avant de venir à la Seraphim Academy.

Un coup sur la porte me fige. Merde. Ils sont déjà là pour moi. Que vont-ils faire à une personne dont l'existence même est interdite ? Me mettre à la porte ? M'enfermer ? M'exécuter ?

— Olivia ? La voix de Kassiel passe la porte. Ouvre.

Je laisse échapper un soupir de soulagement et ouvre la porte. Kassiel est la seule personne qui pourrait m'aider. Dès que j'ouvre la porte, il m'entoure de ses bras et me serre contre lui. Je me réconforte dans sa force et sa chaleur, et je me mets presque à pleurer, mais je parviens à me retenir... à peine.

— J'ai des problèmes, dis-je contre sa poitrine. J'ai fait une énorme erreur en faisant confiance aux Princes.

— Je sais, et je vais t'aider dans la mesure de mes capacités... mais là, je suis censé t'emmener voir le directeur Uriel.

Je me raidis et je me retire.

— En quoi cela va-t-il m'aider ?

— Je crois que le directeur Uriel entendra raison, et je l'aiderai à le convaincre que tu mérites d'être ici comme tout le monde. Mais si tu veux t'enfuir, je peux t'aider à le faire aussi, mais nous devons y aller maintenant.

Je jette un coup d'œil dans ma chambre avec mon sac à moitié rempli et j'envisage de partir. Mais je pense alors à tout ce que j'ai fait cette année, pas seulement pour trouver Jonah, mais aussi pour apprendre tout ce que je pouvais sur le métier d'ange, et j'en ai assez de me cacher. Marre d'avoir honte de ce que je suis et de me sentir comme une erreur de la nature. Je n'ai pas demandé cette vie, ni d'avoir à la fois du sang d'ange et de démon, mais il est peut-être temps que je l'assume.

Je prends une grande inspiration et j'acquiesce. Je peux le faire.

— Allons parler à Uriel.

— Bon choix.

Nous sautons de mon balcon, je lève la tête et laisse mes ailes me tirer dans les airs. Kassiel suit, puis s'envole devant moi, me conduisant vers mon destin.

OLIVIA

Une fois arrivé à la maison d'Uriel, Kassiel entre directement par la porte d'entrée, traverse le couloir et pénètre dans le bureau. À l'intérieur, Uriel est assis derrière son bureau, se pinçant le nez entre le pouce et l'index.

— La voilà, dit Kassiel.

J'apprécie qu'il ne me quitte pas d'une semelle.

— Assieds-toi, Olivia, dit Uriel. Tu peux nous laisser, Kassiel.

— Avec tout le respect que je vous dois, monsieur, j'aimerais rester.

Uriel me jette un regard.

— Si Olivia est d'accord, alors très bien.

Je hoche la tête et m'assois. Uriel ouvre la bouche, mais la porte s'ouvre avant qu'il puisse dire quoi que ce soit, et l'archange Jophiel entre en trombe, l'ange qui m'a recrutée à l'hôpital pour venir à l'école et la mère de Callan.

— C'est vrai ? Il y a un demi-démon dans ton école ? demande Jophiel.

— Oui, c'est vrai, répond Uriel.

Elle s'arrête et me regarde.

— Toi ? Je t'ai interrogé moi-même. Comment est-ce possible ?

— Elle a une relique elfique qui lui permet de cacher ses mensonges, dit Uriel.

Jophiel lui fait les yeux doux.

— Tu le savais depuis le début, n'est-ce pas ?

— Bien sûr que je le savais. Je sais tout ce qui se passe dans mon école.

Mes yeux s'agrandissent. Uriel savait depuis le début qui j'étais. Je jette un coup d'œil à Kassiel et il hoche la tête. Il n'est pas surpris. Il devait se douter depuis le début qu'Uriel savait. C'est peut-être pour cela qu'il n'a pas ressenti le besoin de parler de moi au directeur.

— Comment as-tu pu laisser un demi-démon faire partie de l'Académie Séraphin ? demande Jophiel, le visage enragé.

— Elle est aussi un demi-ange. Si elle souhaite travailler sur ce côté d'elle-même dans sa formation, qui sommes-nous pour le lui refuser ?

Uriel hausse légèrement les épaules. Jophiel tourne autour de moi, et sa rage est terrifiante.

— Qu'as-tu à dire pour ta défense ?

Mes épaules s'affaissent, mais j'inspire et me prépare à me défendre.

— Tout ce que je veux, c'est avoir la chance d'apprendre, comme tous les autres jeunes anges qui existent. Je veux suivre des cours, aller à des matchs de football, apprendre à voler et à utiliser mes pouvoirs. Je veux faire partie de la communauté des anges. Je n'ai rien eu de tout ça en grandissant. C'est trop demandé ?

— Tu n'aurais pas dû nous tromper pour venir ici. Tu

savais que tu étais un succube dès que je suis entrée dans ta chambre d'hôpital, et tout ce que tu nous as dit n'était que mensonge.

Je prends un pari. Callan déteste les démons, et je suppose que ça vient en partie de sa mère.

— Je suis désolée, vraiment. Mais je ne peux rien changer à ce que je suis. Ce que je peux faire, c'est essayer de contenir mon côté démoniaque et le surmonter, et c'est la raison pour laquelle je suis venue ici au lieu d'aller à l'Académie des Enfers. J'espérais qu'en étant ici, je pourrais faire ressortir ma moitié d'ange et me concentrer là-dessus.

Kassiel arque un sourcil, et je sais qu'il n'y croit pas, mais Jophiel se radoucit un peu.

— J'ai recueilli le témoignage de ses professeurs, dit Uriel à Jophiel. Ils parlent d'elle en termes élogieux. Même Hilda, et tu sais ce qu'elle pense des démons.

— Olivia est une excellente élève, dit Kassiel. Elle a travaillé dur dans tous ses cours et a fait tout ce qu'on lui a demandé. Elle mérite d'être ici.

Jophiel croise les bras, le nez en l'air.

— C'est possible, mais on ne peut pas ignorer qu'elle a rejoint notre école sous un prétexte. Ou que tu as gardé son secret tout ce temps, Uriel. Les autres Archanges ne seront pas contents quand ils le découvriront.

Ils ne vont pas me laisser rester. Où vais-je aller ? Bientôt, le monde entier saura ce que je suis, et il n'y aura aucun endroit où je pourrai me cacher.

Uriel lui lance un regard méprisant.

— Je suis responsable de l'Académie Seraphim, et je la dirige bien comme je veux, et pas comme toi tu le souhaites, ni même comme les autres Archanges le souhaiteraient. En ce qui me concerne, Olivia peut rester.

Je laisse échapper un souffle de soulagement, jusqu'à ce que Jophiel secoue la tête.

— Azrael ne le permettra jamais, dit-elle. La fille doit partir.

Merde. Azrael dirige les Archanges maintenant. S'il décide de m'exclure, même Uriel ne pourra pas l'arrêter. Des bruits de pas dans le hall font réagir Uriel. La porte s'ouvre brusquement, et mon père entre en trombe, comme un guerrier entrerait dans une arène. Je n'ai jamais vu son visage aussi déterminé ou ses yeux si furieux. Putain de merde.

— Gabriel ! s'exclame Jophiel, en en ayant les bras qui tombent. Que fais-tu ici ?

La présence et la puissance de Gabriel remplissent la pièce. Il a été le second de Michel pendant des milliers d'années, et il dirigerait le Conseil des archanges maintenant s'il n'avait pas refusé le poste. Je n'arrive pas à croire qu'il soit là.

— Qu'est-ce que ça veut dire ? demande-t-il. Il pose une main sur mon épaule et la serre, me faisant savoir qu'il est de mon côté. Pourquoi ma fille est-elle interrogée comme une vulgaire criminelle ?

— Tu es son père ? demande Jophiel, tellement choquée qu'elle fait un pas en arrière et met une main sur sa poitrine.

Je lève les yeux vers Père, encore incrédule moi-même, mais il se contente de fixer les deux autres Archanges.

— En effet.

— Je suis désolée, Gabriel, dit Jophiel. Nous n'en savions rien. Uriel tousse, et Jophiel lui jette un regard. Tu le savais aussi ?

— J'avais des soupçons, dit Uriel.

Merde, y a-t-il quelque chose qu'Uriel ne sait pas ?

— Qui est sa mère ? demande Jophiel.

— Cela n'a rien à voir avec cette discussion, sauf qu'elle

est un succube, dit Gabriel, et son ton ne laisse aucune place à la discussion. Il protège aussi Mère maintenant. Je n'ai jamais autant aimé mon père qu'en ce moment même.

— Les relations avec un démon sont interdites, même pour les Archanges, dit Jophiel, avec un ton menaçant dans la voix.

— J'assumerai moi-même les conséquences de ce crime, mais ma fille est innocente. Si elle souhaite poursuivre sa scolarité à l'Académie Seraphim, elle y restera.

— Mais... commence Jophiel.

— Il n'y a rien dans les directives qui disent que les démons ne sont pas autorisés à y aller, ajoute Uriel. Seulement que tous les anges doivent assister aux cours. Y compris les demi-anges.

Gabriel a toujours sa main sur mon épaule pendant qu'il parle.

— Nous avons travaillé dur pour essayer de créer plus d'harmonie entre les anges, les démons et les elfes. Avoir un étudiant mi-démon, mi-ange ici pourrait contribuer à apaiser les tensions avec les démons.

Jophiel ronchonne.

— Je pense que nous savons tous que la trêve avec les démons ne va pas durer. Surtout après leurs récentes attaques.

— Je ne suis au courant de rien de tout ça, dit Gabriel. Et que la trêve des démons dure ou non n'est pas la question ici. Ma fille a le droit de continuer à fréquenter l'Académie Seraphim, un point c'est tout.

— Azrael aura beaucoup de mots à te dire à ce sujet, dit Jophiel, mais le combat dans sa voix a disparu. Elle sait qu'elle a perdu.

— Je m'occuperai d'Azrael plus tard.

Gabriel me serre l'épaule.

— Allons-y, Olivia.

Je saute sur mes pieds, j'ai la tête qui tourne, et je remercie rapidement Uriel et Kassiel, en ignorant complètement Jophiel, avant de suivre mon père vers la sortie. Gabriel ne s'arrête qu'une fois hors de la maison, et alors je me jette à son cou. Il hésite une seconde, puis me serre fermement dans ses bras. Quand était-ce la dernière fois que nous nous sommes enlacés ? Ou qu'il a montré de l'affection pour moi ? Je n'arrive même pas à m'en souvenir.

— Merci, lui dis-je.

— C'est ce que j'aurais dû faire il y a des années, dit Gabriel. Tu es ma fille, et je n'aurais jamais dû essayer de te cacher. Je t'aime, je suis fier de toi, et je suis désolé.

Mes yeux sont humides. Je voulais entendre ces mots depuis si longtemps, et maintenant je pense que mon cœur va exploser. D'une certaine manière, cette horrible journée s'est aussi transformée en l'un des meilleurs jours de ma vie. Comment est-ce possible ?

Il remarque que d'autres élèves nous regardent et se racle la gorge. En fait, une foule assez importante s'est rassemblée devant la maison d'Uriel, attendant d'autres ragots. Je repère Marcus parmi eux, et lui tourne rapidement le dos.

— Partons d'ici.

Gabriel prend ma main. À l'extérieur de la maison, ses ailes argentées massives se déploient et il s'élève dans les airs, lâchant ma main au passage. Je déploie à mon tour mes ailes noires, beaucoup plus petites, et le suis alors qu'il s'envole hors du campus, en direction d'Angel Peak. Je n'ai aucune idée de l'endroit où il m'emmène, mais je suis agréablement surprise lorsque nous atterrissons au sommet d'une colline, sur le porche d'un chalet blanc avec des garnitures noires. C'est super pittoresque, avec une clôture de piquets, des fenêtres carrées, et une jolie porte rouge.

— À qui est cette maison ?

— À moi. La plupart des Archanges ont une maison à Angel Peak.

Il ouvre la porte d'entrée.

— Laisse-moi te faire visiter.

À l'intérieur, je remarque à quel point tout est propre et lumineux. Le salon est immense, avec une grande cheminée et des fenêtres du sol au plafond offrant une vue imprenable sur la forêt qui s'étend en dessous de nous. Nous passons devant une cuisine relativement moderne avec des comptoirs en granit et des appareils neufs et brillants, puis Père me conduit dans un couloir qui mène au reste de la maison. Il s'arrête devant une porte fermée.

— C'est ici que Jonah vit quand il n'est pas à l'école.

Sa voix est triste, et il n'ouvre pas la porte, mais continue vers les deux autres portes.

— Là, c'est ma chambre. Et cette chambre-là est la tienne. Si tu veux, bien sûr.

Il ouvre la troisième porte, et je jette un coup d'œil à l'intérieur d'une chambre lumineuse avec un couvre-lit jaune pastel et des meubles blancs. C'est mignon, mais ça ressemble plus à une chambre d'amis où personne n'a jamais dormi auparavant.

— Je peux rester ici ? lui demandé-je.

— Oui. C'est aussi ta maison maintenant. En fait, j'ai préparé la chambre pour toi il y a longtemps dans l'espoir que tu viennes vivre avec nous, mais j'avais trop peur de ce qui se passerait si quelqu'un découvrait ton existence. J'étais lâche. J'aurais dû savoir que te garder près de moi serait plus sûr pour toi. Tu es la fille d'un archange, et tu dois être traitée comme telle, me dit-il en secouant la tête.

Je ne sais plus trop quoi dire. D'un côté, j'ai enfin tout ce que j'ai toujours voulu. D'un autre côté, je suis un peu agacée qu'il lui ait fallu si longtemps pour m'accepter comme sa fille, pour être honnête. J'ai passé toute ma vie à me sentir comme un infâme secret, et c'est dur de ne plus me considérer comme tel. Mais au moins, il essaie.

Il pose fermement une clé dans le creux de ma main.

— Voici ta clé. Je dois aller trouver Azrael avant que Jophiel ne mette son grain de sel. Je ne serai peut-être pas très présent à l'avenir, car mes fonctions au Conseil des archanges m'obligent à beaucoup voyager. Mais j'espère que tu resteras ici pendant les vacances, et peut-être pourrons-nous passer plus de temps ensemble.

— Merci, Père.

Je regarde la pièce qui est maintenant la mienne. J'ai un foyer. Avec mon père et mon frère. Une fois que je l'aurai retrouvé en tout cas. Je me retourne vers Gabriel pour lui dire ce que j'ai appris sur mon frère, mais il s'est déjà téléporté. Foutus Archanges. Et sérieusement, pourquoi n'ai-je pas ce pouvoir moi ? Je suis tentée de me jeter sur ce petit lit ensoleillé et de ne plus me relever, mais toutes mes affaires sont restées à l'école. Ce qui veut dire que je dois y retourner et affronter tout le monde, même s'ils savent tous ce que je suis maintenant.

Je me dirige vers l'extérieur et déploie mes ailes noires sous la lumière du soleil. Je ne cacherai plus qui je suis et tout le monde devra faire avec.

OLIVIA

Alors que je rentre à peine dans ma chambre, Araceli arrive en courant, le visage ravagé par les larmes.

— Comment as-tu pu me faire ça ?

— Je suis tellement désolée, dis-je, la gorge serrée par l'émotion.

Je suis la pire amie du monde, et je mérite son courroux. D'autres larmes coulent sur ses joues.

— Pourquoi ne m'as-tu rien dit ?

Mon cœur se brise à la vue de la douleur sur son visage.

— Je le voulais, vraiment. Mais j'avais peur, je crois.

— S'il y a bien une personne au monde à qui tu pouvais te confier, c'est bien moi ! Elle essuie rageusement des larmes sur son visage. Mais tu l'as dit aux Princes et pas à moi. Pourquoi, Liv ? Pourquoi ?

— Je suis navrée.

Je ne sais pas quoi dire d'autre. Tout ce que je peux rajouter ne sera que de fausses excuses, mais je dois essayer de m'expliquer.

— Les Princes l'ont découvert, sinon je ne leur aurais pas

dit non plus. Mais tu as raison, j'aurais dû te le dire. J'ai fait une énorme erreur, et je comprendrais que tu ne veuilles plus être amie avec moi.

— Tu m'as menti toute l'année ! Et après que les démons ont tué Darel, pourquoi tu ne m'as rien dit là non plus ? me demande-t-elle en plantant ses mains sur ses hanches, tellement bouleversée qu'elle en tremble.

— J'aurais dû, mais j'avais peur que tu me détestes.

Je déglutis. Je le mérite, mais bon sang, ça fait mal. Araceli laisse échapper un long soupir.

— Je ne pourrais jamais te détester, Liv. J'aimerais juste que tu me fasses confiance.

— *Je* te fais confiance ! Je voulais tellement te le dire, mais j'avais peur de faire confiance à qui que ce soit au début. J'ai passé toute ma vie à me cacher, inquiète de ce qui se passerait si quelqu'un découvrait ce que je suis, et je ne suis venue ici que pour retrouver mon frère, Jonah. Je voulais te le dire, vraiment, mais trop de temps s'était écoulé finalement, et je savais que si je te le disais, ce serait comme une trahison, lui avoué-je.

Je m'écroule sur mon lit, épuisée après tous ces événements aujourd'hui. La reconnaissance apparaît sur son visage.

— Attends. Tu es la sœur de Jonah ?

Je hoche la tête.

— Nous avons le même père, mais des mères différentes. La mienne est un succube, évidemment.

Elle est bouche bée.

— Ça veut dire que tu es la seule vraie fille d'un archange. Waouh. Pourquoi n'as-tu pas dit aux gens qui était ton père ?

— Il ne voulait pas me laisser faire. Mes parents avaient

trop peur de ce qui arriverait si quelqu'un découvrait mon existence, alors ils m'ont pratiquement reniée. J'ai grandi dans une famille d'accueil en réalité. Tout ce que je t'ai dit sur moi est vrai, sauf le truc du succube.

— C'est des conneries. Ils ne peuvent nous renier !

Je baisse les yeux sur la clé que je tiens dans ma main.

— Je sais. Mais tout a changé maintenant. Gabriel est venu justifier mon droit d'être ici, et m'a reconnue comme sa fille.

— Bien, dit-elle en s'asseyant à côté de moi sur le lit. Je suis toujours bouleversée, mais je comprends un peu mieux. Et je suis désolée pour Jonah.

— Merci. Je suis convaincue que l'Ordre du Trône d'Or a quelque chose à voir avec ça.

J'hésite, mais il y a d'autres choses que je lui ai cachées, et il est temps qu'elle sache toute la vérité.

— Jonah en était membre, alors je les ai rejoints aussi pour pouvoir essayer de le retrouver. Je suis désolée d'avoir menti pour ça aussi, mais je voulais absolument que tu restes loin d'eux. En fait, je suis presque sûre qu'ils ont tué Darel.

— Quoi ? crie-t-elle pratiquement.

— Ils voulaient absolument que tu entres dans l'Ordre, je pense en raison de ton sang d'elfe. Ils pensaient qu'en tuant Darel et en faisant passer ça pour une attaque de démon, ils pourraient te convaincre de les rejoindre. Heureusement, tu as vu clair dans leur jeu et tu es restée à l'écart.

Elle s'entoure de ses bras et tremble, regardant dans le vide en absorbant mes paroles.

— J'aurais pu les rejoindre, si tu ne m'avais pas convaincue de ne pas le faire. Comment sais-tu qu'ils l'ont tué ?

— Je n'en suis pas certaine, mais je les ai suivis après l'une des épreuves et je les ai entendus discuter de leurs plans. Je suis restée cachée en utilisant mes pouvoirs d'Ishim, et ce collier.

Je touche les aigues-marines.

— Ma mère succube me l'a donné. C'est une relique elfique qui me permet de mentir et de cacher ce que je suis.

— Donc tu sais comment utiliser la magie des anges après tout.

Elle se tourne vers moi avec de grands yeux.

— Sur quoi d'autre as-tu menti ?

Je lève les mains en signe de reddition.

— C'est tout. Tu sais tout maintenant. Et j'ai toujours essayé d'être aussi sincère que possible avec toi sur qui je suis, autrement. Je ne suis pas différente de ce que j'étais avant que tu saches que je suis en partie démon, je te le jure.

— Que va-t-il t'arriver maintenant ?

— Uriel dit que je peux rester ici, alors je pense que je reviendrai l'année prochaine. J'aimerais être à nouveau ta colocataire, si tu le veux bien.

— Bien sûr ! dit-elle. Nous sommes toujours meilleures amies, et l'année prochaine je t'aiderai à trouver Jonah et à faire tomber l'Ordre après ce qu'ils ont fait à Darel. J'ai juste... besoin d'un peu de temps pour digérer tout ça, d'accord ?

J'ai tenu bon toute la journée, mais le fait qu'Araceli dise que nous sommes toujours meilleures amies me fait finalement m'effondrer. Les larmes coulent de mes yeux, et je suis si reconnaissante de connaître quelqu'un avec une telle bonté. Je ne la mérite vraiment pas, et je ferai tout ce que je peux pour être l'amie dont elle a besoin à partir de maintenant. Je hoche rapidement la tête à travers mes larmes.

— Je comprends.

Elle m'entoure de ses bras, et ensemble nous pleurons, nous nous berçons et nous nous serrons l'une contre l'autre. Puis elle s'essuie le visage, me dit au revoir et quitte la pièce. Pendant que je me ressaisis, elle rassemble ses sacs et s'envole pour rejoindre sa famille. Le dortoir semble beaucoup plus sombre et vide après son départ, mais au moins je sais que nous sommes toujours amies.

On frappe à nouveau à ma porte, et je me demande si c'est encore Kassiel, mais quand j'ouvre, je vois Grace.

— Oh, Olivia. Comment vas-tu ? demande-t-elle d'une voix compatissante.

— Ça va, dis-je en la laissant entrer.

Elle me serre rapidement dans ses bras, puis se recule.

— Je ne peux pas croire que Callan t'ait fait ça, mais au moins ton père t'a reconnue publiquement maintenant.

— Tu... n'as pas l'air surprise.

— À propos de Gabriel ?

Elle secoue la tête.

— Non, je le savais depuis le début. Jonah m'a parlé de toi. Je ne savais pas pour le côté succube. C'était une surprise, mais je m'en fiche. Tu es toujours la sœur de Jonah, et c'est tout ce qui compte pour moi.

— Merci, Grace.

C'est un soulagement d'avoir une autre personne de mon côté. Je la conduis au canapé, et nous nous asseyons l'une à côté de l'autre, si près que nos genoux se heurtent.

— Je suis venue ici pour le retrouver, mais je n'ai pas eu beaucoup de succès. Je sais qu'il était dans l'Ordre et je suppose que toi aussi.

— Oui, c'est moi qui t'ai nommée.

Elle me fait un sourire serein.

— Et tu es celle qui a été attaquée par le démon lors de la dernière épreuve.

— Comment le sais-tu ?

— C'est moi qui t'ai fait sortir de la grotte, et j'avais le sentiment que c'était toi. Et puis, je savais que tu me rendrais fière. Tu es la fille de Gabriel, après tout.

Elle attrape mes mains et les serre fort avant de poursuivre :

— Je suis si heureuse que tout cela soit révélé au grand jour maintenant. L'année prochaine, nous pourrons assister aux réunions de l'Ordre ensemble, et nous pourrons travailler au sauvetage de Jonah, en plus nous aurons des cours d'Ishim. Ça va être génial.

— Tu sais où est Jonah ?

— Oui, mais je ne l'ai découvert que récemment. Il a été envoyé à l'Ethérée pour trouver le Bâton de l'Éternité, mais il n'est jamais revenu, et nous n'avons reçu aucun message de lui. J'étais tellement inquiète à son sujet, et l'Ordre avait ce plan pour envoyer quelqu'un là-bas, mais ça n'a pas marché.

Elle soupire et regarde ses mains avec de la tristesse dans ses yeux.

— Mais peut-être qu'avec ton aide, nous y arriverons.

— Nous le ramènerons. Je vais m'en assurer.

Elle acquiesce et se lève.

— Je dois y aller. Je t'ai dit que Nariel est mon oncle du côté de ma mère ? Eh bien, nous allons tous à Orlando pour les vacances, et nous partons ce soir. Mon petit frère va devenir fou. Il n'a jamais été à Disney World avant.

Je ris en voyant à quel point tout cela est banal. Les anges aiment aussi les parcs d'attractions, je suppose.

— Ça a l'air amusant.

— Tu veux venir avec nous ? me propose-t-elle.

— Non, ça ira, mais merci.

Elle me prend rapidement dans ses bras et se lève.

— Oh, avant que je parte, il y a une dernière chose que tu dois savoir. Les Princes sont aussi dans l'Ordre. Ils savent aussi ce qui est arrivé à Jonah. En fait, ils le savent depuis le début. Mais je suppose que tu sais déjà que tu ne peux pas leur faire confiance.

— Oui, j'ai eu ma leçon aujourd'hui. Ma colère revient, et mes mains se crispent sur mes côtés.

Grace s'en va, et une fois de plus je suis seule dans mon dortoir. Bientôt le campus entier sera vide. Il est temps de faire mes valises et de quitter l'Académie Séraphin pour les prochains mois.

Mais d'abord, je dois affronter les Princes.

48

MARCUS

Je vole vers le clocher tellement en colère contre Callan que mes yeux en sont brouillés, et totalement choqué par ce dont je viens d'être témoin devant la maison d'Uriel. Je dois parler aux autres Princes, immédiatement. Ils ont intérêt à être là, putain.

Quand j'arrive, Bastien est en train de se disputer avec Callan, mais ils se taisent tous les deux dès qu'ils me voient. J'atterris et marche directement vers Callan, puis je tends mon bras et le frappe au visage aussi fort que je le peux. C'est comme frapper de l'acier, mais je n'en ai rien à faire.

— Comment as-tu pu ?

— Je devais le faire ! dit Callan, alors que sa tête se retourne après mon coup de poing. Vous ne vouliez pas m'écouter, ni l'un ni l'autre.

— Nous avions dit à Liv que nous ne la dénoncerions pas, et malgré tout tu l'as fait quand même. Sans même nous le dire.

Je tourne mon regard furieux vers Bastien.

— Ou alors tu étais au courant aussi ?

Bastien détourne le regard, et je vois un rare éclair d'émotion traverser son visage. De la culpabilité ? Des regrets ? Je n'arrive pas à savoir. Il est si difficile à lire, bien que je le connaisse depuis toujours.

— Je l'ai aidé à obtenir l'enregistrement vidéo de leur baiser, mais je ne savais pas ce qu'il allait en faire.

— Tu devais savoir que ça n'apporterait rien de bon ! hurlé-je.

Je tremble littéralement de rage maintenant. Je tiens tellement à Liv, et je ne peux pas croire qu'ils lui fassent ça. Ne se soucient-ils pas du tout d'elle ?

— Que va-t-il lui arriver maintenant ? Elle va être expulsée, c'est sûr, sauf si le Conseil des Archanges décide carrément qu'elle doive être tuée ou enfermée ou quelque chose du genre ?

— Ils ne feront pas ça, dit Callan. Ils s'assureront juste qu'elle ne reviendra pas l'année prochaine.

— Comment le sais-tu, bordel ?

Je suis toujours en train de crier et je ne compte pas m'arrêter de sitôt alors je continue sur ma lancée :

— Qu'en est-il des démons ? Quand elle sera expulsée, qui la protégera ? Ils sont déjà à sa recherche !

— J'avais prévu de la cacher dans un endroit sûr.

La mâchoire de Callan se serre.

— Je sais que c'est extrême, mais nous devions respecter notre promesse faite à Jonah. Il savait qu'elle n'était pas en sécurité ici, et maintenant nous pouvons la protéger d'une autre manière.

— Espèce d'idiot, dis-je. Olivia est la sœur de Jonah.

L'annonce le frappe en plein visage et encore plus fort que moi.

— C'est pas vrai !

— Comment tu le sais ? demande Bastien avant de poursuivre : ils ne se ressemblent pas du tout.

Il est probablement agacé que je l'aie découvert avant lui, mais il peut aller se faire voir. Il aurait dû arrêter Callan avant que tout cela n'arrive.

— Je l'ai vue avec Gabriel devant la maison d'Uriel. Il l'a appelée sa fille, et ensuite ils se sont envolés ensemble. Probablement pour l'emmener dans un endroit sûr.

Pour autant que je sache, c'est la dernière fois que je la vois, et mon cœur se serre à cette idée. Je pense que je suis peut-être amoureux d'elle, et je ne pourrai peut-être jamais le lui dire.

— La fille de Gabriel... se dit Bastien, en regardant par la fenêtre. Ça change tout.

— Non, ça ne change rien, dit Callan. Jonah nous a quand même dit de la tenir à l'écart. Maintenant, nous savons pourquoi.

— Il voulait qu'on la protège, j'argumente. Il n'aurait jamais voulu que tu bousilles sa voiture, que tu saccages sa chambre, ou que tu dévoiles ce qu'elle est à toute l'école. Tu as fait tout le contraire que de la protéger.

Callan ne dit rien, mais il regarde ailleurs, le muscle de son cou se contractant. Un silence gênant s'étire entre nous trois tandis que nous nous rappelons nos crimes contre Olivia. Je me sens comme une vraie merde d'avoir été impliqué dans tout ça, et puis j'ai une autre pensée horrible. J'ai couché avec la sœur de Jonah. Après avoir aussi couché avec Grace après la disparition de mon ami. Je suis Le Pire Ami de tous les temps. Je ne suis pas mieux que Callan ou Bastien, en réalité.

Le silence est interrompu lorsqu'Olivia elle-même fait

irruption par la fenêtre ouverte du clocher, ses ailes noires largement déployées et son corps tout entier rayonnant légèrement. Elle est belle et féroce, une combinaison parfaite de lumière et d'obscurité, d'ange et de démon.

— Tu m'as trahie, dit-elle, d'une voix froide qu'elle n'a jamais eue auparavant. Pourquoi ?

— J'ai fait une promesse à Jonah, dit Callan.

Il prend la photo dans son portefeuille et lui montre.

- Avant de disparaître, il nous a fait jurer de t'éloigner de cette école pour ta sécurité. Rien d'autre n'a fonctionné, alors j'ai dû te dénoncer. C'était le seul moyen.

— Rien d'autre... commence-t-elle, puis elle écarquille les yeux en se remémorant tout. Les petits mots. Ma voiture. Ma chambre. Tu as fait tout ça aussi !

— Nous l'avons fait, dit Callan.

Ses yeux balaient la pièce, portant des accusations contre moi et Bastien.

— Je ne peux pas croire que je vous ai fait confiance.

Je m'avance et je tends les mains en signe de paix.

— Je n'ai rien à voir avec ta dénonciation, je le jure. Ou les mots, ou la voiture.

— Mais tu as aidé à saccager ma chambre ! Tu as cassé mon mug !

Je baisse la tête.

— Callan a cassé le mug, mais oui... j'étais là. Je suis vraiment désolé.

Liv se tourne vers Bastien.

— Et toi ?

Il se tient un peu plus droit, comme s'il était résigné de son sort, mais il a toujours ce regard coupable dans les yeux.

— Je suis complice des mêmes choses que Marcus, et j'ai

aussi aidé Callan à récupérer la vidéo de votre baiser. Je m'excuse. Je n'aurais pas fait de telles choses si j'avais su que tu étais la sœur de Jonah.

— Donc tu savais tout ça aussi.

Elle secoue la tête, les poings serrés.

— Jonah m'a offert ce mug. C'est la seule chose que j'avais de lui, et tu l'as détruite.

— Je ne savais pas qu'il te venait de lui, dit Callan. Je me suis dit que c'était juste un mug idiot.

C'est probablement ce qui se rapproche le plus d'une excuse. Mais Callan ne s'excuse pas.

— Je suis venue ici pour retrouver Jonah. Je crois qu'il est parti à l'Ethérée, et s'il vous a dit de me tenir éloignée de cette école, alors il devait se douter qu'il ne reviendrait pas. Savez-vous ce qui lui est arrivé ?

Waouh, elle en sait beaucoup. J'ouvre la bouche pour tout lui dire, mais Bastien me jette un regard, avant de dire :

— Non, on n'en sait rien.

Il doit essayer de la protéger, même maintenant. Nous devons la protéger de l'Ordre. Ils vont vouloir l'utiliser ou lui faire du mal, maintenant que l'on sait ce qu'elle est. Sérieusement, à quoi pensait Callan ?

— Désolée, mais je ne te crois pas, dit-elle. En fait, je suis presque sûre que tu mens et que tu sais exactement ce qui lui est arrivé. Après tout ce que tu m'as fait, je ne peux plus du tout te faire confiance.

— Tout ce que nous avons fait, c'était pour que tu partes et que notre promesse à Jonah soit tenue, dit Bastien. Et si on te cache des choses maintenant, c'est pour la même raison.

— On n'est pas des brutes, pas vraiment, dis-je, mais mes paroles me semblent pathétiques, même à mes oreilles.

Olivia grogne.

— Même sans aborder la façon dont vous m'avez traitée, vous vous promenez dans cette école comme si elle vous appartenait. Si vous ne voulez pas être des brutes, essayez de traiter les gens comme des égaux plutôt que comme de la saleté sur vos chaussures.

OK, elle marque un point, là.

— Je maintiens ce que j'ai dit, dit Callan. Tu n'as rien à faire ici, et Jonah le savait. En plus, tu t'es pointée ici et tu as fait tourner Marcus en bourrique, et maintenant Bastien est tout aussi perturbé. Je ne supporte plus de te voir, mais je ne peux pas m'empêcher de te vouloir quand même. On ne peut pas laisser un succube utiliser ses pouvoirs dans cette école.

Elle met une main sur sa hanche et la balance.

— Hé, connard, je n'ai pas envoyé une seule once de mes pouvoirs vers toi. Donc, si tu ne peux pas t'empêcher de penser à moi, devine quoi ? C'est parce que tu me veux pour qui je suis, pas pour ce que je suis. Mais je suis heureuse de vous dire que votre plan a échoué. Je reviendrai l'année prochaine. Et vous trois ? Restez loin de moi.

— Liv, attends.

Je la rattrape, mais elle s'éloigne, et son regard furieux me fait taire rapidement.

— Non. Je pensais que nous étions amis, ou peut-être même plus. Mais c'est fini entre nous.

Elle s'envole et quitte le clocher, et je suis à moitié tenté de la suivre, mais je sens qu'il serait inutile d'essayer de lui parler maintenant. Je me retourne et fais face aux deux autres Princes.

— Nous aussi, c'est fini. Je ne veux plus rien avoir à faire avec aucun de vous. J'en ai fini avec vos conneries. Je secoue la tête vers eux avec dégoût. Olivia mérite mieux.

Je n'attends pas de réponse avant de décoller. Je dois

trouver un moyen de récupérer Olivia, et j'ai le sentiment que cela va impliquer beaucoup d'efforts et de supplications.

49

OLIVIA

Je retourne dans mon dortoir et enfin me laisse aller. Je pleure, frappe dans mon oreiller, mange la dernière glace du frigo, puis me noie dans le café après avoir jeté la tasse de Marcus contre le mur. Elle ne se casse pas, parce que même ce putain de mug est contre moi. C'est évident qu'il me l'a offert parce qu'il se sentait coupable, et je ne veux plus rien avoir à faire avec lui.

Ou avec aucun des Princes d'ailleurs. Je suis certaine qu'ils me mentent à propos de Jonah, surtout après ce que Grace m'a appris, et je ne peux pas leur pardonner tout ce qu'ils m'ont fait subir tout au long de l'année. J'ai mis tellement de choses sur le dos de Tanwen, et je lui ai même fait des farces en retour, alors que les vrais responsables étaient les Princes depuis le début. En particulier Callan. Il a vandalisé ma porte. Il m'a envoyé des notes horribles. Il a détruit ma voiture. Et ils ont tous saccagé ma chambre.

Puis ils ont commis la trahison ultime en me dénonçant, après m'avoir floué et gagné ma confiance et promis qu'ils ne diraient à personne ce que je suis. Marcus est peut-être innocent de ce crime, mais Bastien est aussi coupable que Callan, et je ne peux pardonner à aucun d'entre eux. Je ne suis pas sûre de pouvoir y arriver un jour.

L'année prochaine, je vais leur faire payer.

Le temps que je me reprenne, il est tard, et le campus est noir et vide. Tout le monde est parti. Mais il y a une dernière personne à qui je veux parler avant de partir, et j'ai le sentiment qu'elle m'attend aussi.

Je m'installe près du lac, et Kassiel m'attend déjà, toujours vêtu du même costume que tout à l'heure. Il saute du banc et s'avance vers moi avec une expression inquiète.

— Olivia, est-ce que tout va bien ?

— Ça a été une rude journée, mais je vais... bien, dis-je. Merci beaucoup pour ton aide aujourd'hui. J'apprécie que tu m'aies défendue et que tu aies été là.

— C'est tout à fait normal. Tout ce que j'ai dit était vrai. Tu mérites d'être ici, et je ferai toujours tout ce que je peux pour te protéger.

Toute l'année, j'ai craint qu'il ne me dénonce, mais finalement, il a prouvé qu'il était l'une des rares personnes en qui je pouvais avoir une totale confiance. C'est étrange de prendre conscience que je n'ai que deux vrais amis à l'Académie, et il est l'un d'entre eux.

— Pourquoi m'aider ? demandé-je doucement, en m'approchant de lui. C'est dingue comme il est beau, et cela fait un moment que je ne me suis pas autorisée à l'apprécier à sa juste valeur. Le clair de lune fait ressortir les reflets de ses cheveux noirs, et ses lèvres sont si douces et si agréables à embrasser. Je ne peux pas m'empêcher de les regarder.

Il se lève pour caresser mes cheveux.

— Je tiens à toi, Olivia. Tu le sais.

— Je tiens à toi aussi, chuchoté-je.

Au départ, c'était juste du désir et de l'attirance, mais ces derniers mois, c'est devenu plus que ça. Nos petits rendez-vous de minuit au bord du lac sont devenus l'un des moments forts de ma semaine, et j'ai souhaité tant de fois qu'il ne soit pas mon professeur, même s'il en était un sacrément bon.

Il regarde mes lèvres aussi, puis nos regards se croisent à nouveau. Il a l'air aussi troublé que moi, et il continue à me toucher, en faisant glisser sa main sur ma joue. Nous sommes proches l'un de l'autre, très proches, et je ne sais pas trop comment on en est arrivé là.

— Putain, je ne peux pas attendre deux ans de plus, grogne-t-il soudain.

Nos bouches se rencontrent en même temps. Ses bras m'attirent contre sa poitrine, et j'entoure son cou avec les miens, ne voulant jamais que ce moment s'arrête. Notre baiser est désespéré et affamé, rempli de mois de désir et du souvenir de cette seule nuit que nous avons passée ensemble, et puis son énergie me frappe, durement. Il est si incroyablement fort, peut-être égal à Callan, mais il a un goût totalement différent des Princes, comme je le pensais. Ils ont le goût de la lumière, du vin le plus fin, et des pommes de terre rustiques.

Il a le goût du whisky et du filet mignon.

Et de l'obscurité.

Je m'éloigne de lui et fixe ses yeux verts. Des yeux qui ressemblent beaucoup aux miens.

Des yeux de démon.

— Tu es un déchu, arrivé-je à murmurer.

Il me regarde dans l'obscurité, me voyant parfaitement, et ses lèvres se serrent.

— Comment le sais-tu ?

— Tu as un goût différent de celui des anges. Avant, je

pensais que je m'en souvenais mal, car cela faisait un moment que je ne m'étais pas nourrie de toi, mais maintenant je suis sûre que tu es un démon. Mais tu as aussi des ailes, donc tu dois être un ange déchu.

Mes yeux s'écarquillent alors que je relie tous les points.

— L'autre démon, le vampire que l'Ordre a torturé, je lui ai dit que j'étais en mission d'infiltration pour Lucifer, et il a mentionné qu'un autre démon de l'école avait dit la même chose. C'est toi, n'est-ce pas ?

— C'est moi.

Il penche la tête et m'étudie.

- Tu es membre de l'Ordre ?

— Je le suis maintenant, oui. Et toi aussi.

Il hoche la tête.

— J'ai commencé à enseigner ici pour savoir si l'Ordre était une menace. Mais tu n'es pas en mission pour Lucifer.

— Non, j'ai juste pensé que ce serait quelque chose que le démon pourrait croire, surtout après lui avoir montré que j'étais un succube.

— Tu lui as dit ça ? demande-t-il, l'air préoccupé. Ça veut dire que les démons savent que tu es ici.

— Oui, on dirait que le pot au rose a été découvert maintenant. Tout le monde sait pour moi.

— Les choses pourraient devenir très dangereuses pour toi maintenant. Fais attention. Pourquoi es-tu ici d'ailleurs ?

— J'essaie de retrouver mon frère Jonah, qui a disparu l'année dernière. L'Ordre l'a envoyé à l'Ethérée, et je vais le ramener.

Il prend ma main.

— Alors nous allons y travailler ensemble. Je ne peux pas laisser l'Ordre obtenir le Bâton de l'Éternité. Ils vont déclencher une autre guerre, et je ne laisserai pas cela se produire.

Je serre sa main.

— Moi non plus. Et je te promets que je ne dirai à personne ce que tu es. Tu peux me faire confiance.

Il se penche et effleure ses lèvres contre les miennes.

— Je sais.

— Uriel sait que tu es un déchu, n'est-ce pas ? lui demandé-je.

— Bien sûr qu'il le sait. Il sait tout, et il a pensé que ce serait bien d'avoir un professeur démon sur le campus.

Il hésite.

— Je ne suis pas sûr qu'on pourra lui cacher une relation, et je ne peux pas me permettre de me faire virer. Maintenant, tu sais pourquoi j'ai dû te résister cette année.

— Je comprends.

Je prends son visage dans mes mains et lui donne encore un baiser rapide.

— On ne peut pas être ensemble. Pas encore. Mais peut-être un jour.

— Un jour, dit-il, puis il m'embrasse à nouveau.

Plus fort cette fois, comme s'il ne pouvait pas s'en empêcher.

C'est moi qui m'éloigne. J'ai tellement envie de lui, mais je ne peux pas non plus lui attirer des ennuis. J'ai besoin de son aide.

— En attendant, nous sommes alliés. Nous stopperons l'Ordre ensemble.

Un sourire sombre traverse ses lèvres.

— Avec nous deux à leurs trousses, ils n'auront aucune chance.

— Je te verrai l'année prochaine, lui dis-je, puis je m'élance dans les airs en le laissant là sur l'herbe, mais pas avant de lui prendre ce dont j'ai besoin. Je n'ai aucune idée de la façon dont je vais lui résister pendant les deux prochaines années, d'autant plus que je sais qu'il tient à moi autant que je tiens à lui, mais il va falloir trouver un moyen. C'est le seul sur lequel je peux compter pour m'aider à combattre l'Ordre de l'intérieur.

Je retourne à la maison de mon père et commence à faire un plan pour ma deuxième année à l'Académie Séraphin. D'abord, je vais faire tomber les Princes, et ensuite je vais sauver Jonah. Je vais apprendre tout ce que je peux sur les elfes et le Bâton, et je ferai tout ce qu'il faut pour le trouver. Il est vivant, je le sais, et si quelqu'un peut le ramener, c'est moi.

Parce que je ne suis pas seulement un succube. Je suis également la fille d'un archange.

À PROPOS DE L'AUTEUR

Elizabeth Briggs est une auteure best-seller du New York Times. Elle écrit des romances paranormales et fantastiques avec des héroïnes audacieuses et des héros intrépides. Elle est diplômée de UCLA en sociologie et a depuis travaillé pour un cabinet d'avocats international, donné des conseils d'écriture à des adolescents et fait des missions de bénévolat pour secourir des chiens abandonnés. À présent, c'est une geek à temps plein qui vit à Los Angeles avec son mari, sa fille et une meute de chiens velus.

Visiter le site internet d'Elizabeth : www.elizabethbriggs.com